路上的远影

DISTANT LIGHT ON THE ROAD

关宏志 ㊟

人民交通出版社股份有限公司

北 京

图书在版编目（CIP）数据

路上的远影 / 关宏志著 . — 北京 ：人民交通出版社股份有限公司，2021.10
ISBN 978-7-114-17555-8

Ⅰ . ①路… Ⅱ . ①关… Ⅲ . ①随笔—作品集—中国—当代 Ⅳ . ① I267.1

中国版本图书馆 CIP 数据核字（2021）第 159873 号

Lushang de Yuan Ying

路上的远影

著 作 者：关宏志
责任编辑：蒲晶境 李 晴
责任校对：孙国靖 魏佳宁
责任印制：张 凯
出版发行：人民交通出版社股份有限公司
地 址：（100011）北京市朝阳区安定门外外馆斜街3号
网 址：http：//www.ccpcl.com.cn
销售电话：（010）59757973
总 经 销：人民交通出版社股份有限公司发行部
经 销：各地新华书店
排 版：北京楚泰文化传播有限公司
印 刷：北京市密东印刷有限公司

字 数：220千 开 本：880×1230 1/32 印 张：13.375
版 次：2021年10月 第1版
印 次：2021年10月 第1次印刷
书 号：ISBN 978-7-114-17555-8
定 价：60.00元

序
Preface

关宏志老师是我尊重的留日学长。虽然我与关老师在日本留学的经历并没有任何重叠，我俩之间却因为这个相同的经历在中国交通学者圈的同仁中有一种自然的亲近感。我近年来由于参与海外华人交通学会(Chinese Overseas Transportation Association) 的活动与关老师有了更多的接触，切身体会到了关老师待人接物温文尔雅、中正平和的风格。然而，几乎每次见面，我们都只是在会议间隙匆匆一晤，少有深层次交流。这次很荣幸应关老师的邀请给他出版的这本随笔集写序，让我有机会从关老师的文字和作品中了解学长，这也是一种别样的体验和乐趣。

关老师的这些随笔皆成文于 2019 年，涵盖了他对工作生活方方面面的所思所想。在书中，关老师分享了他对人生、社会、专业的思考与感想，其中不乏他的生活故事及旅行见闻。文字流利、细腻和感性，行文舒畅、平和，读来仿佛与关老师闲坐交谈，令人忍不住想一直读下去。关老师能在当今喧嚣纷扰的世界中保留一份独立而宁静的心，真是难能可贵。作为一个圈内人，书中提及的不少人我都认识，甚至有些事件我也在场，有很多一致的感悟，读起来常常让我会心一笑。当我读到他对王炜老师在网名中用到“边城”二字的误会时，不禁大笑，因为我也一直误以为王老师是因为喜欢沈从文的《边城》或者古龙的《边城浪子》才选用了这个名字。关老师还记述了他 2019 年到美国开会期间连轴参加招待会的故事，经历了这一年半的居家生活、工作后，读起来恍如隔世。

想到本书的读者可能大多是交通学术圈的同行，我在此想分享对以下几篇文章的读后感。首先，我特别欣赏和赞同关老师在《不知和无知》中关于知、不知、无知的讨论。“有更多的知识和经验是一种知，看到他人的不知后想到、承认自己的不知，则是另外一个层面的知；不具备某种经验，是一种不知；发现他人不知而斥之者应为不知；只看到了他人的不知，不知甚至无视自己的不知，便是一种无知了。”我在工作中接触过很多博士生，他们的专业背景往往很不一样。

刚入校时，一部分人因为早前本科或硕士的专业学习经历，常自认已经具备了不少相关专业知识；同时，也有不少人对交通专业所知有限，只是对这个方向有些感性认识。在我看来，有些人的知其实经常是不知，有时候甚至是无知；而因为缺乏接触的不知，也能很快通过学习而转变为知。知有不同的层次，即“Know What（知道是什么）”“Know How（知道怎么做）”“Know Why（知道为什么）”。对于学术研究来讲，只是停留在 Know What 和 Know How 层次的知，并不是真正意义上的知，因为这样的知在研究中很难解决新问题。如果仅满足于 Know What 和 Know How 而止步不前，不知道需要 Know Why 或者没有动力去 Know Why，于我看来，这便是在研究上的无知。

关老师在《大数据驱动的科学研究？》《关于交通工程若干问题的谈话纪要》二文中分享了他对大数据与交通研究的思考。他主要讨论的是科学方法论的问题，即科学研究应该以问题去找数据，还是以已有的数据来确定研究的题目。相关主要论点我是赞同的，“以手上持有的数据来确定科研题目和研究内容，则难以确保其问题导向的科研的出发点”。我在这里想要补充的一点是，虽然科研是问题导向，但解决问题的方法却经常是由数据及其分析手段来决定的。对于一个交通问题，前人在当时的数据、计算能力条件下提出了他们的理论和方法，其中某些理论和方法虽然会有种种不足，但因为逻辑合理且自洽，逐渐形成了一个范式（Paradigm），在今天被我们学习并应用到实际工程当中。但是，随着数据的不断丰富和计算能力的持续提高，这个范式是有可能被改变的。以交通网络均衡分配为例，目前的范式是自下而上的：首先基于行为实验去刻画交通路径选择行为，导出网络均衡条件，然后建模去描述这个网络均衡。在这种范式下，路径选择行为的考虑必须简化，否则网络模型就无法大规模求解。但是，由于车辆轨迹、交通流量数据的普及，一个基于神经元网络的 End-to-end Learning（端到端学习）的模型框架是可以构建起来的。该模型框架不仅可以表征更复杂的出行行为，而且可以从数据中直接学习这些出行行为，并能直接估计或预测网络上的均衡交通流分布。这个模型框架从根本上改变了目前的网络分析范式。至于这种框架是否能成为新的范式，需要交通学者的进一步研究和推广。我相信，大数据和机器学习会给我们今天的交通规划和管理理论、方法带来一些根本性的变革。这些变革需要由交通行业内部来推动，而不可能依靠研究数据科学的人。

这些变革的实现要求我们交通学者向外不断虚心学习数据科学的研究进展，向内勇于审视我们的理论范式，追本溯源，深刻理解现有范式为什么是这样的架构以及它们的优缺点，并积极探索新的架构。这是我们这一代交通学者的机遇，也是历史赋予我们的责任。

殷亚峰

2021 年 8 月 30 日于美国安娜堡

序

Preface

第一次读本书的部分章节，是在“交通文化与艺术”的微信群里，那时已从字里行间感受到关宏志教授寓思想教育于师生交往之中的良苦用心。本以为这些内容只是关宏志教授写给自己、流传在少数朋友及学生间的私人分享，今日即将成书出版，实乃读者幸事。受关教授之邀为书写序，先睹为快之后，深信本书将对国内高等教育如何更好地培养国之栋梁产生广泛的影响。

交通规划、交通工程课程的特殊性决定了师生之间的交流机会较多，在交流设计方案的同时，也能进行思想的沟通。师生间通过社交软件、当面谈心交流思想观点，交换对事物的看法，可以增进师生感情，促进相互信任，达到课堂上难以实现的良好效果。教师对学生关心的就业、考研等大的选择问题给予指导与帮助，将使学生受益终身。

身教重于言教。作为交通领域的教授，要带领学生不断参与实践项目，丰富实际工作经验和提高专业水平。从书中可以读出关宏志教授的职业特点、专业态度：就是以人格来培养人格，以灵魂来塑造灵魂，对学生有很强的感染力、典范性。这种影响将贯穿于学生整个受教育的过程，甚至可以影响学生的一生。这一点，在本书中的《和学生的对话》《科学研究成果为什么会"太散"？》等文章里随处可见。

加拿大著名学者斯蒂芬·利考克曾经说过："对学生真正有价值的东西，是他周围的生活和环境。"通过读这本书，可以品出关宏志教授在诸多方面的哲学思考，如创建研究性学习氛围，强化实践能力培养，强调教学内容更新，平衡课程体系，注重本、硕、博团队的文化建设，营造和谐精神家园等。鉴于此，我向广大的读者推荐《路上的远影》一书，希望该书对关心我国高等教育人才培养的人士有所启发，同时也相信该书会对交通领域的广大教育工作者有所裨益！

王婕

北京清华同衡规划设计研究院有限公司

自序
Preface

告别和约定

千里搭长棚，没有个不散的筵席。

——曹雪芹《红楼梦》

（一）带有约定的告别

人世间有多少种告别？其中有一种是这样的……

一个叫埃莲诺的贫穷女大学生，为了生计，去给富人家的一名十二岁的男孩雷吉当保姆。埃莲诺有一定的音乐专长，会吹一种特别的小号——科尔内管（Cornett）。而雷吉则算得上是神童了，他不仅聪明早熟、喜欢读书，还有着极高的音乐天赋。雇佣和被雇佣关系中的接触，让二人结下了跨越年龄的友谊。一天，埃莲诺终于要离开雷吉了，告别时，二人约定继续坚持各自的音乐专长。故事影片最后的镜头中，二人跨越时空的“音乐合奏”感人至深，也告诉人们，他们都忠实地履行了自己的约定。这是美国影片《*Like Sunday, Like Rain*》讲述的一个故事。

《*Like Sunday, Like Rain*》的结尾告诉人们，告别不都等于结束，有些时候，告别是一个带着某个约定的开始。告别，给了人们一个约定的机会、一个如约的机会，也给了一个人新生开始的机会。

那是一个优美的告别和约定。

（二）告别“路上”系列

“你怎么还在这里？”

这是苹果公司创始人乔布斯质问一位他认为很平庸的下属的一句话。潜台词是“你怎么还没有走人？”

这句话可以用于很多场景下，其意思都带有对不称职、不进步的人的批评。那时候的潜台词就成了“你怎么还不进步？”“你怎么还没有被淘汰？”

在哲学家的眼里，老子的重要贡献之一，是他提出了“反者道之动”的思想。按照老子所阐明的这个道理来看，一个事物发展久了，就会不知不觉地走到事物的反面，所以才需要“变则通，通则久”。比方说，自己在专业上对某些观念“对”的坚持，慢慢就会沦为“错”的坚持，和对“对”的反动。在中华文化里，有“舍得”这个概念，意为“有舍才有得，要想得，必须舍弃”。舍，放弃也。要变、要通、要久，就必须舍得。

拙作“路上”系列随笔集从首集出版以来，到本集为止，陆陆续续出了共计十部。这其中记录了我从2011年到2019年期间主要的生活和心路轨迹。九年的时间不长不短，但它是我人生中重要的九年。况且，一个人的人生中，哪个九年不重要呢?

人生免不了有起起伏伏，生活总有快乐和顺利，也免不了曲折和艰辛，最终收获的是酸甜苦辣。人生的起起伏伏、生活的酸甜苦辣给了我思考的契机，也给了我把它们记录下来的动力，这个过程让我收获了一个新的自我。

年轻的时候，总是祈祷人生平稳顺利，经历了一些大大小小的事情之后才认识到：生活本来就是那个样子。

“年年岁岁花相似”，可“岁岁年年人不同”，尤其是人的内心在不停地变化。记录自己的心路，就像修剪那些野蛮生长的枝叶，呵护那些脆弱的嫩芽和小花，是在小心翼翼地打理自己的内心。

回想起来，如盘点一下得失的话，那就是一个交换，用自在换走了烦恼，用从容换走了焦虑。通过和人们的用心交流，我收获了一片宽广、坚实的大地。我庆幸自己做了这种选择，庆幸在这段时间里有了这种交换。

经过了这段时间的跋涉，今天，“路上”系列随笔集终于到了该和我自己、和读者说“再见”的时候了。

（三）践约

告别“路上”系列，并不意味着思考和记录这些思考的终止，我的思考和梳理依旧会按照我自己的节拍继续下去。事实上，即使是本集《路上的远影》成稿之后，我对内心的呵护也从未停止。尽管我还没有想好未来的那个自己是以怎样的面貌出现，但是，要超越某个自己，首先要结束某个自己。没有勇气结束，自然就不会有一个新生。

因此，在“路上”系列第十部《路上的远影》出版之际，给前面的自己做一个告别，给后面的自己做一个约定。

这个约定就是写下去。

其实，人生的每一刻都是在和从前的那个自己道别，每一次道别，都应该是一次蜕变的开始，每一次道别，都隐含着一个约定。每践行一个约定，就会完成一次蜕变，就会有一次成长。不知道和自己的约定、不履行和自己的约定，就无法完成这样的一场蜕变，也就无法实现一次次的成长。

再见了，“路上”系列！

我愿你渐渐地消失在我的身后。当我回首再看到你时，留下的是一个会心的微笑。

关宏志

2021 年 7 月 27 日

目录
Contents

第二篇 / 077
科学本无心

第三篇 / 141
寻找那个自我

第一篇

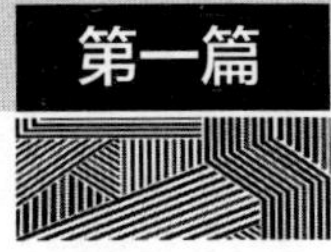

自由和自律

我们每一个人在生活中的那些美好的收获，都是人们对我们在享受自由时的那些行为的回报。

从推荐信说开去

2019年1月16日

给学生写过不知道多少封求学的推荐信，中文的、日文的，还有英文的。对于写推荐信这样成人之美的事情，教师通常都会答应下来，但一般是要学生先以教师的口吻起草一个推荐信的草稿，教师在上面修改后，再打印、签名、寄出。

最近，我又收到了一位同学这样的请求。和往常一样，我还是要求学生先以我的口吻起草一份推荐信，然后发送给我。过了几天，学生发来的推荐信的草稿中出现了这样一些措辞：

“独到和新颖的见解”“很强的理解力和创新意识”“有理想、有志向、有教养、有很强的学习能力，是一名德智体美劳全面发展的好学生”。

通常，此类推荐信需要客观地介绍推荐人和被推荐人是什么关系、是如何认识和交流的、推荐人在这个交流过程中对被推荐人的了解、感受和评价，等等。

读着上面这些溢美之词，我的心里感觉到了许多不安。不要说一位大学四年级的学生能做到这些是多么不易，就是做到了，也应该用朴实、贴切的语言描述才能让人信服和接受。

记得我当年替推荐老师为自己撰写推荐信草稿时，都是先找一个英文或日文的范本，然后模仿着范本的体例、措辞，再结合自己的实际情况着笔。也许是我孤陋寡闻，至少在我读过的外文范本中，没有见到过如此华丽的表述。当然，我更不会在自己的推荐信中使用此类词句。因此，我有理由相信，学生发给我的这封英文推荐信，是学生在无视英文表达习惯的基础上，先有中文表达，后又译成英文的。不知道这是源于对外交往的无知，还是因由“文化自信”？

在我看来，语言承载着文化，而文化，尤其是文化的精神，在不同的语言之间往往是不对称的，正是由于这种不对称，才不能简单地将一种语言文字“翻译”成另外一种语言文字，而是需要用后者所蕴含的文化重构出能被那种文化所理解、接受的表达。否则，就会起到相反的效果。

当然，我猜这位学生并不了解这些，他和我们身边的许多人一样，做着他们在自己的文化背景下“翻译”的事情。

从这封“推荐信”（草稿）延伸出去，在当下的科研论文、学位论文、科研报告中，在科研结果还没有成立、没有被证实的情况下，人们公然宣称自己“首次提出……”，自我标榜“创造（新）性地提出……”“客观地、全面地……”“细致认真地……”，凡此种种，渲染、夸张甚至是谎言般的陈述实在是不胜枚举。为此，许多严肃的学者都在呼吁从科技文章中删除类似的形容词，用客观、平实的语言来描述事实和事物。

其实，在中国传统文化中，评价一位年轻的学生乃至任何人，都是需要客观、准确和朴实的，在这一点上，自以为中华文化的价值观和其他民族没有什么本质上的不同。

我们不妨想一想，社会能够轻易、随便地接受你所宣称的“事实”吗？试图通过自己的宣称，把“首次”“创新”这样的结论强加给读者和社会，将会收到怎样的效果呢？夸张甚至说谎是增加了科技文章的价值，还是贬损了它的价值呢？历史的经验告诉人们，铺天盖地的赞美背后，必定有着无数的谎言，而跟在谎言之后的，则是普通民众的深重苦难。

再回到“推荐信”的问题上，如果一个教授把推荐信写成这样，无疑会被读信的人认为轻浮和滑稽可笑，从而降低被推荐者的被理解、被接受的可能性。

我们的学生正在成长，将来他们会步入社会的科技、教育领域，如果他们在心中埋下的是一些浮夸的种子的话，未来社会将会收获怎样的果实呢？

老师可以帮助学生修改推荐信、修改文章，甚至可以批评教育学生，但如果社会上到处都在鼓励某种虚妄、浮夸甚至谎言的话，一个教师能发挥多大的作用呢？

活不出自我，遑论未来

2019 年 2 月 17 日

网上一则关于孩子“不知道感恩”的帖子引起了人们的普遍关注，文章里列举了几个父母倾其所有，但却培养、教育出了不肖子女的典型事例，尽管这些让人心酸的故事已经零零碎碎听说过，但重读起来还是让人唏嘘不已。

这些发生在孩子身上的现象最终被归结为要“教孩子学会感恩”。这样的结论显然是没有错误的。

然而，从孩子们“嫌弃自己的父母配不上如此好的自己”、认为“父母皆祸害”、对父母呵斥“不准跟我走一起，你也不看看你自己的样子”，以及“留学 5 年的青年对前来接机的母亲连刺 9 刀”等事例中，人们可以看到那些对自己克勤克俭，但对孩子却低声下气、畏畏缩缩的父母，也可以看出这些现象背后，父母的责任的问题。

首先，通过孩子们的嫌弃和呵斥声，我们有理由怀疑，这些父母本身便不具有一个健全、完整的人格。

电视剧《编辑部的故事》里有这样一个情节：一天，李冬宝（葛优扮演）在路口执勤（用今天的话说是当志愿者）。当他用小旗拦下一辆违法（应该是闯红灯）的汽车后，汽车里的人放下车窗，非但没有认错，反而对他呵斥道："你也不看看这是谁的汽车！"

这就是某些国人对人格认知的真实写照。千百年来的社会演变，形成了一种人格随着自己的政治、经济、社会地位而变化，对内从"爷"和"孙子"二者之间找自我，对外则在"哥们儿"和"敌人"二者之间定关系的文化。这种文化让人们根本就不知道还有这样一些事情：

每一个人原本都应该有一个自我，这个自我是尊严、独立、强盛的基础，无论人走到哪里、无论遇到什么人、无论在多么"高贵"、多么"卑贱"的人面前，都不应灭失或者膨胀这个自我。金钱和地位都不是人活着的目的，它们都不过是活出自我、人格魅力和个人能力的产物而已。因此，本文所谓的"活出自我"并非指有显赫的官位和丰盈的金钱，而是指有一个健康、完整、独立的人格和与之相应的生活。

有自我的人才知道什么是尊严，才知道什么是责任，才能感受到爱，才有可能将尊严和爱的真正含义通过言行传递给下一代人。这个独立的自我，不仅意味着不依附于外人，同时也意味着不依附于家人。这种人格，既是个人生活的精神支撑，也是家庭和子女成长的精神支柱。值得庆幸的是，越来越多的人已经从“养子防老”的传统观念中走了出来，认识到了“靠山山要倒，靠人人会走”的道理。我们完全可以想象，把一个不懂事的孩子交给一个没有人格的人去培养，会得到怎样的结果。健全的人格对一个人、一个家庭如此重要，对一个社会又何尝不是如此？所以，让每个公民都认识到自我，让他们的人格在幸福和道德的生活中自由健康地成长，让他们知道为了“活出自己”而努力奋斗，是拯救“不知道感恩”的一代人的最重要的基础。事实上，为生活上的事情亲力亲为是一个人生命存在的象征，而每一项“依靠”都意味着生命中那一项功能的终结。

另外，中国父母的一些养育观念需要向不同的文化学习和借鉴。在中国父母眼里，孩子是自己私有、可以任意行使个人意志的对象。关于这一点，以 Kahlil Gibran 的 *On Children*（译为《论孩子》）为代表的思想值得我们借鉴（建议读者阅读和品味）。

最后，关于如何教育子女，还有许多技术性细节，国内外在这些方面有无数的经验值得我们借鉴。

教育，是一项非常浩大的社会性工程，需要从社会文化、教育科学等多个方面努力，方可造就一代又一代新人。人们普遍认为，四十年造就一代人，我们热切地期盼着。

读书分享会后的断想

2019年5月6日

成为你自己！

——尼采

在我的学术团队的读书交流会上，一位学生推荐了华裔作家伍绮诗的小说《无声告白》。据介绍，该小说中的主人公莉迪亚一直在试图满足父母的期待，而每每失去自我，最终选择了自杀。

我没有读过该书，但听完推介后，我想到了很多很多。于是，我点评道：

这让我想起了昔日在日本留学时，我在京都岚山的“周恩来诗碑”前的留言簿上读到过一位游客的留言：“有些人活着，但却已经死了；有些人死了，但却得到永生。”

这句富有哲理的话，一直深深地印刻在我的脑海里。

作家非常喜欢用比喻的手法叙事，或许这里也不例外。小说中的小主人公莉迪亚虽然活着，但是没有一天是为了自己，那么，她虽然在生物学意义上是活着的，但在一个人的意义上，她却从来没有存在过。如果没有她的死（自杀），人们或许都感觉不到她的存在，就不会领悟到她的死、不会去思考她为什么死。

由此，故事实际上是把人们引向对几个古老问题的思考——生、存在及其意义。对于这些问题，人们有着不同的回答。其中，尼采的那篇著名的《成为你自己》从一个角度回答了这个问题。

一个看过许多国家、民族以及世界许多地方的旅行家，若有人问他，他在各处发现人们具有什么相同的特征，他或许会回答："他们有懒惰的倾向。"有些人会觉得，如果他说他们全是怯懦的，他就说得更正确也更符合事实了。他们躲藏在习俗和舆论背后。从根本上说，每个人心里都明白，作为一个独一无二的事物，他在世上只存在一次，不会再有第二次这样的巧合，……他明白这一点，可是他把它像亏心事一样地隐瞒着——为什么呢？因为惧怕邻人，邻人要维护习俗，用习俗包裹自己。然而，是什么东西迫使一个人惧怕邻人，随大流地思考和行动，而不是快快乐乐地做他自己呢？在少数人也许是羞愧。在大多数人则是贪图安逸，惰性，一句话，便是那位旅行家所谈到的懒惰的倾向。

……

不想沦为芸芸众生的人只需做一件事，便是对自己不再懒散；他应听从他的良知的呼唤："成为你自己！你现在所做、所想、所追求的一切，都不是你自己。"

一个人活着，有着多个维度的存在，有着多个维度的意义。《无声告白》及其中的莉迪亚之死，给了我们一次思考自我应该如何存在、应该具有怎样的意义的机会。

面对一个没有“标准答案”的世界

2019年5月20日

“你在想什么呢？！”

在和我的学生讨论问题时，我的情绪有些激动了。按说，我不该激动的。

我发脾气，既是因为在讨论问题时，学生的回答总是离开正确的思维而和我兜圈子，更是因为在讨论中，学生竟对一个现实问题给出了这样的解决方案：

对于在公共场所乱丢垃圾者，需要政府补贴来促使他们别乱丢垃圾。

显然，学生根本就没有想过“政府补贴”的来源是什么、应该用到哪里，以及把“政府补贴”用于“丢垃圾的人”意味着什么。学生给出的答案超出了学术的范畴，超越了我认为的社会道德底线。

学生走了，静下来我就想，为什么会出现这样的问题?

前几天，我在给学生上课时，给学生们留了一道有点挑战的作业题。从学生们提交的作业来看，可谓是五花八门，但更多的是从我给他们的课件中摘取内容作为他们的回答。在点评学生们的作业时，我才告诉他们，这是一道“开放性”问题，没有“标准答案”，回答（或者说是思考）这个问题的步骤，首先是要提出你自己的标准，那是你思考问题切入的角度，然后才是用证据来证明你的观点，从不同的角度出发，自然有不同的答案。我特别强调，这个问题没有标准答案。我是想通过这个问题，打破学生们寻找“标准答案”的思维模式，努力让他们提出自己的想法，寻找自己的答案。

从教多年，我遇到的形形色色的学生实在不少，学生提出一些幼稚甚至荒诞的问题都属于正常情况。带过那么多学生，我常发现，学生们的考试成绩和创造性并无必然的关系。我也接触过不少考试成绩不错的学生，但在培养他们的过程中会发现，寻找“标准答案”是他们固定的思维模式。当要他们给出自己的观点时，他们往往并未表现出特别的地方，无论是“给出自己的答案”或是“提出自己的问题”，总是乏善可陈，更遑论“有意思”了。这里当然不是说所有的学生都是如此，但是，即使是一小部分学生有此类问题，也足以引起我们的警惕了。

那么，学生的“标准答案”是从哪里来的呢？毫无疑问，绝大部分来自课本。我们传统的教育往往会要求学生对于老师提出的“标准问题”给出“标准答案”，这样显然忽略了对学生自己提出问题、独立回答问题的训练。久而久之，学生发现问题、解决问题的能力就会萎缩甚至丧失。

我们所面对的是一个有“标准答案”的世界吗？

显然，这个问题的答案是否定的。既然答案是否定的，那为什么还有那么多人对某些问题抱有算得上是完全一致的看法呢？

心理学中有一个现象，叫作锚定效应。下面用《怪诞行为学》中的一个事例，说明这一问题。

教授先让课堂上的学生看了一眼自己的身份证，要求他们记住自己的身份证号码。然后，教授拿出一瓶没有标签的葡萄酒，让大家写下自己认为的这瓶葡萄酒的价格。

事后统计发现，每个人报出的葡萄酒价格和自己身份证号码的尾数惊人一致！

按说，葡萄酒的价格和身份证号码毫无关系，但是人们却主动把它们联系到了一起，这就是所谓的“锚定效应”。知道了这个“锚定效应”，你就可以看穿魔术师的许多令人称奇的表演。魔术师看似让你做了一个无关紧要的动作，或者对你说了一句无关紧要的话，但实际上是把他想要的答案以“自己的答案”的形式锚定在了观众那里。

一个具有独立人格的人，当然不会希望自己被人“锚定”，不希望自己被人左右，而是希望利用充分多的信息独立作出判断，这就是人们所说的自由意志。在我们的交通问题中，“充分多的信息、独立的判断”是路网达到均衡状态的必要条件，而“均衡”无论是在交通网络中还是在现实中，都是一个美妙的状态。当然，也有人拒绝搜集信息，拒绝作出独立的判断，不过，那就不是判断力而是人格的问题了。除了“锚定效应”之外，“从众”和“集体无意识”等心理状态也会影响我们的判断，这里便不再赘述了。

那么，在一个没有“标准答案”的世界里，我们是如何获得我们认为确凿无疑的“标准答案”的呢？

也许答案就在我们的社会媒体上。如果你永远只能听到一种声音，你自然就会被锚定，久而久之就会形成习惯，而形成了习惯之后，收集信息的能力就会大大减弱，进一步就将失去判断的能力。

就像出行者希望获得更多的信息以找到最佳出行方

案那样，人们在这个社会上生存，也希望找到正确的答案，以获得最佳行动方案。如果有人试图阻止你这样做，那他一定是另有图谋。当然，主动放弃寻找自己的答案的权利，也是你的自由。

现在已经清楚了我们心中“标准答案”的来历，那么，面对一个原本就没有“标准答案”的世界，你该怎么办呢？

和学生的书信往来

2019年5月22日

关老师：

您好！

今天给您写信，想跟您说说心里话。

工作五年，我在事业上取得的成绩不大、进步不大，但我的心理成长速度比任何时候都快，能够承受的东西越来越多。我有种即将破茧而出的感觉，身心慢慢地走向了自由。

硕士毕业之前，我一直都处于学习状态。毕业工作后，我给了自己空当期，放松了自己。没想太多，就是想静静地感受生活、触摸生活，以一个最普通人的姿态去感悟所有。当然，这也给我带来了负面的结果，我耽搁了自己，浪费了一些宝贵的时间。

面对不公，我选择过抗拒；面对比我更优秀的人，我选择过依赖；面对误解，我选择过沉默。是的，有段时间，我选择了抱怨大多数的人，但也曾义无反顾地帮助过别人。

去年离职，公司领导挽留了我，我留下了。作为回报，前段时间，我和公司的同事们一起努力加班，几乎每天都工作到凌晨两点，项目最终也成功中标。这是我入职以来第一次真正意义上独立完成项目，公平竞争，如愿中标。是的，我体验到了，要活得酣畅淋漓，要敢爱也敢恨。

五年，空当期。

生命是有限的，要把自己的精力放到自己最喜欢的事情上去。我尝试过写作，也向杂志社投过稿，终究是自己太急功近利，写出来的东西还是太差劲。我想过继续读博，但有些问题是无解的，就如交通拥堵就是一个常态，我们却要费尽心力解决拥堵问题。我想过办工厂，但经过分析，那也是一个不现实的想法。

我知道自己必须面对现实，寻找可以实现的东西。现在我隐隐地觉得自己找到了，找到了一种适合自己的工作与生活模式。

我可能还是会选择一家当地设计院入职，静下心来，真正地去做咨询和设计，把自己的感情融入自己的作品中去。业余时间，我想设计一些小的东西，一些能传达感情并温暖人心的作品，交给厂商生产出来，再流入市场。如果可能的话，写一些留给自己而不用取悦别人的文章。

关老师，给您写这封信的时候，不同以往，我是没有压力的。因为，此时的我比以往任何时候都更真实，我感觉自己将走向自己。

关老师，如果信中有些言语冒犯到了您，请您包涵。

此致

敬礼

您的学生 ×××

××× 同学：

你好！

很高兴收到你的来信，更高兴看到你的成长。

首先，很欣慰听到你说自己感到了自由。那是一种标志，标志着你进入了一种状态、一种境界。通常，你这个年龄的人很难进入这种境界。

其次，看到了你在工作、事业上的进步，对你们年轻人来说，经验（包括成功的、失败的）是宝贵的财富，从来都不会被浪费。你公司领导的挽留和今天的投标成功，都是这些经验和努力的结晶。

任何经验最终都会归结为一个人心智的成长。唯有心智成长，才能获得更加持久的和谐。

智慧，似乎每个人都有，如果智慧有一种最高境界的话，那就不一定是每个人都可以达到的。

在和一位教授交谈时，讲到智慧，我提到了曾经给智慧下的一个简单的定义：使得更多的人获得持久和谐的思想和行动。紧接着，他把许多社会上所表现出来的东西称为"小聪明"。当下，许多所谓"智慧"的、"智能"的想法和做法，都不过是一点小聪明的表现而已。在这一点上，我们是有共识的。

幼稚甚至愚蠢，都不可怕。我们每个人都是从幼稚甚至愚蠢中走过来的，今天也避免不了幼稚和愚蠢。不过，智慧告诉我们，意识到自己有可能幼稚和愚蠢，才能最大限度地避免它们。哲学家告诉我们（摘自《极简科学起源课》）：

文明相互交流融合才会更加繁荣，文明相互孤立则会日渐衰落。文化大繁荣发生的时间总是和不同文明间伟大碰撞的时间吻合。

……

遇见不同，这种相异性让我们的偏见变得愚蠢可笑，同时也开拓了我们的思想。

……

不管是一个国家、一个组织、一个大洲，还是一种宗教，都需要在宣扬自己身份的同时进行自我反思，更需要意识到自身的局限和无知。当我们接纳差异、注重差异时，我们就是在为人类种族的丰富和智慧的提高作出贡献。

避免愚蠢或许还算不上是智慧，但是，凡人只要能避免愚蠢，就已经很不错了。哲学家上面的话告诉我们，只要我们稍微虚心一点点，我们就能“为人类种族的丰富和智慧的提高作出贡献”。这是一个多么廉价而又伟大的交易啊，我们有什么理由拒绝这种交易呢？

加油！

关宏志

不知和无知

2019年6月3日

一年一度的毕业答辩正在进行，毕业答辩中，一位老师对学生提了一个非常具有现实性的问题，学生直愣愣地看着老师，想了一下回答道："不知道。"

"我就知道你不知道。"老师的声调提高了一些。紧接着，这位老师便如数家珍般地讲了起来。由此可以看出，他具有丰富的现场工作经验。显然，他讲的内容远远超出了一位本科生可以接触到的知识和一般的实践经验，不要说大学生，就连较少出入工地现场的其他老师，恐怕对这位老师提出的问题也会感觉十分陌生。

望着答辩台上的学生和那位说"我就知道你不知道"的老师，我们很容易想到，作为教师的我们，自身也有许多不知道的东西，小到专业领域的某一个知识点，大到一项自然法则和客观规律。为此，我们也可能说错话、做错事。古人说得好：知之为知之，不知为不知，是知也。

那么，在上面这个事件中，什么是不知，什么又是无知呢？

在这时，有更多的知识和经验是一种知；看到他人的不知后想到、承认自己的不知，则是另外一个层面的知；不具备某种经验，是一种不知；发现他人不知而斥之者应为不知；只看到了他人的不知，不知甚至无视自己的不知，便是一种无知了。

知，是一种力量。知，既是掌握某个知识点，更是了解世界运作的规律，没有前者，自然就没有后者，只有前者，并不等于就有了后者，相比之下，后者更为重要。这种知，才是真正的力量，有了这种力量，才能拥有真正的话语权。要让自己有更多的知，就需要有更深层的知，就需要有文化，就需要我们永远地保持谦逊和学习的态度。

一个人是如此，一个国家、一个民族又何尝不是如此？从一个人的不知我们就可以知道，任何一个民族都不可能穷尽全世界的知识，任何一种文化都不可能包罗其他文化的智慧。能够认识到这一点，应该算是不知中的知了。

一种文化发展的源泉无非两个方面，一个是这个民族自身的创造，另外一个则是从其他文化中汲取、借鉴。一个聪明的民族，应该始终保持谦逊谨慎，善于向其他民族学习，进而丰富自己的文化。

科学研究的目的不是作出准确的定量预测，而是“理解”世界是如何运行的。

科学研究的关键在于，不要被我们确信的一切和我们固有的知识禁锢，要时刻准备通过观察、讨论、提出新观点和新批评去不断改变它们，这种能力才是掌握科学知识的钥匙。科学思想的本质就是批判、反抗，就是排斥一切先验主义、一切盲目崇拜、一切宣称的真理。

知道自己的不知，而又不想无知，我们就知道应该怎么做了。

2019 年兰州交大校园即景

2019 年 6 月 4 日

（一）鸟语花香

清晨，走出宾馆，才看清楚校园的大致轮廓。典型的西北地区的树木和花草生长茂盛，几乎占据了目光所及的空间，四处有小叶杨、杉树、柳树，还有许多我叫不上来名字的树木。那些树木或粗壮钻天，或枝繁叶茂四向伸展，应该已经在这里“居住”很久了（图一）。各种教学楼宇都被隐没在了树木后面。

在我看来，一所大学的历史象征有两个，一个是校园里的树木，另外一个就是校园里那些古老的建筑。眼前的树木和“教师宿舍”“热工实验室”等建筑物正静静地在那里向人们诉说着这里的沧桑历史，诉说着那些远去的年代。

烘托着这种场景的“背景音乐”，是小鸟的歌唱。

那“歌声”不是来自一种小鸟，而更像是多种小鸟的大合唱。高一声、低一声，长一曲、短一歌，此起彼伏，好不欢快热烈。有些大胆的小鸟落在草地上，蹦蹦跳跳地在草丛中觅食，一片和谐的景象。

空气中夹杂着植物花开的味道，那淡淡的、有一点清苦的香气，沁人肺腑。

图一　校园里的树木

（二）排队中的晨读

图书馆是校园里最为高大气派的现代化建筑。和几乎所有大学校园内的图书馆类似，这里也有高高的台阶，正是这样的台阶，让这座建筑物显得气度不凡。

清晨，图书馆还没有开门，高高的台阶上已经整齐地排了两队学生（图二），他们都面朝图书馆大楼，手里捧着一本书，或默默看着，或嘴里念念有词。不用问，他们是在晨读。

至于为什么他们都排着队站在这里，后来同事的回答印证了我的猜测，他们是为了能在图书馆占得一席自习的座位。

他们周围也有许多和他们类似的学生，除了排队之外，在做着和他们一样的事情。

图二 图书馆前排队的学生

（三）无车区间

清晨的校园里，街道显得非常干净整齐。工作人员一下一下地挥舞着大大的笤帚，清扫着地上的落叶和杂物，路面很快变得“一尘不染”，让行人看上去感觉很是舒心惬意。

另外一个让我感到惬意的地方，是路上没有一辆汽车，无论是行驶中的，还是停放中的。显然，学校设置了无车区间，让这个空间更加安静，让这里的人更加从容。

仔细看过去，这里不仅汽车很少，就连自行车都很少见到。

走出“无车区”，终于见到了停放在路旁的汽车，遇到了从身边驶过的汽车。所有行驶中的汽车都是缓缓驶过，停放中的汽车都整齐地停在它应该在的地方。这正是我理性中的人和车应有的相互关系。

（四）教室即景

一走进教室，发现了一番久违的景象——满屋子的黄色木质桌椅，散发着古老的气息。

记得我们上大学的时候，几乎所有的家具都是这样木质的，包括门窗。后来，逐渐出现了铁质门窗和复合板的座椅。这些年，我到过无数的大学，所到之处，家具都变成了现代化的模样。而这里，还在使用着我记忆中的桌椅，它们不仅勾起了我的回忆，也引起了我的感叹。我喜欢这种节俭的态度，也赞赏这种节俭的做法。

教室里没有多媒体教学设备，是让我颇感意外的另外一个方面。多媒体教学设备在许多大学已经遍布每一间教室，而在这间教室上课的教师，还只能用粉笔在黑板上书写。板书在教育上有着它的优势，例如，在公式推导上具有更好的效果。当然，恰当地辅以其他表现方式，似乎也不多余。

教室前方的墙上有一个布袋，上面有许多写了编号的小口袋（图三）。同事告诉我，为了防止学生在上课期间玩手机，那里是集中暂时保管手机的地方。果然，随着学生陆陆续续进入教室，绝大部分学生自觉地将手机插入了那些小口袋里。上课期间，没有发现在其他学校司空见惯的那种学生在课堂上玩手机的现象。当然，也没有发现学生一落座就打开笔记本或者平板电脑的现象。

图三 装手机的布袋

（五）有志气的学生

了解学生报考本校的动机，是此次考察的内容之一。

对此，同学们给出了不同的回答。最让我感动的，是一位大一女同学给出的答案：“我们家乡不通火车，所以我报考了兰州交大，我要为我的家乡修一条铁路。”

好有理想、有志气的孩子！

记得在我们上大学的那个年代里，我们还经常可以从同学的口中听到类似的志向与理想，但之后已经很久没有再听到过了。

记得在日本北海道大学，我见到过一块石碑，上面镌刻着几个大字——胸怀大志。那是一位美国学者担任该校校长时对青年学生的号召，是该校教育精神的一个重要方面。让学生朴素的理性成为其行动，并最终化为现实，是教师们的责任。

（六）“天佑园”里的孩子们

“天佑园”是兰州交大校园内的一个园中园，里面有仿造的“青龙桥”车站，有蒸汽机和内燃机机车，有广场，有詹天佑塑像，还有一个大花园。

经过“天佑园”时，我看到了一群戴着红领巾、穿着校服的孩子们，他们正在花园里捡拾着什么。仔细一看，原来他们是在捡拾那些人们丢弃在花丛里的烟头、杂物等垃圾。如此让孩子们身体力行的活动，比多少说教都更有意义。

（七）雨中，那尊詹天佑塑像

路过这所大学的“天佑园”时，一尊雕像吸引了我的注意。这是一尊詹天佑先生的青铜塑像（图四）。

只见詹天佑先生身着燕尾服、打着领结，目光平视，迈步前方，……

在中国，尤其是在中国的土木界和交通运输界，詹天佑（1861 年 4 月 26 日—1919 年 4 月 24 日，英文名：Jeme Tien Yow）是一个如雷贯耳的名字。他主持修建了我国第一条铁路——京张铁路，创造了我国铁路史上的许多第一，加上他的其他技术性贡献，詹天佑先生在中国的铁路史和土木史上留下了重重的、开拓性的一笔。

这位被后人誉为“中国铁路之父”“中国近代工程之父”的人之所以能取得如此成就，和他的成长经历密不可分。

1839 年，一位刚刚从美国耶鲁大学毕业的学生来到中国，这位时年 29 岁的青年人来中国的任务，是担任在中国开办的学校——马礼逊学堂的校长，他就是著名的传教士 Samuel Robbins Brown，中文名字叫包留云。据说，这所马礼逊学堂也是中国的第一所西式学堂。1846 年，包留云因为身体原因要回到美国。他对学生们说：“你们谁愿意和我一起去美国读书？”在当时，去美国读书算得上是数典忘祖的事情了。结果，只有三个孩子跟随包留云去了美国，他们是容闳和黄宽、黄胜兄弟。1854 年，容闳从耶鲁大学毕业，成为第一位接受完整美国教育并取得文学学士的中国人。黄宽在美国中学毕业后赴英国留学，成为中国第一位获得医学博士学位之人，后来成了我国著名的医学家、教育家。

1870 年，回国后的容闳通过曾国藩向中国政府建议，由政府出资选派幼童留洋。紧接着，他在香港等地亲选了 120 名幼童，计划分四批出国。容闳因此被后人称为“中国留学之父”。1872 年，詹天佑作为这个计划首批选派的三十名学童之一，被派往美国留学。当时，詹天佑年仅十二岁。在此后的 1878 年，他以优异的成绩高中毕业，并考入耶鲁大学土木工程系。1881 年，詹天佑从耶鲁大学毕业后回到祖国。然后，便有了今天人们都知道的那些成就。

和詹天佑同时留学的人还有唐绍仪［民国第一任总理、山东大学第一任校长、北洋大学（现天津大学）校长］、唐国安（清华大学首任校长）、梁如浩［唐山路矿学堂（即后来的唐山交通大学，今西南交通大学）总督（即校长）］及梁敦彦（北洋政府交通总长）等人。并且有资料显示，“梁敦彦推荐詹天佑修建中国第一条自主设计的铁路，还力促清华大学的创办”（引自南方都市报《留美生梁

敦彦 慧眼识詹天佑》)。

从包留云到梁敦彦，我们知道了为什么詹天佑能成为后来的詹天佑。

人们知道，早期的西方近代科学技术及其他文明，大多都是由西方传教士带入中国的，他们当中有许多今天我们耳熟能详的名字，如利玛窦、南怀仁、汤若望、郎世宁及司徒雷登等。如果要给那个时代把西方文明传到中国、对中国科学技术发展作出过重大贡献的人立一尊雕像的话（而且我们应该为那些为我们、为人类作出贡献的人树碑立传），其主人公应该是一位身着明清时代官服的西方人。

詹天佑象征着一个时代，象征着从那时起，一批身着西服、身怀西方科学“绝技”的国人登上了中国的历史舞台。从詹天佑那一代人开始，科学文明在中国大地开始薪火相传。

在我看来，雕像中詹天佑的燕尾服、领结、梳理得一丝不苟的头发和胡须极具象征意义。它象征着国人学习、引进西方文明的开放精神和严谨态度。怀着这种精神和态度，中国的知识分子在科学精神贫瘠、科学知识贫乏和技术极度落后的土壤中播撒下了新的文明的种子。那时候，以科学技术为标志的西方文明，通过詹天佑、李四光、钱学森、胡适、季羡林等一大批中国学子传入中国，奠定了我们今天科学技术和新思想的基础，开启了一个全新的时代。经过他们之手，中国的土地上结出了划时代的成果。

这一切和我们改革开放初期国人的心态和做法是何其相似！

翻开我国的近代科学技术史、高等教育历史、现代医学史，等等，西方文明的影响随处可见。我们引以为傲的交通工程专业，就是在改革开放初期由美籍华人张秋先生传入我国的，就连远在西部的兰州交通大学交通运输专业的创始人林达美教授，都是早年留学美国的学生。

塑像里的詹天佑先生没有身着长衫，没有手持“经卷”，只有踌躇满志地健步向前。

凝望着詹天佑先生的铜像，我想起了深圳的莲花山。在那座小山的顶峰，矗立着一尊邓小平塑像。在那尊塑像中，邓公意气风发，阔步向前。谁都知道，那象征着打开国门的自信、“一百年不变”的坚定和走向世界的豪迈。

中外的历史经验让人们看到，开放，不是仅仅为了眼前的蝇头小利，而是浩浩荡荡的历史长河中的大势所趋，是民族未来的希望所在。

阴雨中，詹天佑先生眉关紧锁，神情不无凝重。

图四　詹天佑先生的青铜塑像

关于留学生的闲言碎语

2019 年 7 月 15 日

国内某大学的一项昏招，深深地刺痛了国人敏感的神经，把这所大学乃至整个国家吸引外国留学生的政策推上了风口浪尖。一时间，各种关于招收、培养留学生的议论甚嚣尘上。一些帖子带着浓烈的民族情绪，将留学生政策和国内的教育政策、社会治安等问题联系到了一起，可谓众说纷纭，莫衷一是。

由于缺乏对总体情况的把握，自然不敢胡说八道，更无意对国家的大政方针指手画脚。但作为一个曾经的留学生和遇到过来华留学生的教授，对此我还是有一些想法的，就算是关于这件事的闲言碎语吧。

最早遇到留学生，还是在我的大学时代。当时，我所在的西安公路学院（现在叫长安大学）就有许多来自非洲和西亚国家的留学生，他们主要就读于当时学校的公路系，学习的专业应该是集中在土木工程方面。由于专业不同，近距离接触留学生，还是在学习以外。那时我所在的学校排球队里，有一位来自也门的留学生队员，名字叫阿里。共同的训练、比赛，让我们之间建立了同学式的友谊。阿里能说一口流利的汉语，相貌出众，球技也很不错。那时候在中国，外国人还是很少，他每次随队出赛，他那副外国人的面孔总会引起围观。

我的大学时代，国家刚刚开始改革开放，各方面还很落后，为了保障留学生的生活和确保培养水准，学校安排留学生住在一个单独小院里，住宿、餐饮及授课都相对独立。印象深刻的是，他们的宿舍有淋浴房，可以随时洗热水澡。由于是校队队员的关系，我们每次训练、比赛完毕，都被特别允许可以在留学生楼里洗一下淋浴。这在当时算得上是让自己非常得意的特权了，因为中国学生是没有每天都可以洗澡的待遇的。那时候人们都很单纯，中国学生和留学生之间关系融洽。后来听说那些留学生回国之后，他们中的许多人成了政府高官和他们国家的栋梁之材，这一点，可以通过校庆时外国嘉宾身份的介绍得以证实。

最深切地体会留学生活，莫过于亲身当一次留学生了。提到在日本进修和攻读博士学位期间的留学经历，那可是说来话长，这里只能结合当下的话题来说了。

当年留日的中国学生身份大致可以分为三类，一类是由中国政府出资的留学生，另一类是由日本政府出资的留学生，即所谓的“文部省奖学金”留学生，最后一类则是自费留学生。相比之下，前两类学生要通过严格的选拔，各方面都很优秀，而后一类群体，水平则是参差不齐。不知道当时我们在外国老师眼里是怎样的形象，说不定和今天我们眼里的外国留学生差不多呢。但自我评价一下，那一代留学生还算是勤奋、谦虚、积极向上的。

那时候，中国刚刚从“文革”中走出来，和包括日本在内的发达国家之间，在基础教育、经济、科技等多个方面都存在着巨大差距。经济上的窘迫，使得许多留学生在学习的同时，把赚钱放在了非常重要的位置上。这一现象，在所有来自经济欠发达国家的留学生身上都不同程度地体现。相比之下，至少中国留学生整体上在学习方面更加勤勉一些。

当然，留学生也并非一个纯净的群体，和当地社会在多个方面也时有矛盾发生。杀人越货的事情倒是没有听说过，小打小闹的事情还是有的，比方说买卖伪造、变造电话卡的黑市就普遍存在。

基础教育水平的差异，再加上语言等方面的问题，使许多留学生的学习并非那么顺利。对此，对留学生的教育采取另外一套评价标准，也是日本大学的普遍做法。总体来说，留学生这个群体或多或少都受到了这个政策的恩惠。不过，日本并没有刻意为留学生营造一个相对独立的社会系统，这一点和我所了解的西方国家的做法基本相同。

在接收留学生的问题上，日本政府也有过头脑发热的时候，在"国际化"的大背景下，曾经提出过接收一百万名留学生的宏伟计划。后来，随着国际、国内形势的变化和领导人的更迭，这个计划无疾而终了。

回国工作后，不知不觉当中，身边的留学生日渐多了起来，我的课堂上也开始出现留学生的身影。他们大多来自东南亚、中亚、西亚和非洲等我们过去所说的"第三世界"国家和地区。在我看来，来华留学生从过去的以学习语言、中医、中国传统文化等为主，到现在大量进入理工类专业学习科学和技术，这算得上是一个巨大的飞跃了。这也是中国高等教育水平大幅度提升、教育国际化的一项重要标志。

这些年，我也越来越频繁地接到外国学生的留学请求，先是通过电子邮件，后来发展到有人直接打电话过来咨询。在和身边的教授交流时发现，他们也遇到了和我完全相同的情况。对于这些留学请求，开始我还亲自打电话给学校的留学生管理部门询问相关政策，帮助对方撰写接收函。但随着这种尝试屡屡失败和类似的请求越来越多，使得我无暇他顾之后，我便开始婉言谢绝这种请求了。

到目前为止，我接触较多的是一位来自越南的留学生。她从本科起就在中国留学，一直到获得博士学位，在中国生活了十多年。尽管她在中国待了如此之久，尽管她非常刻苦努力，她的学术水平还是无法和同级的中国学生相比。如果一定要拿中国的标准来要求的话，恐怕她在本科期间就已经会被淘汰，而根本到不了攻读博士学位的阶段。尽管如此，我坚信中国的大学授予她从学士到博士的学位是一个正确的选择。这既是对她努力学习、努力超越自我、让自己最大限度地接近博士水平的奖励，也是对她热爱中国的一种回报。尽管说起来，热爱、感恩自己留学的国家是一个正常人原本就应有的情感。

我自己的课上也有经常缺席、考试成绩不佳的留学生。他们中的有些人还是努力的，有些人则不是那么努力。记得前不久有位留学生在毕业设计答辩时用英语陈述，我问他为什么不学习汉语，因为我认为学习汉语对他的未来会有所帮助，而且他身在中国，有很好的便利条件。而他只回答我说：“太难了。”然后便是一脸的苦笑。

从他们身上，我看到的不仅仅是语言的问题，还有他们接受的基础教育、社会文化氛围等多个方面和我们的巨大差异，而这种差距对有些人来说，很难在短时间逾越。

这种留学生的学习表现，会让我想起曾经指导过的一位少数民族学生。对他来说，使用汉语并不比使用英语更加轻松。对待这类学生，我没有用全国“一把尺子”来要求他。

这些年，中国和世界都发生了巨大的变化。回想起当年留学时，除了努力学习之外省吃俭用、努力攒钱的自己，我们就可以理解那些来华留学生的境遇和想法了。己所不欲，勿施于人。如果说当年我们都没有要求所有的中国留学生都是优秀人才的话，难道刚刚富强起来的我们，就可以板起脸来要求所有来到中国的留学生都是优秀的吗？

外国留学生是一个国家的战略资源，这个群体之于一个国家未来的重要性，在这里无须多言。我们接收留学生，尤其是大规模接收留学生的历史还很短暂，我们的政策还有许多可圈可点的地方，既有许多经验值得总结，也有许多教训需要汲取，这一点也毋庸讳言。

因此，“因材施教”不仅仅是针对国人，在对留学生的教育和培养方面也同样适用。从多个角度客观、理性看待留学生，宽严相济，不断摸索经验，是我们必须经历的过程。

中国教育的国际化，任重而道远。

渡过那条大河

2019 年 7 月 28 日

午间时分，手机的铃声响了起来。接起来一看，是朋友 A 打过来，前不久，我有事请他帮过忙，这通电话，应该和那件事有关。

此前，我的另外一位朋友 B，因为他的朋友 C 的孩子报考大学的事情找我咨询。由于许多细节我也不甚清楚，于是，我求助了朋友 A。朋友 A 详细地解答了有关问题，还答应在力所能及的范围内给予帮助。后来，朋友 B 给我打电话，说他的朋友 C 需要考虑考虑，此后便再也没有了下文。

然而，朋友 A 这边却一直记着这件事。今天，到了一个必须决断的时刻了。朋友 A 单位的工作人员在询问 C 的意向时，却得到了一些奇怪的答复，这让 A 和他下面的工作人员大惑不解，于是便给我打来电话询问。

听到这些，我赶快给 B 打去电话，询问其中的究竟。原来，C 的家庭内部就孩子的报考志愿产生了分歧，孩子自己希望到 A 的学校学习，但家长反对，万般无奈之下，孩子自己偷偷向这所学校报了名。因此，C 在接到学校拟录取孩子的电话后大感诧异，于是便有了后面的这些事情。B 在和 C 联系后告诉我，C 的家庭内部需要一点时间考虑一下，然后，直接给朋友 A 那边一个正式的答复。

挂断和朋友 B 的电话后，我想起了最近在电视上看到的一个关于孩子上学之路的纪录片。我看的那一段讲的是两位生活在巴布亚新几内亚的偏远地区的孩子上学的故事。

两个小孩一男一女，是亲戚。男孩八岁，女孩十一岁，他们的家距离最近的小学有一百多公里的路程，这一百多公里没有飞机、没有火车、没有汽车，甚至连公路都没有，他们要用七天时间，步行走完这段距离。这段路上有的只是各种动物出没的原始森林，和一百多条没有桥梁、没有渡船的河流。

为了送两个孩子上学，村里举行了一个隆重的庆祝仪式，人们杀猪宰羊，歌舞达旦。然后，在男孩子的爸爸的护送下，三人出发了。

要走完这段上学之路，其中的艰辛可想而知。出发后，他们遇到的第一个问题就是男孩子惧怕河流，对河水的恐惧让男孩子在河边止步不前。而出发后的第一个夜晚，他们借宿在男孩远嫁他乡的姑姑家里，迎接他们的晚餐就是几块红薯。

就这样，经过六天的艰难跋涉，三人终于到达了最后一条大河的跟前。不巧的是，河水暴涨，也没有任何渡船的影子，这使三人根本无法渡河。没有办法，三人只好夜宿河边，等待水位下降和遇到渡船。

翌日，一夜的等待终于有了回报，河水回落了许多，江面上出现了一艘由两个壮汉操纵的独木舟。这是他们唯一的渡河机会。经男孩爸爸和船老板交涉，老板最终同意以大约五美元的价格帮助他们过河。可以想象，这五美元对他们来说是一笔不菲的船资。可是除此之外，他们别无选择。然而，在湍急的河水面前，那艘独木舟显得过于轻薄弱小，他们需要等待河水进一步回落才可以过河。

经过漫长的等待，船老板终于准备出发了，恐惧的男孩也在父亲的劝导下登上了独木舟。独木舟开始沿着江边缓缓顺流而下，就在此时，意外却发生了。

男孩无法克服内心的恐惧，趁着江边水浅，跳下了独木舟，回到了岸上。

尽管父亲一再劝说，男孩就是不肯回到船上。没有辱骂、没有殴打、没有威逼，当然，我相信目不识丁的父亲也讲不出大道理。万般无奈，父亲只好决定将男孩带回家里，而那个女孩则继续她的求学之路。

女孩顺利地渡过了大河，安全抵达了学校，在缴纳了一笔不菲的学费之后，女孩成了该学校的正式一员。她因此成了他们家乡第一个上学的人。

命运之神总是喜欢和人们开玩笑，喜欢藏在你意想不到的地方，然后又突然降临到你的面前。这一次，这两个孩子的命运之神就藏在了那条大河的彼岸。

人们不知道后来男孩、女孩又发生了什么，不过，生活的经验告诉我们，那个女孩从此将改变她的命运。因为，包括我在内的无数人，都是像这个女孩一样，通过求学之路，永久地走出了家乡那片狭小的天地，走上了更加广阔的人生舞台。而那个男孩想要改变命运，就必须勇敢地渡过那条汹涌的大河。

在和朋友 B 后来的通话中，我们都认为 C 的孩子应该接受这个录取，到那所学校去学习，这会让孩子一生受益。

人的一生，不知道要渡过多少条各种各样的河，到河的彼岸去寻找命运之神。

“一流本科专业”推荐工作有感

2019年9月18日

到今天为止，第一批“一流本科专业”推荐工作暂告一段落，大家都松了一口气。从大教指委推荐工作会议上表现出来的情况看，有如下一些要点需要大家了解：

（一）专业的办学历史

一个专业办学的历史是委员们常挂在嘴边的一句话，大家很容易想到：教育不是可以靠简单的突击就能“搞上去”的。长期的积淀、巨大的投入和对如何办学的深切领悟，绝对不是一朝一夕可以获得的。因此，委员们强调专业办学历史的重要性是事出有因的。

（二）专业所依托的大学和学科

人们一般认为，一所大学和一个学科的办学水平并不等于这所大学里某一个专业的办学水平，但是谁都知道，大学和学科的实力对专业有着巨大的带动作用。大学和学科水平的高低，能够体现出师资队伍、办学条件、办学经验等多方面的情况。这一点，又和专业的办学历史有着极大的相关性。

（三）专业的影响力

观察各分教指委的打分结果和总的结果可以发现：有些专业在本分委员会中的打分结果还可以，但在总分相加时就不那么理想了。其原因就是这个专业在其他分教指委中的得分偏低。这就说明这个专业只是在本专业中有一定的影响力，而在相关专业中的影响力偏低。

整体来看，影响力相对较大的两个专业是“交通工程”和“交通运输”，对应的分教指委分别是“交通工程”“道路运输”“铁路运输”和“水路运输”，而其他几个分教指委对应的院校及专业数均较少，影响力相对较低。因此，一个专业除了需要不断提升自己在对应分教指委中的影响力之外，如何影响到相关专业也是一个重要的问题。

（四）通过“工程教育认证”

尽管此次推荐工作不以是否通过了“工程教育认证”作为必要条件，但是从各分教指委给已经开展了认证工作的“交通运输”和“交通工程”两个专业打分的结果来看，只有个别未通过认证的专业进入了推荐名单的第一方阵。这就表明了大家心中的评价标准，以及工程教育认证的作用。

希望大家认清形势，把握机遇，调整战术，在后面的工作中取得优异成绩。

不好意思，请你再次自报家门

2019 年 11 月 3 日

认识一词，在不同的语境下有不同的意思。用在人与人之间的关系上，也是一个非常模糊的概念。人们说“我认识张三”，多半是意味着他和张三彼此知道对方，且当面确认过这种“知道”。不过，说起认识的程度，那可就是千差万别了。

先说两个极端的例子。加拿大就有这样一位女士，她永远不认识她每天都会见面的办公室同事。为了避免尴尬，她只能依靠记住对方头发的长短、发色、眼镜、耳环等特征来识别对方。据说，她这是一种病态，这种病属于模式识别方面的障碍。我们身边也有不同程度患有这种障碍的朋友，明明刚刚一起吃过饭、聊过天，但是一转眼却好像什么都没有发生过似的。

与之相反的事例也不少。某人只要见过你一面，就能深深记住你，即使是时隔多年、在不同的场合，他/她都可以准确无误地叫出你的姓名、说出你当年的状态等。这种特殊的“才能”成就了无数的政治家。

相比之下，大多数人与人之间的关系经常处于“似曾相识”的状态，那就是我知道我“认识”你，可我就是想不起来是在何时何地见过你，这种情况很是常见。这多半是因为人是会遗忘的，岁月飞逝，曾经确认过的彼此知道的状态也会发生改变，于是人们就由认识逐渐变为了似曾相识。

这些年，年纪越来越大，走过的地方越来越多，见过的人也越来越多，经常今天眼前是一拨人，明天又换了一拨人，且每一拨人都是人数众多。即使当场介绍时一一都认识了，但因为频繁地更换地点和群体，又随着时间流逝，常会忘记别人姓甚名谁，其中还有许多是不该忘记的人，尤其是那些如雨后春笋般成长起来的年轻人。忘记对方、叫不上对方的姓名，尤其是不该忘记对方时，的确感到尴尬。

当然，我对他人是如此，他人对我也完全可能出现如此情形。

那么应该怎么办呢？

我认为，首先需要了解人的记忆规律，尤其是关于人的记忆规律。遗忘是客观规律，不要为此大惊小怪。更多时候，这不是因为对方高傲冷漠，而仅仅是因为淡忘，尽管更多时候不应淡忘。

其次，需要采取正确的行动，那就是设法让对方“重新”知道你、记住你。最简单的做法就是“自报家门”，即在握手时说的第一句话应该是“（我是）北京工业大学的关宏志”，且吐字定要清晰。必要时，要辅以对名字的解释，如“关云长的关”“关公的关”，等等。

另外，向某人打招呼时，要避免打断对方和他人的谈话，应尽量面对对方，让对方可以看清你的容貌，而不是从背后打招呼。

最后，就是提供更多的信息，让对方更容易记住你，比方说以“我叫 ×××，在某某单位工作，曾就读于哪里，是某位老师的弟子”作为自我介绍。如果能提供校友、同乡等的信息，会极快地拉近和对方的距离，极大地提高对方记住你的概率。

总之，淡忘不是傲慢无礼，而是自然规律，每一个人都是普通人，都有可能被淡忘。反复自我介绍，也不是自我轻视，而是承认自我、尊重自我的表现。从这个起点出发，一个人才能建立起正确的、被他人承认的尊严。为了避免尴尬，有时不妨说：

“不好意思，请你再次自报家门。”

惊人的草率

2019 年 11 月 5 日

“笃笃笃”，随着轻轻的敲门声，虚掩着的门缝处透出了一个陌生的面孔。在我们目光的会意下，一个学生模样的女孩拿着几张纸走了进来。

“是关老师吗？”

“我是 × 老师的学生，这里有一份推荐表想请您签字。”

紧接着，她把手里的表格递给我。那是申请攻读博士学位的教师推荐表。

我看了一眼表格，感觉姓名不太像来者，于是便问：“这是谁？”

“这是 ×× 的（推荐表），他也是 × 老师的学生，现在在国外，让我来替他办理。”学生回答道。

“这怎么能行？”

“我既不认识你，也不认识他。帮忙填写一个推荐表可以，但至少他得先直接征得我的同意。就这么签个字就得了？”我有点不快了。

“你告诉他，要么他亲自联系我，向我提出他的请求，要么就去找其他老师吧。”考虑到他现在人在国外，我妥协了一步。

学生收拾好摊在我面前的表格走了。

不一会儿，我的手机响了起来，打开一看，是一条短信，是那位申请读博的学生发过来的。短信的内容还算完整，用词还算规范，态度还算诚恳。

我立即答应了他的请求，并告诫他：“这样的事情必须郑重其事，不能敷衍马虎。”学生在回复中承认了自己的草率，后来，事情就都在自然而然中得以完成。

面对这样的推荐请求，老师通常是不会拒绝的。因此，这种原本毫无悬念的事情能否达成，就取决于申请人的态度了。在我看来，通常情况下，这种事情应该是由申请人当面正式向推荐老师提出请求，而不是间接的，更不能通过他人完成。

很多时候，能感觉到有些人欠缺认识，遇事没有郑重的态度，用我们团队经常提的话来说，就是缺乏“诚意正心”，认为所有的事情都可以随随便便，所有的形式都可有可无，其结果就是敷衍和懈怠，敷衍这个世界，敷衍自己的人生。我希望遇到这种情况的年轻人不要嫌老师喋喋不休。

当然，也有人不赞同我的做法。事后就有人认为我不应妥协，不该答应这种缺乏基本常识的学生的要求，说我的做法是一种“愚善”。对于这种意见，我的确需要考虑。

“养不教，父之过，教不严，师之惰。”如果我们发现有学生犯了这样的错误，自己的学生还犯类似的错误而让人家指指点点，我们作为导师的，就难辞其咎了。

推荐信，写还是不写？

2019年11月7日

一位陌生的青年来到你的面前，在自报家门之后，提出了一个请求：能否帮我写一封推荐信？

这是每一位导师经常遇到的事情。面对这位满脸殷殷期望但又十分陌生的青年学子，这封推荐信写还是不写？这是个问题。

找不到答案时，就换位思考，这是生活经验告诉我们的办法。

遥想当年，第一次请人家帮助撰写推荐信，是出于出国留学的需要。那时候，国内的教授简直是凤毛麟角，找到的教授多半是一开始根本不认识自己，无论是上课还是科研都没有过任何交集。但在那个年代里，我自己没有遇到也没有听说过这样的请求遭到对方拒绝的事情。事实上，他们的宽容和帮助，为我们求学提供了机会，才让我们有了今天。

我们还算是幸运，在后来的生活中，请人写推荐信的机会并不多。在不知不觉当中，请人家为自己写推荐信变成了人家来找自己写推荐信，而且随着我的年龄增长，这样的事情越发多了起来。

突然之间，“该不该写这样的推荐信”成了一个问题。

要回答这个问题，首先需要思考一下：推荐信是做什么用的？

我们面前摆放着三种文件：介绍信、推荐信和担保书。

我们这个年龄的人都知道，在过去的年代里，一个人出门是需要携带单位的“介绍信”的。“介绍信”由出行者所在单位出具，用于证明此人的身份和出行的目的。现在，社会进入了信息化时代，介绍信也“寿终正寝”了。而担保书，则属于法律文件的范畴，具有一定的法律效力，和介绍信相比更为正式。

了解了介绍信和担保书的作用之后，我们再来理解推荐信的作用。第一，由一位有社会根基的人证明（亲口说出）被推荐人的身份，为被推荐人进入某个社会圈层提交一封“介绍信”；第二，说明被推荐人具备的某种资格（如学历、资历、能力，等等）。由此看来，推荐人只要了解被推荐人的身份和资历，就可以接受或者谢绝写推荐信的请求。如此，推荐者就用不着像签署担保书那样战战兢兢了。

从大量的社会实践来看，人们是在清楚了推荐信的作用的前提下，根据自己的判断接受或者拒绝被推荐人的请求的。至于人们是否仔细思考过推荐信的作用，另当别论。

那么，为什么陌生的学生会来请你写推荐信呢？是他找不到其他教授了吗？

在某种程度上，被请求撰写推荐信也是一种荣誉，它表明了被推荐人对推荐人的名誉和地位的了解和尊重，希望这种名誉和地位能为自己的申请助力。尤其是当一位在你看来颇有些社会地位的人找到你时，这种荣誉感会更加强烈。

这或许就是为什么当年那些老师欣然为我们撰写推荐信，以及当下许多老师没有拒绝为陌生学生撰写推荐信的原因吧。

按说，推荐人应该是对被推荐人有一定的了解，才能为其撰写推荐信。不过，了解的程度有多少，那就很难说了。而且，这种了解需要达到的程度也因推荐的目的而异。推荐某人从事某项重要工作或推荐学生求学，对了解程度的要求便有所不同，这一点很容易理解。

以给学生写推荐信为例，来找我的既有我亲自教过（给他们上过课）的学生，也有其他学校的学生。在现在的高等教育体系下，许多情况是，即使是我给他们上过课，也经常是他/她认识我，我却不认识他/她。他们中有自己找来的，也有家长领过来的。在这种情况下，为他们撰写推荐信就是为其创造进步的机会，从某种意义上说，与其说这是一种审查，还不如说是一种义务。否则，学生将会求学无门。

我们要怀疑找来的学生的话吗？

对于学生的话，我采取了原则上信任对方的态度，即不怀疑他们告诉我的关于他们自己的基本情况，比方说他/她自己的身份、学术上的成就、学习情况及写推荐信的目的（例如出国留学），等等。在了解了这些情况之后，我便会答应对方的请求。这种态度也适用于那些远道找来的人。

事实上，来找我的人中，不少人的自我介绍存在着瑕疵，如用语夸张、表述不规范、不顾社交礼仪，等等。这里既有他们自身的问题，也有社会文化在他们身上的反映。这些都需要我及时指出，帮助其改正。

在我的所有推荐中，失败的案例也有，最让我印象深刻的是下面这件事。

有一天，我的办公室来了一老一青两个男人，后来得知他们二人是父子，儿子是我们学校的学生，希望请我推荐留学，我答应了下来。按照惯例，我要学生先以我的口吻撰写一个草稿，我修改后再签署。过后，我收到了一封电子邮件，这封邮件不仅极不符合我们的书信格式，信中也未见那个声称在附件当中的推荐信草稿。我工工整整地给他回信说："在你的邮件中，我没有找到任何附件。"紧接着，我收到了一封只有附件而正文没有一个字的邮件。看到这封邮件，我非常生气。因为，我认为学生首先需要为他的上一封不够谨慎的邮件道歉，然后再附上附件。可是，这位学生居然什么都不说，直接附上一个附件了之。为此，我再次工工整整地回信给对方，告诉他："我不能做你的推荐人。"

接下来发生的事情更加有趣了，我的手机突然响了起来，是那位父亲从远在千里之外的地方打过来的。电话中，父亲为其儿子的行为道歉，诚恳地请求我做他儿子的推荐人。看在父亲的面子上，我勉强答应了请求，但条件是学生必须重新给我写一封信。他们都照做了，我也照做了——在他的推荐信上署名。然而此后，这位学生就犹如石沉大海，再也没有了音讯。许多年后，我去美国开会，意外遇到了这位学生，而他见到我如同见到陌生人一样，对当年的事和那以后的事只字未提。好吧，我就当他年轻，不懂人情世故。

即便如此，我也没有因为这个故事而拒绝后来的学生。

我从未想过，有人会用欺骗的手段来换取我的推荐信。事实上，我也没有一次因为推荐了他人而成为欺骗的受害者，或是因此成了社会加害者的同谋。我愿意像当年给我写推荐信的长者信任我们那样信任来人，为他们的进步创造机会。

想到这里，我开始感到了释然。

从更大的方面着眼，我们的决定经常会受到社会背景的影响。

看看我们的周围，各种各样的门越来越多，各种各样的栅栏、安检越来越多，人们之间的警惕和戒备也越来越深了。无论是去工作单位、外出办事还是回家，要经过的门禁越来越多，手续越来越复杂。在这样的大背景下，人与人的交往也变得越来越谨慎。很难说我们的决定不会受到这种状态的影响，“多一事不如少一事”让许多人宁愿选择谢绝。

在和一位同事谈论起此事时，他就告诉我，他曾经也是“来者不拒”，但后来他改变了，变得谨慎小心了，需要核对学生的材料，甚至简单地“面试”一下学生以判断是否推荐。

受被推荐者的经验或者准备材料时的细致程度及心

态等原因影响，提交给我们的材料里难免还会有瑕疵，对这些问题产生的原因作出判断，从推荐信中剔除那些瑕疵不无必要。当然，如果遇到了无法剔除的瑕疵，那就只好选择谢绝了。

自由和自律

2019年11月22日

自由，在一些人看来意味着随心所欲、为所欲为。那么，自由究竟是什么呢？这里有三个小故事。

2013年，我负责承办“全国大学生交通科技大赛”。作为东道主，自然希望有更多的人参赛，让“全国大学生交通科技大赛”这个名字名副其实。在此之前，我受邀访问对口支援学校——青海民族大学，访问期间，我向他们也发出了参赛的邀请，并且承诺：如果他们有作品入围决赛，我将负责他们参赛队中两个人的全部旅费。

后来，他们果然有一个作品入围，获得了来京参加决赛阶段比赛的资格。大赛结束时，我请青海民族大学的带队教师吃饭，席间我得知，他们已经购买了返程的火车票，而且他们从青海来北京参赛时，也是乘坐的火车。一听说他们要乘坐火车返程，而从北京到西宁需要二十多个小时，我立即指示助手退掉两位带队老师的火车票，为他们购买了返程的飞机票。

第二个故事也和此次大赛有关。2012 年，我陪同我们大学的校长访问台湾，与高雄第一科技大学签署校际合作协议。席间，我以我们大学校长的名义向对方发出了邀请，并且承诺：如果他们有作品参赛并且入围，我承担他们参赛队伍抵达北京以后的全部食宿费用和市内交通费用。对此，对方校长给予了积极回应。后来，他们的一个作品顺利入围，获得了来京参加决赛的资格，一行两位带队教师和两位同学如约来京参赛，那是台湾同学首次参加“全国大学生交通科技大赛”。

他们一行抵京后，我告诉他们：作为东道主，大赛期间我有许多事情需要处理，没有时间宴请他们或陪同他们出行，请他们自由活动，留好发票，离京时我一并给他们报销。到了离京那天，我去宾馆为他们送行，他们给了我一些发票，这些包括了市内交通和餐饮费用的所有发票加起来，只有区区的二百多元！

这里说些关于他们参赛的题外话。他们后来告诉我，如果不是我在那种场合下邀请他们，他们是不可能有机会参加这样的大赛的。临别时，我去酒店为他们送行，他们也是说了许多很感性的话。当然，大赛增进了两岸同学、老师之间的交流、理解，也加深了我和台湾同事之间的私人友谊。两位带队教师给我带来了精美的礼物以象征和纪念这种友谊，我们的交往让我感觉到那些从台湾来的朋友很懂得感恩。

第三个故事，是关于我的导师饭田恭敬先生的。

我在日本留学期间，得到了饭田先生多方面的关爱和照顾，对饭田先生的栽培之恩没齿难忘。为此，我一直想正式邀请饭田先生夫妇来北京做客。由于多方面的原因，这个愿望一直没有能够实现。这些年，饭田先生的身体一直不太好，我曾经几次邀请他来中国访问，饭田先生都以身体状况为由谢绝了。后来，我又一次发出邀请，饭田先生先是谢绝，后来是犹豫，再后来有了一些尝试一下的意思，最终还是答应了下来。对此，我非常高兴。我对饭田先生承诺：他和夫人的往返都将乘坐头等舱，而且航空公司任他选择。当然，抵京后的待遇就更不在话下了。对于我提出的条件，饭田先生回复我："头等舱就算了，商务舱就很好了。"后来，饭田先生和夫人还是乘坐了商务舱往返。饭田先生此次对北京的访问非常成功，其间饭田先生的多名中国弟子悉数齐聚北京，共话当年。我也为能以微薄之力报答一下师恩感到一丝欣慰。

上面的三个故事中，我的邀请对象有一个共同之处，那就是，当我把由我买单的自由消费权交给了对方时，对方都不约而同地选择了自律，选择了替我着想节省费用，选择了用信任回报自由，从而让人看到了其中的道德的力量。

我猜，看到这里，许多人都会和我一样，非常乐意和这三个故事中的人及和他们有着相同道德标准的人继续交往下去，乐意在自己力所能及的范围内为他们做点什么。“德不孤，必有邻”，我想，我们每一个人在生活中的那些美好的收获，都是人们对我们在享受自由时的那些行为的回报吧。

和学生的对话

2019 年 11 月 30 日

关教授：

您好！

我是 ×× 学院的一名学生。

在这个“没有选择的标准”主义肆虐，人人都为之焦虑的时代，您认为，应该如何去寻找自己的价值观、人生观呢？（大学快毕业了，但我不知该如何在社会中实现自己的价值。）

×× 同学：

你好！

短信收到了。看到你的问题，以及提出问题的那些条件，我笑了。显然，你读了一些书籍，而且有许多是哲学类的书籍。这些书籍把你的思维引入了一个对你这样年龄的人来说陌生的、超验的领域，你没有体验、感觉到茫然，这些都很好理解。

不过，你提出了一个非常好的问题，它引发了我的一些思考。

或许，去掉你说的那些条件再去谈如何生活，会更容易理解一些，因为，每一个你这样年龄的人都面临着相同的问题。

我想，先对你未来要成为一个怎样的人有一个预期会比较好。这将引起很多的思考，因为从不同的角度出发，就会有不同的预期。在我看来，最重要的一条就是具备驾驭自己命运的能力。而首要条件，就是学会作出正确的判断，进而作出正确的选择。有了决策的能力，你就是一个成熟的人、坚强的人、自信的人。

你这样年龄的人，正在经历的是一段知识不断积累、经验和挫败交织的时光。当下，你可以掌控的是学习，要在学校积累知识、提升专业能力。至于往后，那就要做好失败并在失败中成长的准备。不必担心失败，每一次失败都是一次人生的蜕变，而每一次蜕变，都将是一次成长。开始作决定时，可以征求有经验的人的意见，在有经验的人的辅导下，作出正确决定的可能性会大大增加。但是，这并非意味着可以把自己的决策权交给别人，无论你多么信任这个人。因为，没有人比你自己更了解你决策时的条件和你的期待，更没有人会替你承担选择的结果。更重要的是，这是非常重要的学习机会，不能让它白白地浪费掉了。

人生的路最终都要你自己去走，人生的桥最终也都要你独自去过。因此，学会独立地行走，是没有选择的选择。任何一个社会都需要特立独行、有独到见解的人，但这样的人不是天生的，他们都是生活这场马拉松中的领跑者，是从一步一步地奔跑中逐渐脱颖而出的。而这些脱颖而出的人，一定是那些有自我、有自信、有独立决策能力的人。时时处处都依靠他人的人，一定无法在自我的人生路上走得长远。

那么，具体应该如何去作选择呢？因人因事而异，没有一个定式。许多诺贝尔奖得主的故事值得我们借鉴：不少获奖的项目在其进行时，研究者们根本就没有想过会获得诺贝尔奖，他们当时所做的，都不过是他们日常的工作和生活，他们也都平平常常、从从容容。而许多把目标当成包袱始终背着的人，往往会失去从容，甚至失去幸福。

希望以上的思考能对你有所帮助。

加油！

蛛丝

2019 年 11 月 27 日

照例，一年一度的研究生报考又开始了。照例，又收到了若干封求学的邮件。前几年情况好的时候，报考者只要达到分数线，基本就都可以有学上。这些年不一样了，在求学者人数不断增加的同时，研究生导师数量的增加似乎更快，平均到每位导师名下的招生名额就大幅度地减少。名额减少的另外一个原因，是当下研究生的培养质量参差不齐而饱受社会诟病，减少每位导师的招生数量，成了确保研究生培养质量的一项对策。

在我的记忆中，联系我的求学者的背景五花八门，但是大多会表现出对学习的向往和对加入我的团队的渴望。对于这种求学的态度，我总是给予积极的回应。每当联系我的学生的数量超出了我的招生名额时，我都会在邮件中明确告诉对方所面临的形势，告诉对方我的招生名额、增招的可能性有多大，以及我是否已经有了明确的人选（比方说有确定的硕博连读生人选）。把这些信息告诉对方，是把选择权交给对方，请对方自己斟酌。有时，我还会干脆告诉对方："为了不影响你求学，请你看一下其他导师那里是否有机会。"

在上述情况下，有的人会表示"我再考虑考虑"，但也还是有人宁肯接受严峻的竞争条件，毅然决然地报考我的研究生，去争取那个非常不确定的机会，硕士、博士都有。这说明他们真的想成为我的学生，那种"程门立雪"的精神让我颇为感动。面对这样的学生，我当然会千方百计地为他们创造条件，争取把他们录取进来，这种努力有成功的例子，也有失败的情况。

这些年，招生的形势变了，求学者的态度也变了，下面就是我最近经常收到的求学邮件中的一封。

关教授：

您好！

我是××大学××级××专业的硕士研究生，想报考您2020届的博士研究生，请问您还有招生名额吗？

×××

这类邮件的内容大致可以归结为两句话，第一句是开场白："久仰大名，希望成为您的学生。"第二句便直奔主题："请问您今年有名额吗？"

和上面的邮件一样，这类邮件中绝大多数情况都不会附学生的简历，有些甚至连学生真实的姓名都无从知晓。发件人就像一个影子躲在暗处，对着导师"有枣没枣打一竿子"。显然，对这样的求学者来说，最要紧的是后面那句话："有名额吗？"仿佛不是导师在挑选他，而是他在挑选导师。

著名日本作家芥川龍之介写过一部小说——《蜘蛛の糸》（似应译为《蛛丝》）。故事的大致情节摘译如下：

一天，释迦牟尼在极乐世界的莲池边散步，无意间透过水晶般的水看到了下面的地狱。一个叫犍陀多的犯人和其他犯人一起在下面蠢蠢欲动。这个叫犍陀多的家伙杀人越货、无恶不作、恶贯满盈。即便如此，释迦牟尼突然想起他曾经做过一件好事：他在森林里遇到过一只小蜘蛛，原本想一脚踩死它，后来还是放了它一命。想到这里，释迦牟尼想给这位犍陀多一个机会，救他出地狱。

恰在这时，一只小小的蜘蛛经过，释迦牟尼便把蜘蛛放到了地狱。正在受苦受难的犍陀多无意间发现了蛛丝，于是便攀援着蛛丝试图逃离地狱。犍陀多不停地爬，开始庆幸自己可以逃离苦海了。突然，他发现下面有许多人也学着他的样子，攀援着蛛丝往上爬，犹如蚂蚁的队伍一样。犍陀多担心蛛丝承受不住如此多人的重量，于是大声呵斥下面的人："喂，你们这些罪人，蛛丝是我的，谁让你们上来的？下去！下去！"

犍陀多正喊着，刚才还好好的蛛丝突然一下断掉了，犍陀多又掉回了地狱。

释迦牟尼把这一切都看在眼里，脸上掠过一阵慈悲的神情。

这个内容简短但寓意深刻的故事告诉我们：尽管人们犯过这样那样的错误，但是大慈大悲的佛祖还是会经常把通往"极乐世界"的命运之"丝"递给人们，原谅人们的过失，让人们去抓住它、攀援它，来成就自己。至于能否沿着它攀援到顶，就看你自己的心态了。机会稍纵即逝，稍有杂念便可能掉入万劫不复的深渊。

我们和上面那些求学者都不是"犍陀多"，但是我们都有希望，都有这样或那样的愿望需要实现，至于能否实现，其关键因素之一，就是我们自己的心态。

这就是我们团队一贯强调做人做事要"诚意正心"的原因。说到这里，我想，每个人都应该想到要如何对待那类求学者了吧？

第二篇

科学本无心

科学本无心，是说科学本身并没有功利性和政治性。科学的目的不仅是给人们一个确定性的答案，而且是引导人们去探索自然界的运行规律，自然也就没有贬低或者赞美了。

科学研究成果为什么会“太散”？

2019年1月7日

我有幸带领科研团队和其他团队合作完成过几个重大项目的科研工作，每当大科研团队总结科研成果时，经常听到的一个评价是成果“太散”。也就是说，不仅每个科研团队之间的科研成果在研究方向上缺乏一致性和关联性，就连同一个科研团队内的科研成果也总是显得分散和独立。这个现象给科研的组织者、参与者和评判者都留下了深刻记忆。

为什么会如此？这是必然结果，还是偶然现象？

人们之所以认为科研结果“太散”，是因为人们认为同属于一个科研项目或课题的成果，理所应当在项目（或课题）所设定的方向上具有一致性和逻辑性。这是因为，这些项目（或课题）都是事先计划好的，从执行计划的概念来说，期待这样的结果完全正常。

科研结果“太散”，肯定表明研究并非按照“计划”进行，至少在成果上是这样。面对这样的结果，人们不得不提出这样问题：是“计划”有问题，还是执行“计划”有问题？

在讨论这个问题之前，需要先重提一下三个不同的概念：科学、技术和工程，这对厘清我们的思路不无必要。懂得知识体系划分方法的人都知道，这是三个完全不同的概念，它们各自有着不同的内涵和知识体系。

关于科学的定义很多，简单地说，科学探索的目的是获得对一般真理或普遍规律的认知，最终达至认识自然。当然，这应该是一个永无止境的过程。这就注定了科学探索的过程既要符合被认识对象的客观规律，又要符合人的认知规律。只有二者很好地结合在一起，才可能“有计划”地发现真理和客观规律。

人类早期对自然的认知多借助神灵，把自然界的现象解释为冥冥之中的那个神灵的喜怒无常。随着对自然的观察、思考和总结日益精进，人们开始意识到，自然有着它自己的运作规律，才摆脱了神灵和宗教的束缚。

人类最初对很多自然规律的认识都来自偶然的发现，当然也包括了对现象的理解和思考，但并非有计划地实施科学探索的结果，比如人们对电磁现象、对放射性物质的发现等。随着对更多的自然规律及实验技术的掌握，人们开始有计划地进行一些科学实验，以验证某种猜测，比如人们对“以太”的验证实验、对爱因斯坦相对论的验证实验，等等，这些实验或者推翻，或者验证了人们对自然规律提出的假设。

通过上面的事例，我们可以认识到，科学探索大致可以分为两大类：获得发现客观规律的机会和对猜想到（假设）的客观规律进行验证。人人都想完成兼备二者的伟业，可要做到这一点，从来就是一件十分困难的事情。

回过头来再看我们的那些科研计划，都是组织一大群人“写”出来的。从科学意义上来说，“写”这些科研计划的人所做的事情和爱因斯坦提出相对论几乎是相同的工作——预计什么现象会在什么条件下发生。所不同的是，我们不能确定自己是否足够聪明、是否有能力把握客观规律的脉动和能否凭借我们的能力“捕捉”到它。

前不久，日本有学者声称找到了制造“万能细胞”的方法，而且这种方法十分简单。找到这种细胞的意义在于，可以修补人类的器官和组织。但是，后来人们证明这个成果并不能在“声称”以外的地方被再现。近期，我国也发生过一件类似的事情。如果我们不把这些学者

“谎报军情”的动机视为恶意的话，从科学探索的角度而言，这样的“虚惊一场”可以归结为科学探索的不确定性，也就是说，我们预期的现象不一定会在我们预期的时间、地点等条件下出现。当然，上述的“虚惊一场”自然不能被算作是科学成果。我们似乎可以找到许多事例，证明人类有能力预见客观现象的发生，但是，上面这些事例也足以证明“捕捉”客观规律的不确定性，而且这种例子其实只要有一个就足够了。

在另外一方面，为了彰显客观规律，科学家往往将其放在一个特定的问题当中，以便让它更容易被识认出来。这就好比我们要突出黄色，如果把它放在白色的背景前就不够醒目，但如果放在红色的背景中，它就会格外耀眼。科学家和画家一样，懂得把客观规律放在特定的场景下去凸显，而不是千篇一律地放在一个问题背景下去展示，这样的处理也会造成科研成果显得“太散”。但是，明白了上面的道理，就不会对此大惊小怪了。

现在，我们需要回答为什么人们会期待科研成果不要“太散”的问题了。这个问题的答案还是在我们对科学和技术的理解上面。

我们都知道，关于技术的定义有很多，技术的核心意思在于“解决问题的方法”，这和科学“探索规律、真理，认识自然”的内涵有着很大的不同。而且，随着科学和技术的进步，有些时候科学和技术的界线已不再清晰，从科学的角度来说，它算是技术，而从技术的角度来说，它或许又算科学的事情的确不少。

从上面的概念来看，我们的核弹计划、登月计划、高铁开发等均属于通过技术或者工程的手段来实现某种目的。因此，我国提出的类似“973”项目的那些科学研究计划，很难说没有受到技术性思维或者工程性思维的影响，这种影响一直延续到了对科学研究成果的评价阶段。从这一角度出发，认为科学研究的结果“散”，也就不足为奇了。技术性思维或者工程性思维的另外一个特点，是希望成果具有高的显示度，甚至是可视化。

那些“项目”和“工程”在绝大多数情况下，不过是解决了一个又一个的技术或者工程问题，因而和科学发现毫无关系。尽管我相信，在那些“重大项目”中不乏科学发现，但是，至少在动机上来讲，那些都不属于科学探索之列。有趣的是，人们不难发现，人们越来越倾向于通过计划、用技术或者工程手段来分阶段解决一个问题、实现一个目标，其结果的确定性和科学探索的不确定性有着很大的不同。

当我们明白了科学探索的规律之后，我们就不会再为科学研究成果的“散”而感到耿耿于怀了，当我们明白了科学和技术的关系之后，我们就更加理解一个大的科研项目的成果为何会“散”。如果世界上还有其他类似我们的“973”“基金重点”项目那样大的基础性研究项目的话，如果出现了类似我们那样的“散”的成果，我一点都不会感到惊奇。而如果其成果像一个严密的机器那样“严丝合缝”，反倒是一件令人难以置信的事情。

最后，关于这个问题的认识给我们提出了一个新的问题：科学研究到底需要多大的计划?

科学本无心

2019 年 2 月 1 日

我可能不同意他的观点，但我誓死捍卫他不赞美的权利。

——题记

（一）关于赞美

在不同的语言、文化里，都有赞美这个词。赞美，在《现代汉语词典》中的解释是“颂扬；称赞”和“赞扬歌颂”；在百度的解释是“发自内心地对于自身所支持的事物表示肯定的一种表达”。

显然，词典的解释更加侧重表象，而百度的解释给某种行为添上了道德的含义。如果用百度的解释的话，那些非“发自内心地”就算不得是赞美了。相比之下，我更喜欢百度的对于赞美的解释。

千百年来，随着社会制度的演化，在中原大地上形成了一套独特的赞美文化，有其独特的语言体系和逻辑体系。当然，那些赞美是否“发自内心”，就只有天知地知了。从礼教社会一路走来，“赞美”被赋予了许多说不清、道不明的内涵，其中有了浓重的功利色彩和政治性的含义。因此，这里不得不给“赞美”二字加上一个引号了。亚当·斯密在《道德情操论》中说道：“在这种社会里，取悦于他人的本领比有用之才更受重视。”看起来，这类事情在很多地方都有发生。

（二）科学本无心

这里所谓的科学本无心，是说科学本身并没有功利性和政治性。

人们都知道，人类早期对自然现象的认识和解释，往往归于神灵（超自然）的力量和人类操行的因果报应，这种认知一直持续至今。后来，人们通过观察、思考、总结，发现了自然的运行规律，从而产生了哲学和科学，人类才摆脱了对人们认为的那种超自然力量的祈求和依赖。

和大量无须思考的“赞美”相对，科学总是从质疑开始，通过假设、求证来寻求对客观规律的认识，有了对客观规律的认识，人类就可以运用这种规律造福自身。

因此，有人把科学的目的说成是“为了预测”。时至今日，人们意识到，科学的目的不仅是给人们一个确定性的答案，而且是引导人们去探索自然界的运行规律。科学不仅仅要在怀疑中探索那些未知的领域，还要在怀疑中确认那些“宣称的”“已知的”东西。人类依靠哲学和科学一次又一次颠覆那些看起来、听起来确凿无疑的“规律”的例子，实在是不胜枚举。

毋庸讳言，科学本无心，自然也就没有贬低或者赞美了。

正如尼尔·盖曼（Neil Gaiman，1960—）所言：“真相让人不舒服，但真相毕竟是真相。”科学除了无心之外，科学世界还很无情，人类历史上科学的里程碑“日心说”和“进化论”，不都是把神明逼到了角落了吗？

科学只关心事实，科学世界里从来就没有王者之道。

到此，我们可以说，质疑是科学的天性，而“赞美”不过是一些人的本能。

（三）“赞美”和科学精神的碰撞

“赞美”和以质疑为基本出发点的科学精神在中国碰撞了，这种碰撞不是发生在今天，而是从西方文明进入中国的那一天起，一直持续到今天。

科学并不在乎任何天花乱坠的说辞，并不会轻易接受那些“宣称的”事实。科学从来只是针对事实本身，而并非针对某人、某事。

正如一篇好的论文必须接受最严格的审查那样，掌握了科学的人，是不害怕这种质疑的。他们明白，只有这样才能使科研成果颠扑不破，才有可能使他们的发现成为真理。受到过良好教育的科学家理应具有良好的科学素养，这些科学素养让他们永远带着一双怀疑的眼睛去看待世界，这没有什么值得大惊小怪的。

相比之下，在学术性讨论之前就进行“唱衰”“阴谋”“抹黑”等判决，我们很容易明白这意味着什么。

（四）希望

我们高兴地看到，改革开放以来，国家的高等教育飞速发展，培养了无数具有科学精神和科学素养的人才，从而构成了社会科学发展的基础，也形成了巨大的社会发展动力，这些正是科学理性的萌芽，是国家和民族科学繁盛的希望。他们越来越理性地看待世界、清醒地看待流传在坊间的各种说辞。要想禁锢他们的思想、把非科学的东西强加给他们，只能是徒劳而已。

科学从不推崇赞美，科学也不能杜绝谬误，但科学不包庇纵容偏见和谎言。拿起科学的武器来参加争论吧，因为，那才是促进国家科技健康发展的正确之路。

工作之余

2019 年 7 月 7 日

近日，受邀参加基金项目的会议评审。

我的房间高高地位于酒店的二十二层，房间宽敞、干净、整齐。硕大的窗户占据了整个一面墙。拉开窗帘，便是京城五环外的世界（图一）。

五环路就在酒店的脚下，繁忙的车队在其上川流不息。五环路的外边是一片拆光了房屋的空地，空地上残留着一些树木（图二）。它们原本应该是沿着街道、沿着建筑物，或者在人们的院子当中，并和周围的环境融为一体的。它们应该承载着一些人童年的记忆和人们对乡土的记忆。可如今，它们矗立在那里，显得有些突兀、有些孤独。我猜，它们不愿意去别的地方，无论那里是多么美妙。真希望它们能永久地生长在那里，不要被移去其他地方。

新修的道路，把它们分割成一个个方块，估计是按照规划，先完成了市政工程的部分。

空地的边上，是一片高大的树林。它们或许曾经是一道屏障，使两边的人们互不打扰。我猜，那算不上茂密的树林也是无数小生灵遮风避雨的家园，为它们提供了庇护。树林背后是一片建设得密密麻麻的村落，远远看过去，看不到街道和在村落中活动的人，满眼只有低矮的、毫无特色的普通楼房。与其相邻的很大一块空地，显然是已经拆去了房屋，被青草、树木和防尘网覆盖着，等待着什么。

一片绵延而去的树林遮蔽着村落后面的大地，间或有一些拔地而起的住宅小区“长”出地面，使得树林失去了完整和连续。

再过若干年后，这里会变成什么样？

天际线附近，一架接一架飞机缓缓驶过、缓缓降落或爬升。那里，在天地交会的地方，应该是首都国际机场。

雾霭渐渐地升腾起来，天际线逐渐变得模糊。

图一 酒店房间即景

图二 五环路外的空地

请给我们留一点空间

2019年7月11日

关于国家基金委工程和材料学部明年（2020年）重点项目指南的讨论，在投票结束后随即展开。

好久没有参加基金委的会议了，对讨论内容的来历和背景当然也是一无所知。但是，有一点是非常明确的，那就是七个项目（群）中的任何一个都找不到“交通”的影子。对此，我不能保持沉默。

眼看着我认为可以加进“交通”的项目快要讨论完毕时，我举手示意要求发言，尽管会场上大家你一言我一语的时候，从来没有任何人如此。会议的主持人看到我举手后，同意了我的发言请求。

“我的专业是交通工程，很感谢大家还带我们玩。”

我的第一句话便引来了一片笑声。

“我首先要说两个关键词：‘全寿命周期’和‘智慧交通’。

“在我理解，‘全寿命周期’不仅是针对土木工程的设施本身，而且包含了其功能。交通工程，恰恰是保障土木工程、城市基础设施的功能得以充分发挥所必不可少的领域。

“此外，交通运输部正在积极推进‘四个交通’建设，‘智慧交通’是其中之一，离开了‘智慧交通’，城市交通基础设施的功能就无法充分发挥出来。

“为此，我建议……”

我对正在讨论的项目领域提出了我的意见，核心就是在和基础设施建设、运营和管理相关的题目中加入“安全和高效”的字眼，而不能只提“建造”。毋庸讳言，我的用意是要在这些项目领域中给“交通工程”留下一席之地。

我的提议立即引起了一片议论。

- 工程和材料学部只考虑线下，线上的部分都在管理学部；
- “高效”一词的概念很广，而且随着时代发展会发生变化；
- 加上“高效”一词，别人就没法申报了；
- ……

我必须在最短的时间内对上述异议作出回应，否则，我们就要被“踢出”工材学部了。

我首先对“线上、线下”的说法回应道：

“基础设施不能只考虑建设的对象本身是否坚固耐用，还要考虑如何更好地使其发挥作用，没有交通工程，道路、桥梁就不能安全、高效地发挥作用。因此，交通工程是城市基础设施不可分割的内容。

“传统的交通工程也好、智能交通系统也好，都是城市基础设施的一部分，我们不能把它们从基础设施建设中分割出去。

“例如，交通运输部计划今年内实现全国电子不停车系统（ETC）联网收费，取消省级收费站，这些就是交通基础设施建设的延续。”

此时，已经有许多声音肯定我的说法，承认交通工程是交叉学科，并且有人已经同意在“建造”后面加上“运维”二字了。

紧接着，我开始解释交通工程中“高效”的意思，那就是最大限度地发挥交通基础设施应有的功能。只是，质疑我提出“高效”一词的人不愿意听我解释了。

紧接着，有委员建议我把注意力集中在第三项“城镇基础设施服役安全问题”上，他认为我的意思可以加在这个题目当中。

想了一下，我觉得他的建议有道理，便把注意力转移到了这个题目的讨论当中。开始我的建议是将其修改为“城镇基础设施安全高效服役问题”，但为了免去对“高效”一词的争议，最终修改为了“城镇基础设施服役保障关键科学问题”。

至此，我认为我的目标已经达成，便开始平静地参与其他问题的讨论。

接下来，是对这七个项目（群）进行投票表决，投票的结果没有当场公布，而且听说基金委方面就个别词句尚有修改的空间。

不过，就我身边的人的投票结果来看，没有人想否决其他人的提议。结果究竟如何，只能等着时间来说话了。

Good News

2019 年 7 月 18 日

7 月 18 日是个平凡而普通的日子。

一大早，在做好了各项准备工作之后，驱车去接老爸老妈，之前答应了他们一起去平谷买桃。

通常，我们这种带老人外出游玩、散心的出行都安排在周末，以周六的时候居多。这不，这个周末需要到大连去参加一年一度的教学研讨会，这是一个始于我、兴于我的会议，于是这个通常安排在周末的出游就提前了。

京城的天空灰蒙蒙的，凌晨下了一场短暂的阵雨，由于气压较低又无风，在日光的照耀下，天气越发闷热难耐。我们只好关闭车窗，打开空调，以躲避暑气。

到达平谷城区时，已经到了午饭时间，根据以往的经验，直奔一家体验还可以的餐馆。果然，看到我们停车门前，伙计早早就掀开了门帘，安静地等待着我们搀扶老人慢慢走进店里，另外一个小伙还上来询问我们是否需要帮助，很是温暖贴心。

午餐后，收拾行囊，继续购桃的行程。

道路的两旁静悄悄的，没有往年那种布满了摊贩的景象。路边的桃树上，果实还挂着纸套，好像我们来早了一点，也或许是因为在平日。不管怎样，还是根据以往的经验，驱车一路向着大华山方向驶去。

接近一个村庄时，看到了一个规模不大不小的集市，沿着集市的一侧，摊贩们排成了一排，他们面前摆满了各个品种的桃子，有传统的水蜜桃，也有早熟的油桃和黄色的油桃，很是诱人。见此情景，忍不住停下车来查看一下情况。这一看，便完成了今天的购桃任务。既然任务已经完成，就没有了继续前行的理由，于是掉转车头，打道回府。

路上，在路口等待绿灯时，一辆汽车停在了我的汽车旁边，司机放下车窗玻璃，显然，他是有话对我说。我赶快放下车窗玻璃，望着他，想听听他要说什么。果然，他指了指我的汽车的右前方，告诉我汽车前面的挡泥板要掉了。

感谢对方后，在路边一个看似汽车养护店的门前停下了汽车寻求帮助。店里的一个小伙子查看了一下汽车，然后告诉了我问题所在，并说他们这里没有相关的零件，但是可以到对面的建材城里寻找，他还建议我们让老人到房间里等候，那里有空调。小伙子朴实真诚，很是周到耐心。

解决了挡泥板的问题，我们便驱车回家。

回到家，赶快打开空调，解带宽衣，泡上一杯清茶，休息一下疲惫的身体。

就在这时，手机响了起来，是一位好友打过来的。

“你的国基金项目过了。”

今天，是管理学部“会评”的日子，好像是投票刚刚结束，好友就打电话来告知我评审结果。闻听这个结果，开了一天车的疲惫顿时烟消云散。这是我获得的第五个国家自然科学基金面上项目，也是在管理学部拿到的第一个项目，实在令人欢喜。不过，这也没有什么值得炫耀的，我的一位更年轻的朋友，已经获得过八项国家自然科学基金项目，其中包括两个重点项目。

晚饭后，正准备下楼，我的手机又响了起来。打开一看，原来是出版社的小李在微信里向我报告，我的新书《路上的夜行（上）》已经正式上架，并附上了照片为证。换句话说，人们从此在地球上任何一个有网络的角落都可以看到我的书了。这是我出版的第五本文学类书籍，和第五个国基金面上项目之间，不知道是有巧合还是天意。

日落黄昏时分，一前一后的 Good News。

2019 年教学研讨会的记忆

2019 年 7 月 21 日

（一）请少安毋躁

和往常一样，飞机一离开停机位，我就睡着了。

等我一觉醒来，飞机好像还在地面，广播里传来了机长的声音，只听说是要给我们更换飞机，马上会有摆渡车来接我们，请大家“少安毋躁”云云。

机长广播一停，机舱里一片叹气声，紧接着便恢复了平静。

看样子，就在我睡觉的那段时间，飞机出现了一时无法修理好的故障。而此时，航空公司为我们准备好了另外一架飞机。这也没有什么好抱怨的，没有人愿意出现这样的情况，而目前这样应该是最节省时间的做法。

不一会儿，各种“换机”准备工作完毕，我们跟着人流离开飞机，乘上摆渡车前往另外一架飞机的登机口。

到达新的登机口时，发现附近便有一个国航贵宾休息室，而且此时已经到了午餐时间。“何不在此利用这点时间赶快吃些东西？”我心里想。于是，匆匆走进了这个国航贵宾休息室。

休息室里人不多，选择了一点简餐，便开始急匆匆地享用起来。用餐刚一结束，广播里就传来了催促旅客登机的消息，收拾行李加快步伐，赶上了登机的人流。时间一点都没有浪费，还省却了到了那边还得解决已经过了时间的午餐的麻烦。

不一会儿，我们的飞机便平稳地降落在了大连周水子机场，距离它应该降落的时间过去了整整两个小时。

变化是生活中的常态，随机应变就是在这种常态中不变的法则。

（二）您的是海景大床房

在酒店的前台，向工作人员递上身份证和信用卡后，我对她说：“我希望是一间安静、景色不错的房间。”

工作人员的眼睛盯着电脑屏幕搜索了一阵后对我说：“您的是海景大床房。”

大床房位于酒店的十六层，房间和周边的环境一样崭新、宽敞、明亮，空气中还散发着刚刚装修过的建材的味道。与墙同宽的窗户前有一层洁白的纱帘，拉开纱帘，窗前的大海尽收眼底。

陆地这边有许多施工机械和施工围挡，看样子，这周边要想恢复和大自然融为一体的样子还尚需时日。

远处的大海碧波荡漾，有几艘帆船驶过，一座大桥从海的一端伸向这一端，桥上的车辆川流不息。再往远看，雾霭中，一座小岛若隐若现，充满了梦幻般的色彩。两手撑在窗台上，任由目光、思绪伸向大海的深处，消失在天际远方。

可行性研究还是不可行性研究?

2019年7月22日

前不久，到一座海滨城市出差，入住的酒店不远处便是大海，从酒店房间里可以望见一座算得上是气势宏伟的跨海大桥。细细观察，密集的桥墩说明了它窘迫的工程预算和蹩脚的建造技术，简单的造型体现了设计者的结构设计和审美水平。和周围的空间尺度相比，它的体态颟顸、造型丑陋，蛮横地闯入了优美的海湾，阻断了人们从陆地眺望大海的视线。如果人们想在岸边以大海为背景留影，这座大桥一定会喧宾夺主，让人感觉不那么舒服。

由于它的存在，这座美丽的海滨城市永远失去了一道天然的风景线。要知道，在今日，摘一朵花、砍一棵树，甚至搬走一座山，对于“厉害了”的人来说都不算什么。

不过，“大自然不是上帝赠送给我们的礼物，而是子孙后代托付给我们的财产”。认识不到这一点的人，是不会小心翼翼地对待自然的。

站在这座大桥的脚下，几位同行的同事在品评它时，也试图从另外一个角度思考大桥的观景价值，比方说在大桥上向港湾眺望，是否会收获美景之类。但遗憾的是，大家一致给出了否定性的结论。

“如果是我们几个人参加‘可行性’评审，一定会给它否了。”一位朋友更是率真地替我们给出了结论。

乘车穿行在这座大桥之上时，当地的同事给我们讲起了关于这座大桥的一些奇闻轶事。其中有些似有据可查，有些则全凭听者自己判断了。

望着这座木已成舟的大桥，朋友的话引起了人们对相关问题的一些思考。

在中国，工程项目的“可行性”研究是一项工程项目立项、实施前的必要程序，也是一道非常重要的关键程序。一个项目如果无法通过“可行性”研究，那就意味着它被判了“死刑”，后面的事情也就无从谈起了。

“可行性”研究是根据一件事情（通常是工程项目）的多方面信息，对它可能产生影响的各个方面作出严谨、科学、公正的预判，最终对其作出“可行”或者“不可行”的判断。

然而，现实中先对某个工程项目作出可行判断的情况并非罕见，甚至一些项目从一开始就被设定为可行，然后人们再去证明它可行。这样一来，“可行性”研究就成了“否决不可行”的研究了。原本的“一票否决”变成了“一票肯定”，研究、论证失去了它的另外一个选项。工程项目草草通过了“可行性”研究，在一片质疑声中匆匆上马，事后饱受诟病甚至沦为垃圾的事情确有不少。

“可行性研究”究竟应该是有前提，还是没有前提的呢？如果有前提，这个前提应该是什么呢？

当专家

2019年7月24日

一个人总会免不了做跨专业领域的事情，跨出自己的专业就会面临挑战。

这年头，有了知识不仅可以做许多事情，还可以出名，出了名，就可以当专家。一个人越是有名，邀请他的地方就越多，当专家的机会就越多。专业领域的、非专业领域的都来邀请，久而久之，究竟哪些是他擅长的专业领域都弄不清了。

前几天，突然接到一个电话，对方声称自己是 ×× 单位的，邀请我参加一个评审会。由于当时正在会议当中，也没有听清对方要评审什么项目，想着既然对方邀请，就应该是同一领域的项目，算了一下时间，那天我有空，于是便答应了下来。

后来收到具体的通知短信时，发现通知上写的是“集成电路”方面的项目，满怀不解，这是怎么回事？想打个电话问问，转念一想，既然答应了别人，此时退缩便意味着对方需要另寻人选，会增添别人的麻烦。就这样，没有给对方打电话推辞。

后来，按时抵达开会地点，进入会场一看，果然是满屋的陌生面孔。签到表上专家的工作单位都是“××院微电子……”“××大学……”，大家见面都相互问候，一派我们领域的专家会上常见的景象。我先自报家门后，和坐在我身边的一位老先生打起了招呼，这是我的一贯做法。对方是某著名高校的教授，问我来自哪个学院。显然，他是因为觉得陌生才这样询问我。随后，他便如数家珍地向我说起了我们学校集成电路领域的教授的名字。他说的人有的我认识，有的我则不认识，于是我便随口支应着。

主办单位的领导介绍了会议事项之后，评审开始。

专家提问环节，可以听出某些本领域的专家都是直奔项目的细节，某些专家则和我差不多，也不是所有的项目所涉及的领域都熟悉。而我也不是完全的门外汉，多年的当专家的经验，让我知道可以从哪些方面发现问题、提出问题。

项目评审一个又一个地进行，我努力扮演好自己的角色。审议阶段，我也就每个项目提出了自己的看法，而且我的看法竟然获得了许多人的认可。我猜，当场没有人怀疑我是一个集成电路领域的门外汉。一个陌生面孔的出现，反而让那些申报者摸不着头脑。

从事后还多次受到类似的邀请来看，我还是成功地扮演了自己的角色。尽管如此，我还是决定今后再遇到此类项目，一定在问清楚之后再答应下来。

大数据驱动的科学研究？

2019 年 11 月 03 日

中国进入了“大数据”时代。数据即资源，“大数据”即大资源。当人们认识到这一点后，“大数据”开始从学者、官员的口里，慢慢变成了社会的基础设施、常设机构及各种工作机制。与此同时，中国也向国际社会展示了它强大的数据收集和集中能力。时至今日，“大数据”已经成了那些通过观测、统计等方式获取的公共数据的代名词了。

大数据？有了！

那么，面对源源不断送到“大数据”汇总部门的天文数字量级的“大数据”，人们要拿它们来做什么呢？这是个问题。

从事过科学研究或者技术开发的人都知道，科研（包括技术开发）都是问题导向、需求导向，即从发现问题、研究需求入手，通过分析，设计研究方案，然后寻找证据，最终得出结论。有用的数据，对获得真实可靠的结论会起到至关重要的作用。此类研究提出的问题非常明确，研究的立意更加经得起推敲，在“有用的数据”的支撑下，得到的结论也更有价值。当然，这些“有用的数据”就不仅限于“大数据”了。

不过，也有一类研究不是从科学审视下的问题入手的，而是看看手里有些什么数据，就“设计”什么样的研究题目和内容，“围绕着手里的数据做文章”。此类“研究”看起来把“大数据”的作用发挥得淋漓尽致，热闹非常，但是深究其内容和结果，有的思路偏离学理甚远，有的则是不知其结论所云，更不要说结果如何应用于解决实际问题了。徜徉在今天的学术海洋里，会经常遇到一些无病呻吟的“研究”。

上面这两类研究的区别就好比我们吃饭、做饭。一种情况是，人们想好“要吃什么”，然后去找食材，最终由找到的食材烹饪出可口的佳肴。另外一种情况，则是先打开家里的电冰箱，看看里面有什么食材，有什么食材就做什么菜肴。二者的区别显而易见。

道理是上面的道理，但科学研究似乎又不完全等同于吃饭做饭。因为，吃饭可以有很大的忍受空间，很多时候可以将就，但毕竟“文章千古事”，容不得敷衍和马虎。

话说到这里，问题就从“如何利用大数据”变成了在科研中运用“大数据”的动机了。

显然，以研究的目的找数据，再通过数据发现客观规律的做法符合科学研究的规律，而以手上持有的数据来确定科研题目和研究内容，则难以确保其问题导向的科研的出发点。尽管在科研中因为数据所限调整研究内容和方法的情况也属常见，但是由“大数据”驱动科研目的和内容的确立，就难免偏离科研的初衷了。

多种数据、多元数据无疑为科研和实践提供了多种选项、多种手段，但谁都知道，科学研究就是要寻找某些因素和现象（结果）之间的关系，即客观规律。然而，仅通过来自现象的“大数据”，研究人员是极难从中发现真正的明确的因果关系的，这就会使得人们对改变那些我们不希望出现的现象无能为力。基于上述原因，越来越多的人意识到了“大数据”在应用中的局限性，开始对花大价钱收集、传输、存储起来的数据的应用前景产生焦虑。数据总量和种类都看似不少，但是使用起来就像是女人的衣服——永远少一件。

近期，不时听到关于“大数据”相关设施建设后期的故事。一位负责相关系统建设的朋友告诉我：“有用的数据收集不到，收集到的净是一些没用的数据。”当我问到这些数据需要存储多长时间时，对方没有明确回答。我猜，他们可能还没有想到这个问题。“有些数据过几年就没有意义了，比方说地图改变后。”我们都同意这个判断。在一些学术会议中，越来越多的人呼吁把“大数据”尽快用起来，或许就是出于这个原因吧。

“我们不是要做数据的收藏爱好者。”对“大数据”作用的怀疑，从一开始就在有科学常识的人群中存在了。数据的收集就是为了应用，而不应是为了收集而收集。

也经常听到有人乐观地预言：我们今天所遵循的某些理论、方法最终要被“大数据”的运用所取代。这是一个美好的愿景。如果这一点能够轻易地实现，当然最好不过了。那样的话，人们只要通过简单观测就可以轻而易举地获知现象和影响因素之间的关系，从而为利用这些客观规律解决人们所面临的问题提供方便、廉价、可靠的解决方案。我们期待着那些理论上的突破，期待着更为简单的预知未来的方法早日出现。

正如某位哲学家所说的“复杂的问题没有简单的答案”那样，科学研究的规律告诉人们，找到准确描述客观现象的规律并非易事。大多数时候，人们要掌握直觉以外的规律，只有按照某种假设（理论），或利用自然现象，或人为地设计某种科学实验，才能获得有价值的数据和结论。翻开科学技术史，人们不难发现，要获得一条让人信服的结论通常都需要一个严谨而复杂的过程。这就是为什么至今绝大部分的科学研究还不得不沿袭一些“笨”办法。

事实上，大数据也好，小数据也罢，都不过是科学研究的证据而已。“大数据”使人们产生错误认识的事情也发生过。比如，人们每天看到“太阳从东边升起，从西边落下”，就认为太阳是在围着地球转。从“小数据”中找到正确信息的例子也不胜枚举。“一叶知秋”“窥一斑可见全豹”，说的就是这样的事例。

“大数据”为人们提供了许多帮助。但是，正像我们经常告诉学生“专业的、科学的力量都是有限度的”那样，从学理的根基出发，遵循科学研究的基本规律，才能树立好的科研题目、科研内容，才是获得有价值的科研成果的正确之道。

附：

本文在“交通文化与艺术”群里贴出后，得到了许多朋友的响应。大家积极参与讨论，贡献智慧。李瑞敏贴出了他写于2017年的文章《“大数据”的幸福与烦恼》作为呼应，由于篇幅的关系，这里只能忍痛割爱了。其他朋友则从各自的角度发表了精彩的观点。在征得他们的同意后，转载如下，以飨读者。

以下观点，均只代表发言者本人的见解，和其他人无关。

魏恒：我最近有机会参与到交通数据处理的检验工作中，这些数据应当属于海量数据，还称不上大数据。根据我对交通现象的长期观察与对其机理的理解，我发现了许多无法理解或不能逻辑诠释的数据现象和分析结果，于是找到几位研究人员进行了细致了解。我发现他们完全依赖某些热门的人工智能和计算处理方法，却对数据的本质意义与质量判别极其缺乏科学理解，仅仅使用所谓高端的数据处理方式删除他们主观认为不合理的数据，从而使结果看上去得体漂亮，让外行人看不出其中破绽。我后来与我的学生深入现场进行了多次实地考察，对部分数据逐一做人工分析，发现了大量数据质量问题与人工智能数据分析方法在此项研究中的应用逻辑问题。所以，我的体会是，仅依赖人工智能方法处理数据，而缺乏对数据本质的认识及对数据与现象之间关联机理的理解，恐怕不能简单地相信计算所呈现的结果。不少已经发表的论文所展示的分析结果，深究起来恐怕也站不住脚。这是我的一点实践体会，供大家参考。

郑立宏：所谓人工智能，应该是要具备基本专业知识再处理数据才行吧，否则怎称得上智能呢？

彭仲仁：关老师、李老师、魏老师的观察是对的。光懂人工智能（AI）、大数据而没有专业知识，AI和大数据的用处是很有限的。所以现在美国不少高校开设了CS+（计算机科学+）和Big Data +（大数据+）的硕士学位。麻省理工学院（MIT）从2018年开始新开了一个城市科学（Urban Science）的本科专业，要求学生学两年城市研究和规划系（Urban Studies and Planning）的课，以及两年电子工程和计算机科学系（Electrical Engineering & Computer Science）的课。上周开会碰到该系的系主任，他说这个Urban Science专业在MIT非常受欢迎。我们系（Department of Urban and Regional Planning at the University of Florida）也要新设一个城市分析学（Urban Analytics）的硕士学位（预计从2020年秋季开始招生），也是要求一半课程在城市规划系修，另一半在计算机和信息科学与工程系（Department of Computer & Information Science & Engineering）或电子和计算机工程系（Department of Electrical and Computer Engineering）修，最后的硕士论文必须是用人工智能（AI）技术来分析解决一个城市问题。我早几年就建议我在佛罗里达大学（UF）的博士生在攻读博士学位的同时读一个计算机系的硕士，以利于博士阶段和今后的研究、发展。UF也正在讨论开办一个 Big Data + 的硕士专业，计算机系只提供一半的学分，另一半必须是来自其他系，如机械工程、生物医学工程、土木工程等，目的也是解决你们所提到的问题。

徐志刚：过去的科学是小数据大定律，现在是大数据小定律。在过去，通过小实验，往往可以发现牛顿三大定律和相对论一类具有普适性、一般性的大定律。但是在我们的视域和想象空间内，这些未被发现的大定律越来越少了，而大数据有助于发现特定时空和约束条件下的小定律。所以模型和数据一直都是并存的，只是谁多一点或者谁少一点。科学家喜欢发现大定律，专家喜欢解决小问题。

刘干：凡事要有从属关系，逻辑思维在前，技术思考在后。技术如果仅仅从属于“小众”（相对于大多数）利益，就可能成为罪恶的工具。

三聚氰胺是技术，也有价值，但是添加进了牛奶，就是罪恶。

很多人悟不明白区块链是什么，就用技术能力加持自己，公然抨击。

就像我在交通圈反复讲的，红绿灯是什么？逆反射是什么？它们只是技术，乱用，就会成为罪恶。

逻辑思维的是一个空间，技术思考的是一个点线。

石京：“智慧”的核心是“信息”。“大脑”们在数据发掘、数据融合等方面的确是提供了强有力的技术支持。但交通是个复杂的系统，交通问题更接近社会问题，所以单纯依靠信息技术解决交通问题肯定是不现实的。信息怎么使用，恐怕是个多学科交叉的问题，但交通人的专业知识一定是必不可少的。换句话说，交通从业人员一时半会儿是不会失业的。

“我能搭你的车吗？”

2019 年 11 月 6 日

收拾停当后，我便拖着行李下楼，比预定的出发时间提前了十多分钟。

等电梯下楼的时候，我拨通了送我去机场的司机师傅的电话。就在此时，电梯到了。我一边拖着行李，一边走进电梯，在电梯里和电话那边的司机师傅说起话来，完全没有注意到电梯里的另外一个男人。

“是 × 师傅吗？我现在下楼，你到了吗？”

通常，送站的司机师傅都会提前到达。

“不是说好 6：35 吗？那好，我马上就到。”说完，我们都挂断了电话。

电梯到了一楼，电梯里的那个男人和我一前一后地走出了电梯。突然，他回头问我：“约出租车去机场要多少钱？”

闻听他的话，我有些诧异。

“我不知道，是他们帮我约的车。”我说的“他们”，是指邀请我参会的单位。

“你是去机场吧？我能搭你的车吗？”男人迟疑了一下问我。显然，他听到了我在电梯里和司机师傅的对话。

我稍微打量了一下他。他四十多岁的样子，个头中等，衣着、行装都很平常，说话的口音里带有某种地方的味道。

“我是从 ×× 来这里开会的。”看到我犹豫，他赶快补充道。

是啊，他是从楼上下来的，应该是这家酒店的住客。他的家乡是一个经济欠发达地区。

“可以。”我谨慎地答应了下来。

紧接着，他告诉我，他是来这里参加一个全国性会议的，这个会议和我参加的会议毫无关系，他的会议涉及的领域也和我无关。我们之间除了同住在这家酒店之外毫无交集。

就在等待司机师傅的时间里，我们在大厅的餐厅里分别用了早餐。

“你到过 ×× 吗？”他问我。他说的是他的家乡。

我告诉他，我到那里去过两次，都是很久以前的事情了。

“我们那里这几年变化很大。”

我知道，通过各种媒体，我了解到了一些情况。

紧接着，司机师傅就到了。有些出乎我的意料，来的是个女师傅。师傅是个“自来熟”，出发不久，她很快就找到了和我聊天的话题，一路上侃侃而谈。显然，邀请我的单位的老师经常用她的车，她熟悉几乎每一位老师的情况，一路上如数家珍般地向我一一道来。搭便车的那个男人更多时候则是在一旁默默地听着，完全插不上嘴。或许这是他的性格，或许也是因为我们彼此的陌生。

在我们说话的空当，他拿出手机，指着屏幕上面的一串联系方式对我说：“我在 ×× 市 ×× 馆工作。这是我的姓名，很好记。如果你有机会到 ×× 市，到这里来找我。”

我看了一眼，他的姓名的确很好记。紧接着，我们聊了一些关于他家乡的宗教方面的问题。

清晨，去往机场的路很是畅通，不知不觉，我们就抵达了机场。道别司机师傅后，和那人道别，我们都匆匆忙忙地消失在了茫茫人海当中。

关于交通工程若干问题的谈话纪要

2019 年 11 月 16 日

按语：2019 年 11 月 14 日晚，我和学生曹奇、宋茂灿在南京进行了一次谈话，内容主要涉及交通工程领域的一些问题，现整理如下。

（一）关于大数据和科学研究问题

宋：大数据可以让人们知道规律，比方说知道什么时候哪里拥堵。这些信息发布出去，对人们的出行选择是有帮助的。

关：很好，就以这个话题为由，探讨一下大数据和科学研究问题。

我们都知道，交通科学的核心问题是交通需求的时空分布规律。一座城市，受土地利用性质、路网条件、人口密度分布等因素的影响，交通需求的分布不一定能够很好地适应城市基础设施条件。而且，无论是从理论上还是从人们的经验上来说，静态的基础设施不能很好地适应动态的交通需求应该是正常现象。如果人们掌握了影响交通需求时空分布的各种因素及其影响规律，就可以利用其制定相关的管理政策和控制方案，改变交通需求的时空分布，从而使得相对静态的交通基础设施更好地满足时刻变化的交通需求。我们学科的任务就是把握交通需求的时空变化规律，利用这些规律来改变交通需求的时空分布。

现实当中，交通需求调节手段有两个层面。首先是交通政策层面，如通过摇号、限号、交通需求管理（TDM）、公交优先等政策在宏观上调整交通需求的时空分布，这是大规模的交通需求调节方法。其次是微观层面的停车需求调节方法，如通过交通组织优化、信号配时优化、交通管控方案等局部调节交通需求，以使其更好地适应交通基础设施。

那么，人们的各种措施是否会改变拥堵状况，或者说可以在多大程度上改变交通拥堵状况呢？

要回答这个问题，就需要知道这些措施（影响因素）和人们出行选择行为（结果）之间的关系，即规律。科学研究的任务，就是找到因果关系。至少到目前为止，在这一点上，仅凭通常意义上的大数据（比方说观测交通量等）难以建立上述联系。

要找到影响因素和结果之间的关系，就需要根据科学的原理设计实验，比方说设计问卷调查，这样才能找到想要的数据，这也就回到了科学研究的范式上来了。

前几天我写了一篇小文叫作《大数据驱动的科学研究？》，引起了一点反响。该文主要探讨的是：科学研究应该以问题去找数据，还是以已有的数据来确定研究的题目？主要是想说科学方法论的问题，当然也免不了涉及“大数据”的问题。

当下，大数据已经成了官方观测数据（如视频数据、道路交通量等）的代名词。尽管它能很好地表现现象，如用热力图表现不同时段的交通需求的分布，但是基于大数据的相关研究仅能算得上是对各种因素间的相关关系进行统计分析，而无法体现交通系统各要素间的内在关联。

（二）关于交通研究的价值判断

宋：你怎么看“灵活公交”的问题？即根据乘客需求来确定公交的站点和线路。灵活公交也是预约出行的一种方式，出行者提前告知出行的起始点和时间，系统进行匹配，得到乘客上车的时空站点。车辆去服务这些客户，只需在时空路径上经过时空站点即可。区别于传统公交的固定站点、固定车次，显然灵活公交的灵活性更强，在某些特定的使用场景下，效果也是很好的。

关：在交通系统优化中，有两个目标选项：每个出行者最优（效用最大化），或者系统最优（效用最大化）。举个例子，在一个由道路几何构造、信号灯和标志标线构成的路口中，我们一定是要考虑多方面的因素，让路口整体效用最大化，而不能为了某个（些）出行者的效用最大化来设计信号灯配时、通行空间分配等。为此，就需要部分出行者（或者每个出行者都）作出妥协，如不能保证每辆车都赶上绿灯，而需要一些人因红灯在路口等待。

纵观全世界，在公共服务系统的构筑和使用中，越来越多的是“去个性化”而并非“个性化”。让大家的需求趋同、趋近，才能使得公共服务系统的效用最大化，如每一位乘坐地铁列车的人都保持安静，而不是随心所欲地大吵大嚷，才能保持所有车厢内乘客的效用最大化。欧洲、日本等地区的小汽车体积越来越小，申领驾驶证的人数不断下降，再加上保持着较高比例的公共交通出行，这些都体现了人们在这方面“去个性化”倾向。

我曾经编过一个故事，猜测城市公共交通系统的产生过程：

城里人老X，某日有了一种通勤需求，需要每天都从城市的A地到B地去。他看到路边停着一辆车（很可能是马车），于是他走上前和车主谈好了价格，每天这辆车就在确定的时间、确定的地点接他。

过了几天，又有一个人老Y也有了类似的需求，于是他和老X商量，两人确定了时间、路线。

又过了几天，又有一个人老Z有了类似的需求，试图和老X、老Y商量。这次，三个人无法达成协议了。

车主看到这种情况，不和他们任何人商量，便提出了他自己的服务标准：规定的时间、线路和收费标准。

三个人不再争吵、相互妥协，共同接受了服务标准，他们的矛盾解决了，公共交通系统也有了更多的顾客。

于是，城里的第一条公交线路便产生了。

从这个“故事”中我们可以看到，确定的公交服务水平标准非常重要。事实上，我们每个人都是一座城市的公共交通系统的出资者，当然希望花最少的钱去构筑、运维这个系统，而且让这个系统的效用最大化。毫无疑问，我们不希望把用到公共交通系统中的钱都花在那些“个性化”的服务上。

这是一个最重要的、需要首先作出判断的问题。

如果说部分地满足某些特殊出行需求的话，“灵活公交”作为一种公共交通“产品”无可厚非。但是，如果要将现有的公共交通系统（这里是指在规定的线路上行驶的公共电汽车）都变成“灵活公交”的话，有一个大的价值问题需要判断。

当然，作为研究，“灵活公交”并非学术的禁区，研究可以得出“灵活公交”在某种特定的条件下，比方说在某种城市形态（如足够的站间距、宽松的停车上下乘客条件等）、服务标准下的适用情况。只是，我担心那些研究结论并没有多大的应用价值。

关于交通工程专业的底色和优势的思考

2021 年 3 月 18 日，2021 年 5 月 22 日修改

（一）问题的提出

2021 年春节过后，学生们陆续从家乡返校。有一位家在河北的学生返校后向我汇报工作和他在假期里的所见所闻。交谈中，我了解到了这样一件事情：

这位学生返回河北老家时，恰逢河北部分地方新冠病毒疫情反弹，许多地方采取了封路措施，公共交通停止了服务，部分高速公路封路。他发现这期间，市场上出现的一种长途出租车的拼车业务，往返于北京和河北省的城市之间，两端门到门服务，提供这种服务的都是正规的出租车公司和正规车辆，而并非一些来路不明的车辆。所需费用要比平时乘坐公共交通（如高铁、长途大巴）要贵一些，比方说，原本从北京到他老家的公共

交通费用为 80 元左右，这种拼车服务需要 100~120 元，最贵的要 200 元。

“你觉得这里面什么地方有问题？”我问学生。

“我总觉得这里面有问题。”看起来学生也没有想好其中的问题。

为此，我向他讲述了我从书上看到的两个发生在美国的案例。

2005 年，“卡特里娜”飓风袭击美国，造成了巨大的破坏，密西西比地区大面积断电。

有人（假设他叫汤姆）拿出了自己的全部积蓄，购买了 19 台发电机，又租了一辆大货车，驱车一千多公里，从肯塔基到密西西比，试图以双倍的价格出售。这时，警察来了，汤姆被拘留四天，发电机被悉数没收（引自薛兆丰的《薛兆丰经济学讲义》）。

你如何看待这件事？

经济学家加里 · 贝克（1992 年诺贝尔经济学奖得主）认为：发国难财是增加供给的最好办法。

弗农 · 史密斯（2002 年诺贝尔经济学奖得主）认为：发国难财是好事。

米尔顿 · 弗里德曼（1976 年诺贝尔经济学奖得主）认为：这些发国难财的人，是在救别人的命，他们应该得到一个奖章，而不是得到惩罚。

“你认为应该打击这种现象吗？”讲完上面的故事，我问学生。我这里是指上面说的那个“拼车”现象。

“对，取消这种车辆，让大家都乘坐公共交通。”学生回答道。

“可是，公共交通通常对社会需求的反应都比较迟钝。”

我重复了经济学家对上面的“发国难财”问题的进一步解释：打击了“投机倒把”，没收了财物，实际上受到损失的还是当地的老百姓，他们依旧没有发电机可用。高价的发电机，实际上也是受灾群众的一个选择。

在另外一个类似的案例中，2004 年飓风“查理”横扫美国佛罗里达，造成了巨大的破坏，导致物价暴涨，民怨沸腾。西棕榈滩（West Palm Beach）的酒店 Days Inn 因涨价被处以七万美元的罚款。对此，经济学家认为：“情绪是被媒体煽动的。”“人们习以为常的价格并非在道德上是不可侵犯的，价格可以随着市场条件变化。”“看起来过分的价格可以刺激生产，‘所带来的好处要远远超过它的危害’。”（引自迈克尔·桑德尔的《公正：该如何做是好？》）。往深层讲，经济学家认为，价格实际上是信息的传递，可以吸引更多的救灾物资进入灾区，从而帮助灾民。

听到这里，学生似乎恍然大悟。

他继续告诉我，他的一个同学住在北京周边的一座城市。当时，如果他要利用公共交通系统回到河北的老家，就必须乘上唯一的一趟早上六点多的高铁列车。为此，他就得早上四点多起床、出发，可那时候的城市公共交通还没有上班。

由此看来，即使是需要花费200元的拼车，也是他当时最好的甚至是唯一的选择。由此可以想见，一个社会的交通系统好，那应该就是每一个人都可以找到适合他的出行选择。当然，这并非说社会需要提供无穷多种选择。

就上面发生在美国的事例而言，我猜，从不同的经济学理论出发，对上面的事情也许会存在不同的观点，我在这里并不是要以某个（些）经济学家的观点作为这件事的标准答案。不管怎样，这些案例给我们提供了一种思考问题的方式，即使是面对“发国难财”这样被普遍认为大逆不道的事情。

现实生活中，因为交通带来困扰的事例实在不少。比方说，面对电动车（老年代步车）带来的问题，我们该怎么办？一禁了之？考虑到巨大的社会利益（产业、就业等），包容式发展？任凭其自生自灭？

解决这类问题，专家需要具有哪些方面的知识？他们应该以怎样的思维方式去为这些问题提供解决方案呢？要知道，任何一项措施都是需要社会成本的。

从上面这些事例中，我们首先看到了交通问题的复杂性，也从解决这些问题的过程中看到了经济学、系统科学等多个学科知识的身影。上面这些事例，给我们提出了一个巨大的问题：

我们应该以怎样的思维方式来看待这些问题？以怎样的思维方式去寻求解决方案？

这种思维方式恰恰是交通工程专业的人最为缺乏的。从交通教育的角度而言，这就是交通工程专业应该具有怎样的底色的问题。

关于“底色”一词，《现代汉语词典》是这样解释的：底色，底子的颜色，也用于比喻，例如整个剧本有一种悲剧的底色。

本文提到的交通工程专业的底色，是指交通专业的背景知识、基础理论体系及运用这些知识和理论解决问题所需要的思考问题的方法。它们应该体现在专业基础课程当中，如图一所示。

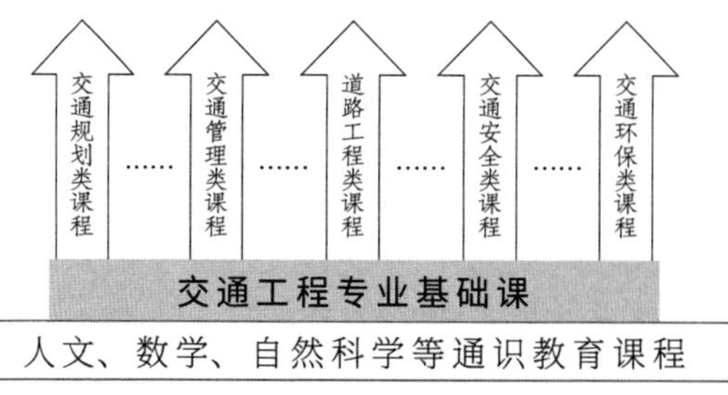

图一　交通工程专业课程体系的构成

（二）交通工程专业应该有怎样的底色？

要回答“交通工程专业应该有怎样的底色”的问题，首先需要找到交通工程专业的核心问题。《道德经》上讲：“道生一，一生二，二生三，三生万物。”那么，什么是交通工程专业的“道”，什么又是交通工程专业的“一”呢？

人们知道，从一般意义上讲，交通是人们经济活动和日常生活的派生需求。一座城市里，满足人们在经济和生活方面对交通的需求，就是交通系统的目标，即交通系统的“道”。

那么，在纷繁复杂的交通现象里，什么是交通工程知识领域里的“一”呢？

熟悉交通工程由来的人都知道，交通工程专业从诞生之日起，就负责回答两个交通系统的问题：第一，如何构建一个交通系统？第二，如何运营管理交通系统？要回答好这两个问题，首先必须掌握在不同时间、不同地点、各种条件下、以各种形式所表现出来的交通现象——交通需求。人们一直在试图搞清楚交通需求产生、变化的机理，以及利用这种机理去影响交通需求。无论人们是做交通规划、交通设计，还是进行交通控制与交通管理，无论是研究交通排放，还是研究交通安全问题，都首先需要考虑问题条件下的交通需求。

因此，交通需求就是交通科学的“一”，其他都是由这个“一”衍生出来的“二”“三”及“万物”。有助于人们掌握各种条件下的交通需求的知识、技能、价值，以及综合它们而产生的思考问题的方法就应该是交通工程专业的底色。

交通工程专业自开创起就走向了工学的方向。早期的交通学者们运用数学、物理学等理论和方法来研究交通问题，这些早期的研究和实践工作奠定了交通工程理论和方法基础。随着不同学科知识之间的交叉融合，不同专业领域知识的相互影响，人们对于交通系统的认识不断加深，对交通需求的探索大致明晰了两条路径：基于理论（微观态）的探索和基于方法（宏观态）的实践。这就好比为了努力登上山顶——满足交通需求，人们从山脚下开始，分别沿着不同的路径展开探索和竞争。

翻开交通工程专业的教科书不难发现，人们首先构筑起了交通需求预测的“四阶段预测法”，来分阶段、分步骤地预测交通需求。在这四个阶段中，人们普遍借助于物理模型来解释交通现象，比方说重力模型、流体力学模型、排队论模型、机会模型、熵增模型等。后来，随着经济学、系统科学研究的进展，交通需求预测理论中开始出现基于经济学、运筹学、系统工程等的模型的身影。

总起来看，对交通现象的把握的视角，经历了一个从宏观到微观，从物理学到经济学、系统科学的发展历程。近些年，随着社会心理学、行为与实验经济学的发展，以这些理论为基础的交通需求研究及实践也日渐多了起来。

在另外一方面，人们从很早起就开始尝试在没有理论支撑的前提下，从过去发生的事情中总结经验，进而预测未来。在科学研究上，人们更是借助数据处理方法来进行经验主义式的判断，如利用发生过的数据构建回归方程，用这些方程式来预测未来。近些年，随着“小波变换”“大数据”“交通仿真”“神经网络”“虚拟现实”“深度学习”等技术的发展和应用，利用观测交通数据再现、预测交通现象的研究更是如同雨后春笋一般地成长起来。

相较而言，上述两个不同方向的探索各有优缺点。

基于理论探索的优点是所构建的模型能够比较好地建立起影响因素和交通需求之间的关系，从而便于人们找到影响交通需求及定量评价这种影响的方法。其缺点在于找到能够构建这些模型的数据十分困难，而且当模型结构过于复杂、参数过多时，其实用性会受到影响；

如果模型过于简化，模型的结果又有可能会脱离实际。

基于方法探索的好处是直接面对观测数据，运用各种数据处理工具可以比较简单地、有时是精确地再现交通现象，可以不用构建复杂、严谨的理论模型。其缺点是，多数时候其结果无法用于解释交通现象，当然更难以用于评估分析交通政策和措施。例如，基于已有的移动通信数据，人们可以借助软件方便地绘制出行热力图，通过这些热力图，人们可以很直观、准确地看到不同时刻的交通分布情况，但是，仅凭热力图，人们依旧无法知道哪些具体的政策措施会怎样去影响交通的分布情况。

由此来看，交通工程专业似乎具有非常显著的工学特征。因此，交通工程专业人士带有工学思维方式似乎无可厚非。

那么，上述内容是否就构成了交通工程专业全部的“一”了呢？

人们稍加留意就会发现，传统的交通工程教科书都是教人们如何预测交通需求、如何设法满足交通需求。例如，人们在得到预测交通量之后，便会通过道路通行能力的知识，选择能够满足交通需求的道路技术等级。上面的和交通工程的“一”相关的知识、能力只是解决了交通需求预测的理论和方法的问题，但是，正像本文开始的那个案例中所表现的那样，面对交通问题，人们首先需要思考的是：应该如何寻求解决方案？

现实中，面对交通需求，除了满足之外，还存在着抑制、削减和转移替代等诸多选项。由于交通问题的社会性，很多时候人们不得不从更大的利益着眼，让交通服从于更大的社会利益。

举一个例子。我们关注停车问题，但是，正如理查德・W・威尔逊在《轻松开展停车改革》中指出的那样：“如果城市要求到处都有充足的停车位，那么即使圣诞老人送来一个非常好的公共交通系统做礼物，人们还是会继续选择到处开车出行。”事实告诉人们，给小汽车提供了更多的方便，便会影响人们对公共交通出行的选择。因此，我们在面对一座城市的停车问题时，首先需要考虑在公共交通优先还是小汽车优先中作出选择。

上面的例子说明，在面对交通问题时，首先需要具有经济学、运筹学、系统工程学的思维方式，其次才是运用工学的技术手段去满足需求。因此，经济学、运筹学、系统工程学等知识及其所蕴含的思考问题的方法应当成为交通工程专业的底色的一部分。

事实上，在交通需求分析中，经济学、运筹学、系统工程学、心理学的思维方式正越来越多地被人们采用。

（三）对当前交通工程专业既有底色的反思

或许是由于历史的原因，从一开始，交通工程专业除了工学的思维方式之外，还带有浓重的土木工程专业，具体说是道桥工程专业的色彩，这种色彩保留至今。在这种底色下，交通工程专业的专业基础课还涵盖了力学、道桥的相关课程，学生需要学习大量的相关知识。此外，还有一种理念长期影响着交通工程专业的办学思想和课程设置，那就是试图使交通工程专业的毕业生具备在相邻专业领域（如道桥、土木工程领域）工作的能力。

事实上，使得本专业毕业生适应不同专业的工作岗位，是每一个本科专业面临的共同问题，而并非交通工程专业独有的现象。在思考这个问题时，应该看到，无论是我国还是世界的任何地方，大家都在专心致志地试图办好自己的专业。这种努力使得每一个专业都得到了迅速发展，交通工程专业是如此，其他专业也是如此。这种局面和我国交通工程专业诞生初期有了很大不同，这就使得每一个学生在竞争力上面临着巨大的挑战。这就需要我们的办学思想在兼顾其他专业，还是专心办好本专业之间作出明确的选择。因此，办好本专业，使得本专业的毕业生胜任该专业所面向的社会工作岗位，将成为包括交通工程专业在内的所有专业今后的选择。至于本专业学生的学习能力、适应能力，则要看该专业的毕业要求中是否有明确的要求，以及毕业生是否达到了这个要求了。

我们应该认识到，没有一个专业可以培养“万金油”式的专业毕业生。如果一个专业的学生生来就是为了“转行”“转业”，那这个专业存在的必要性必将受到质疑。

如果上面的观点是正确的话，我们就需要在充分认清交通工程专业的“一”的基础上，重新考虑交通工程专业的底色，突出交通工程专业的底色，使之更加清晰、更加鲜明，这必将是交通工程专业今后需要努力的方向。

综上所述，交通需求探索的两大方向构成了交通工程专业的底色。为此，需要将包含两大方向所需的知识、技能及思考方式的课程（如经济学、运筹学、系统工程学、心理学、统计学及数理统计等）纳入交通工程专业的基础课程。长期来看，加强这些方面的课程，而将土木工程相关课程（如力学、道路勘测设计、道路工程等课程及相关的实践环节）和其他课程（如电子信息、自动控制、交通控制等课程）纳入特色方向课程，势在必行。

（四）交通工程专业的特色优势

人们在认清交通工程专业的底色之外，还需要认清交通工程专业的特色。这里所谓的特色有两个意思。

第一，交通工程专业相对于其他专业的特色。第二，不同学校的交通工程专业之间的区别。由于篇幅的关系，这里仅就第一重意思简述一下自己的想法。

通过本文开始的事例，不难看出，交通问题本身具有高度的复杂性，不仅面对的问题复杂多样，而且解决这些问题所需要的知识、能力也具有多样性。正是因为如此，综合多个专业领域的知识来解决交通相关问题，是交通工程专业不同于其他专业的特色，这项能力也是交通工程专业的一个优势。

对此，清华大学李瑞敏老师有一段精妙的比喻：

……以智能交通为例，任何一个大大小小的所谓智能交通系统的开发建设及运营优化都是需要多学科交叉的人才队伍，而交通工程，应该是队伍的主导，硬件制造有硬件制造的专业，软件开发有软件开发的队伍，种菜的、洗菜的、切菜的，都可以有，而交通工程应该是炒菜的。

我们不妨设想一下，如果将交通工程专业细细拆分下去，剩下的每个部分都不可避免会成为其他专业领域里的“小儿科”。因此，过度肢解交通工程专业，无异于削弱了交通工程专业的优势、降低了“炒菜”“炒大菜”的水平，从而使得其特色尽失，最终失去生存的空间。认清交通工程的特色、发挥交通工程专业综合解决复杂交通问题的优势，有效地解决社会问题，才应该是交通工程专业的生存和发展之道。

无论如何，是该思考、讨论交通工程专业的底色和特色的时候了。这些思考和讨论会有助于我们促进交通工程专业的健康发展。

第三篇

寻找那个自我

迷失，对人来说注定是一种悲哀。寻找远方的那个自我，才会留下一串坚定、笔直的足迹。

失而复得的权利

2019 年 1 月 14 日

2018 年底，小区的停车库安装了新的系统，可以自动读取、识别车辆牌照，给获得许可的车辆放行，而把“不认识”的车拒之门外。因为家里有两辆汽车，根据限号情况交替使用，于是就需要登记两个车牌照。然而，小区物业坚持只能登记一辆汽车。在和物业交涉时，对方每每以缺少车位为由回应。

为此，我们据理力争：第一，车位是我们家自己的，我们停放哪辆汽车是我们的权利，物业没有理由拒绝；第二，我们从来都是停放在自己的车位里，从来没有占用过他人的车位。我甚至前往物业的办公室和他们理论，但是对于我们的力争，物业始终以“正在联系”“正在调整”百般推脱。虽然也要我留下了另外一辆汽车的车牌号，但言辞总是含糊暧昧，没有明确答应解决问题。对此，我告诫他们，这其实是在给他们自己找麻烦。

眼看着新系统启用，我们的汽车屡屡被挡在车库门前。我每次都会对保安晓之以理，对方在反复确认后还是开门放行。

一日，我开车入库，又被挡在门口，虽然还是每次的那个保安，但却没有像以往一样放行。保安拿起对讲机，报告着我的车牌号，紧接着，对方传来了“临时车，不行”的声音。看样子，保安是接到了上面的新指示，要求他这样处理。我对保安说，请你解释一下，我们是自己家的第二辆车，不是“临时车”。保安愣愣地看着我们，就是无动于衷。

看到这种情况，我实在忍无可忍，于是下车、锁门，对保安说：“那好吧，你们什么时候把车库门打开，什么时候通知我，我来开车。”

看到我真的要生气离开，保安赶快又拿起对讲机和对方解释起来，而且马上用遥控器抬起了横杆。与此同时，妻子也拿起电话，给物业值班处说明情况，要求他们立即把我们的两个车牌号都录入系统。接着，我开车进入了地库。

此后，当我再驱车要进入车库时，系统可以自动识别，横杆也会自动抬起，事情就这样解决了。

一个原本就属于我们的权利，差一点被可笑的物业收去，就这样又被我们收了回来。

改变命运的棋局

——《黑白人生》观后感

2019 年 1 月 27 日

这是一个非常奇妙的场景，监狱的走廊里摆着一盘棋局，对弈的双方隔着监狱的墙壁，彼此看不到对弈的对方，只能把手伸出栅栏，一步一步地下棋。

黑人罪犯尤金·布朗是从同为黑人的狱友“国际象棋人”那里学会了下棋。尤金出狱时，“国际象棋人”送给了他一个自己用木头制作的国王棋子。

尤金出狱后，生活上四处碰壁，找不到工作，女儿不愿搭理他，儿子则因为贩毒还在监狱里服刑。朋友比利把他介绍到了一所中学当清洁工。也在这时，他入狱前的黑帮“老大”找到了他，声称可以帮助他。从尤金的表情可以看出，他已经决心和他们彻底断绝来往了。

一个偶然的机会，尤金接触到了一个班的中学生。

班里孩子们的家长有着酗酒、吸毒、贩毒、暴力等严重问题，孩子们也深受影响。班上秩序非常混乱，学生们甚至在上课时间交易毒品，还赶走了任课教师。

尤金用扑克牌游戏征服了学生，先是让他们安静了下来，又借此让孩子们跟着他学习下棋。紧接着，他有了第一个学员——“花生仔”。

就在学生们开始学习下棋时，黑帮“老大”发现毒品在学生中的销量出现了下降，并被告知是尤金妨碍了他的生意，于是，他决定教训一下尤金。

很快，校长收到了一封匿名信，里面陈述着尤金的前科。校长不顾尤金的解释，还是解雇了他。困难并没有让尤金回到黑帮，也没有让他放弃引导孩子们继续下棋。他在校外成立了“大椅子国际象棋社”。就在棋社不断发展的时候，一日，学生中的黑帮成员胁迫“花生仔”去参加非法交易活动，尤金没有能阻止“花生仔”离开。也就是在这次交易中，“花生仔”不幸中弹身亡。尤金羞愧万分，在探望同去参加此次交易活动的泰希姆回来时，发现棋社已经被人捣毁。

目睹了同学“花生仔”死亡，绝望中的泰希姆离开了黑帮，加入了棋社。尤金也重振精神，和大家一起再兴棋社，加入棋社的孩子一天天多了起来。

比赛季到了，尤金力劝泰希姆参加比赛。然而，泰希姆那“不着调”的母亲却拒绝在参赛同意书上签字。万不得已，比赛报名时，泰希姆伪造了母亲的签名。

泰希姆赢得了比赛，但在宣布成绩时，赛事的官员却以泰希姆没能提交出生证明和伪造签名的理由取消了他的参赛资格。尤金解释说泰希姆没有出生证明，官员却坚称“每个人都有出生证明”，尤金以“在我们那里不是这样”作为回应。恐怕尤金的话是真的，但这样的辩白于事无补。

当地一家电台的黑人制作人目睹了这一切，邀请尤金和泰希姆来到电台陈述他们的观点，希望帮助他们改变结果。尤金在电台上坚称要“遵守规则”“利用规则”“公平竞争”。这些观点引起了泰希姆的愤怒，也受到了制作人的揶揄：“恭喜你，你的目的达到了。”然而，几乎所有的人都认为泰希姆在比赛中受到了不公正的对待，因为，至少泰希姆没有造假的故意。

泰希姆走了，尤金四处寻找。当他听说泰希姆又回到了黑帮时，心急如焚。就在他万念俱灰时，泰希姆回到了棋社。他告诉尤金，就在他们去“干一票大的”的路上，他下了车，离开了黑帮。从此，他开始发愤学习棋艺。

作为庆祝泰希姆生日的礼物，尤金他们找到了泰希姆的出生证明。泰希姆和队友一起参加了比赛，他最终杀入了决赛。决赛中，他还是输给了全国最好的棋手。尽管如此，他赢得了掌声和妈妈自豪的欢呼。因为，人们都明白，面对面的这两个不同肤色的选手，分别代表着黑和白的两个不同的世界。

赛后，城市联盟的一位代表把她的名片递给了尤金，说："如果他（泰希姆）想上大学，我可以帮忙。"

影片到这里便结束了，但给人们留下了许多值得思考的地方。

首先，人们通过影片看到了美国一隅，有无数的黑人过着常人难以想象的生活。在他们生活的环境里，不要说孩子，就连大人都难以逃脱污流的漩涡。

身处这种几乎令人绝望的社会背景下，人们应该如何走出困境？这是影片给人们提出的第一个问题。

"有钱人家的孩子可以受到良好的教育，学习下棋。"影片毫不避讳地表现着不同社会阶级的各种差异。然而，影片并未把这些差异都简单地引向阶级矛盾和种族冲突。面对自己的未来，尤金并没有抱怨、沉沦甚至想要复仇。十八年的牢狱经历，让他悟出了"一步错，步步错""遇事三思而后行""遵守规则，利用规则"等道理，毅然决然地和从前的生活决裂，即使是在生活极其窘迫的情况下。用尤金的话说，先要从改变自我做起，从改变那个懒惰、贪婪、自私和奸佞的自我开始。

今天的美国社会，从总统到各个阶层，早已遍布黑人的身影，这说明无数的美国黑人通过奋斗改变了自己的命运。

透过尤金的努力，人们又一次领悟到了“知难行易”的道理。毕竟，要获得超越自己生存境遇的“知”是相当困难的事。

其次，尤金通过自己的经历，意识到需要帮助那些可能重蹈自己覆辙的少年，不能眼睁睁地看着他们沉沦下去。他找到了一条简单的、正确的，同时似乎又是唯一的道路。这条道路是如此坎坷、曲折，然而他毅然决然、义无反顾地坚持了下去。我相信，在这些社会阶层的周边，也有多种力量在试图帮助他们脱离窘境。但在此刻，这些力量显得苍白无力。尤金的作为让人们看到了来自草根的力量。有时候，这种力量比来自政府和社会团体的力量更为坚实。

另外，从孩子们反反复复加入尤金的棋社可以看出，要在那样的地方把孩子们从水深火热中拉出来是多么不易。在我们看来算得上是孩子们的救命稻草的棋艺，轻易就可以被来自社会或者来自家庭的力量摧毁。这就让人们在庆幸尤金和他的棋社的成功之余，不由得担心影片背后的那些青少年的命运。

最后，家庭的复归是影片的一个重点。

尤金出狱后，对他来说最沉重的打击恐怕还不是找不到工作，而是他的女儿、儿子都冷冷地对他说：“我需要你的时候，你为我做了什么？”但经过尤金不懈努力之后，在创办棋社遇到困难时，他的女儿来到棋社，对他说出了“你做了唯一一件让我为你骄傲的事情”。由此也让人们看到，让家人为你骄傲是一件多么重要的事情。当泰希姆输掉决赛时，泰希姆那“不着调”的母亲在场外自豪地欢呼“这是我的儿子”。尤金拯救的不仅仅是那几个孩子，也拯救了自己和孩子们的家庭。家庭的复归，是对尤金所有努力的最高奖赏。看到这里，我相信伴随着剧情中热烈的掌声，无数电影观众会流下感动的热泪。

影片通过上面的情节向人们提出了第二个问题：生活的意义是什么？

“覆巢之下安有完卵”，影片道出了没有家庭、没有生活对一个人（尤其是对于青少年）的影响。孩子们的努力和获得的荣誉使得家庭重新被锚定，给这些家庭带来了新的希望，也给社会带来了希望。我猜，这才是影片最想带给人们的启示。

我相信，置身于一个不完整家庭、有着“不着调”的父母的孩子绝非只有美国才有，这些孩子所带来的社会问题也绝非美国才有，把关注的镜头和目光对准他们，是拯救这些孩子、也是拯救未来社会的第一步。

和许多美国影片一样，《黑白人生》取材自一个真实的故事，这极大地拉近了故事中的人物和观众之间的距离，很容易让人的心情随着剧情跌宕起伏，对剧中人物的境遇感同身受。影片中的演员在演技上也有上佳表现。例如，饰演泰希姆的小演员将泰希姆的冷峻沉稳、独立自强都表现了出来，让人印象尤为深刻。此外，影片利用服饰、情节设计及道白等进行人物刻画，也取得了极大的成功。例如，泰希姆在沉沦时，总是把自己的头缩进帽衫里，但取得初步成功之后，便脱掉了帽衫的帽子而显得更加自信；尤金领着泰希姆重回监狱探望"国际象棋人"，后者极为迫切想将自己对泰希姆对手的"研究结果"告诉泰希姆，然而泰希姆却打断了他，对他说："我想靠我自己的力量。"如此自信的孩子，让人们看到了希望。

到此，人们有理由说，棋局改变观念，观念改变命运。

己亥新春

2019年2月4日

岁末恰逢新春来，家家闭户门不开。

阳光满堂水仙香，欢歌笑语围餐台。

核桃悄然遁无踪，瓜子帐下卧憨态。

手机蛐蛐鸣连连，天下华人贺己亥。

感谢大家戊戌年里的支持和帮助。携我家的两只小猫（图一、图二），恭祝大家己亥年吉祥如意！

图一　妹妹核桃

图二　哥哥瓜子

寻找那个自我

2019年2月27日

一位名叫川崎广人的73岁日本老头，放弃每月20万的养老金，跑到中国当农民的报道受到了网友的关注。报道中没有豪言壮语、没有“远大目标”，只有一个执着、低调的老人，读起来朴实感人。

老人的行为引发了热议，大家说什么的都有，在无数理解、肯定、赞许的意见之外，也夹杂着一些怀疑和否定的声音，把老人的行为归于“别有用心”之类的人也不在少数，甚至有人认为老人是个“骗子”。在今天的社会背景下，有如此多歧的议论一点都不奇怪。

这个日本老人的动机到底是什么？

说到这个问题，不由得让人想起当下国内的某些社会名人。改革开放的大潮让他们在事业上取得了极大的成功，今天的他们可以算得上是功成名就了。成名（实际上是有钱）以后，他们便开始了各种尝试，今天声称要做这件事，明天宣布要做那件事，一夜之间琴棋书画“样样精通”了，凡此种种，不一而足，让人有些目不暇接。由此，人们知道了有钱后的“任性”，其中包括自己的人生。

看到此类眼花缭乱的事情，我不禁想起了比尔·盖茨（Bill Gates）。如果我没有记错的话，这位曾经的全球首富，目前的职业应该是慈善家。多年前曾经读到过一篇报道，说他退出商界，专门从事慈善事业。当然，多方面的信息让我了解到，慈善根本不是随意撒钱那么简单，其背后也是有科学规律的。盲目的“慈善”不仅不能帮助别人，甚至会把对方引入无法自拔的深渊。

大科学家埃尔温·薛定谔（Erwin Schrödinger，1887—1961）在思考自然科学对生活的精神意义时指出：

现在你可能会问，而且你一定会问我：那么，你认为自然科学的价值是什么？我会回答：它的影响范围、目标和价值与人类知识的其他分支是同等重要的。不仅如此，只有针对由它们组成的统一整体，而非某一个单独的分支，讨论它的范围或价值才会有意义。这描述起来很简单：遵从特尔斐神的神谕，认识你自己。或者简单地用柏罗丁（Plotinus，205?—270?）说过的感人妙语："那么我们，我们到底是谁呢？"他回答："或许在这个宇宙存在之前，就已经有了我们人类，但也许是另一种人类，甚至是某种神、纯净的灵魂和思想。它们同整个宇宙相联系，是这个可被认识的世界的一部分，不可被分离或隔断，与整个世界融为一体。"我生于这样一个处境中——不知道自己从何而来，又去往何方，也不清楚我是谁。这是我的情形，也是你的，你们每一位都如此。每一个人都是这样的处境，并且永远都将如此。这一现实不能给我任何答案。我们热切地想知道自己从哪里来到何处去，但唯一可观察的只有身处的这个环境。这就是为什么我们如此急切地竭尽全力去寻找答案。这就是科学、学问和知识，这就是人类所有精神追求的真正源泉。对我们所置身的时空环境，我们总是尽可能想知道更多。当努力寻找答案时，我们乐在其中，并且发现它引人入胜。（或许这不是我们的终极目标所在？）

显然，薛定谔将自然科学的价值和科学家的人生价值联系到了一起，并将它们引向了宗教和哲学。

那么，在自然科学之外，在那位名叫川崎的老人身上、在比尔·盖茨的身上、在那些国内名人的身上，以及在我们所有人的身上就没有人生价值的问题了吗？

川崎老人、比尔·盖茨及国内那些名人的共同特点是，他们已经没有了温饱的问题，他们共同面临的问题是，在“经济自由”了以后，人该往哪里去？他们的所作所为都不过是在寻找一个“富裕”后的自己，并用自己的行动对这个问题给出一个答案。

我们不能断定他们是否认为自己真正找到了答案，但在我们有限的知识和道德水平下，还是可以对他们的行为作出一个基本的判断的。相比之下，那些对川崎老人的非议，看起来则更像是丧失了某种判断力之后的迷失的表现。

学习过汽车驾驶的人都知道，教练员会告诉你：看着远方的目标，车开过去就是一条直线。眼睛只盯着车前，行驶的轨迹就会是曲里拐弯的。

迷失，对人来说注定是一种悲哀。寻找远方的那个自我，才会留下一串坚定、笔直的足迹。

没有什么动物比人更不像狼了

2019年3月2日

（一）没有什么比狼更像狼了

狼有狼的样子，狼用自然赋予它的天性，去扮演它在大自然中的角色。狼演得很投入，你看，它们总是那么机警、那么敏捷、那么洒脱、那么凶狠，它们进化出了它们应有的智慧。狼在它们的世界里说着狼的真话。

人们很少见到失魂落魄的狼，“失魂落魄”实在太不像狼了。不过，大自然中的确也有失魂落魄的狼（我们权且称之为“落魄狼”）。“落魄狼”位于它们的“社会”的底端，看上去骨瘦如柴、狼狈不堪，它们在精神上彻底臣服于它的同类，不要说抗争，即使到嘴的食物也不敢吞咽下去，彻底失去了勇气和自我。

（二）世界上原本没有狗这种动物

科学家说，世界上原本没有狗这种动物，是人类将那些更容易亲近人类的狼留在身边，经过一代一代地驯养、筛选，驯化出了狗这种可以和人类相依为命的动物。因此，从生物学意义上来看，狗并非一个独特的物种，但狼成为狗之后，便有了狗的样子。

尽管澳大利亚还有许多生活在旷野的澳大利亚野狗，和其他掠食动物一样，靠捕猎为生，但世界上的大部分狗都生活在人的社会里。狗这种从狼演化过来的动物，被人类赋予了许多人类社会才有的文化和精神，并给人类带来了许多帮助和慰藉，其中最突出的莫过于狗的忠诚了。相信很多人都听过“忠犬八公”的故事，这个名为“八公”的狗的故事，被拍成了多种版本的影视作品，从而传遍了天下。

和狼相同，狗也在尽心尽力地扮演着它的角色，在它们的世界里说着狗的真话。

（三）没有什么动物比人更不像狼了

不知道出于什么原因，在这个时代里，有许多人崇拜狼。从层出不穷的和狼这个字眼有关的艺术作品中，可以看出这种流行和崇拜。

细细想来，作家是人类社会中最敏锐的群体之一，他们总是能洞察到社会的流行或者弊端，发现社会文化中缺乏的东西。从这个意义上来说，“狼”的热潮在一定程度上反映出了人们希望在他们所处的文化中增加一些狼性的元素。

那么，如何看待这种对文化中的狼性的呼唤呢？

千万年来，不同的自然条件让人类社会走入了不同的演化路径。有些民族进化得貌似更加强大，表现在不惧怕和其他民族交往；有些民族则进化得看起来不那么强大，表现在从内心里惧怕外部的世界，把外部世界视为邪恶，把和外部世界的交往看成是一种罪恶。

虽然，全人类各个民族的文明进步程度不尽同步，但是，告别“丛林法则”，走向文明的人类社会是全球性的趋势。人类社会毕竟是人类社会，文明正在改变着人类社会。试图披上狼皮假扮狼来占据“食物链”的顶端，很有可能“扮狼不成反类犬”，到头来把自己搞成不狼不犬的样子。

另一方面，我们看到一些人的所作所为，会很容易想起犬，这无论如何都算不上是一件幸事。一个民族出现很多这样的人，是整个民族的悲哀。

艺术作品用夸张、比喻的手法来赞颂某种精神、表达某种思想，本无可厚非。只是，人毕竟是人，无论人多么口口声声地要变成狼，人也是最不像狼的动物；无论人多么信誓旦旦地要扮演狗，人也不可能成为“八公”。人不可能变成狼，更不应该活成狗。事实上，许多以虎狼自居的人，都不过是虚张声势而已。现实中，人应该去寻找人自己，不说狼话、不言狗语，说人话、做人事。那才是人应有的样子。

闲话话语权

2019年3月8日

当下，恐怕没有什么词比“话语权”更热门的，没有什么权利比“话语权”更让人着迷了。

近代以来，国人意识到了自己在科技、经济力量方面的落后，于是有人便把这种落后的原因归结为外部力量的存在。一些人更是利用这种心理，煽动各种各样的情绪甚至仇恨。

最初，人们看到的是经济的落后。其后，看到了科技可以发展生产力，于是便把经济的落后归因于科技的落后。然而，当经济发展后，人们发现在和外部世界讲规则（也就是道理）时，还是“说不过”别人，于是便把落后的原因归结为缺乏话语权。

那么，人们口口声声要的“话语权”究竟是什么呢？

前不久，在一次会议上，一位与会专家又提到了“话语权”。闻听后，我便问这个主张“话语权”的人：“什么是话语权？难道对方不让你说话吗？”

“是他们不听你的。”

“为什么一定要听你的呢？”

“……”对方无言以对。

通过上面的对话，我们终于弄明白了这些人主张的“话语权”的真正含义，那恐怕就是“说话算数”的权利。

这可是非同小可的权利。如果你不是全世界的霸主，如果全世界不是都遵从“帝国”强权的逻辑，这样的“话语权”就注定是一种痴心妄想。

在我看来，话语权原本就是说话、发言、发表意见的权利。翻开世界历史，人们很容易看到，早在苏格拉底、柏拉图的时代，就有了让人们发言的制度，在我国的春秋战国时代，也出现了“稷下学宫”“杏坛”等让人畅所欲言的场所。国人是否有充足的话语权，人人都能深切体会到，在这里用不着争辩。

我的咖啡生活

2019年3月1日

前几天，同事小白送给我一袋咖啡豆，那可是一大袋透过包装袋都可以闻到香气的咖啡豆。打眼一看，就知道这咖啡来自外国。接过沉甸甸的咖啡，对小白表示感谢。小白则对我说了一句："我拿它没有办法。"

大实话，小白的意思是，就是想喝袋子里的咖啡，也束手无策，因为那需要一些加工过程。

我接触到咖啡，还是改革开放以后（准确地说，是出国以后）的事情。在那之前，咖啡只是在文字上读到过。

在国外时，在学校的教研室、街道上的咖啡店都有机会喝到现磨的咖啡。回国后，很长一段时间里，只能喝到速溶的咖啡，而且是三合一的咖啡。那时国人刚刚接触咖啡，很少有人有处理咖啡的机器，人们基本上能够满足于速溶咖啡。

不知不觉当中，咖啡开始越来越多地进入人们的生活，在人际交往中收到的咖啡“伴手礼”越来越多。记不清从何时起，收到的礼物中开始有了非速溶的咖啡。那些包装精美、来自国外的已经磨好的咖啡粉末，只要稍微加工便可享用。

然而，这种“稍微加工”还是需要最简单的咖啡机及滤纸等耗品。于是，我便有了第一台咖啡机。那是一台极其简单的咖啡机，用一个玻璃杯来盛接制作好的咖啡。这个咖啡机用了一段时间，由于操作不慎，玻璃杯炸裂了。虽说那是一个著名厂家的产品，但据说那个型号的咖啡机已经停产。后来费了很大劲才配上了一个同样的玻璃杯，咖啡机又重新开始工作。不过好景不长，这台咖啡机最终还是彻底罢工了。此后，女儿从英国回来，家里有了第二台咖啡机，这也是一台非常简单的咖啡机。

近些年，随着人们消费水平的提升，咖啡机也开始频繁地出现在家庭、酒店及各类公共场所。我的咖啡机的档次也随之登上了一个新的台阶。

2017 年，就在我生日的时候，我收到了一份非常贵重的礼物——我的团队的师生共同送给了我一台非常高级的咖啡机外加一大袋咖啡豆。仔细看了一下，这袋咖啡豆产自意大利。这个礼物实在是太贵重了，让我的内心感到非常不安。

这台由某国际著名厂家生产的咖啡机，是一台真正的、可以磨制咖啡的机器，使我的咖啡生活进入了一个新的阶段。

于是，伴随着“嗡嗡”的磨制咖啡的声音，我的办公室里经常飘散着浓香的咖啡味道。咖啡也成了我经常请同事们品尝和招待客人的饮品。当我在隔壁的会议室开会时，提供现磨咖啡就成了我的“保留节目”。

或许是由于这“嗡嗡”的声音，或许是由于浓浓的咖啡香气的吸引，咖啡机旁边的咖啡竟然越喝越多。这些咖啡来自意大利、日本，还有德国的。同事小白送给我的咖啡，便是这些咖啡之一。用现在的消耗速度来看，如此数量的咖啡我到退休（最多还有五年）时都喝不完。因此，只要有机会，便和同事们一起煮一壶咖啡。

前几天，我整理办公室茶几上的咖啡时，发现其中一袋不是咖啡豆，而是磨好的咖啡粉末。看着办公室还有那么多的咖啡豆，便决定把这袋咖啡粉末带回家去喝。回到家后，整理了一下现存的咖啡，发现还有许多没有开封的咖啡。如果先喝那些陈旧的咖啡，照目前的速度喝下去，恐怕这些新的咖啡也会被放成陈咖啡，那我此生便只能一直喝着陈咖啡了。想了想，最终还是决定不如就喝新咖啡，而忍痛淘汰那些陈咖啡。

从三合一咖啡到被淘汰的陈咖啡，我和我身边的世界一直在发生变化。从某种意义上来说，这也体现着中国正在和外部世界更多、更快地交融。

大风即景

2019年3月12日

春天，原本也是北京常刮风的季节。不同的是，京城今年的大风来得更频繁、更持久、更强劲。

大风，又断断续续地刮了一整天。它带来了漫天的朵朵白云，随后又送走了它们，把天空吹得干干净净。大风，把吐了绿的柳枝吹得东摇西晃，也掀起了人们的衣衫，吹乱了人们的头发，还搅起了低矮的小灌木丛上大大小小的杂物，让人想起了“卷我屋上三重茅”。

伴随着大风来袭，气温也来了一个“高台跳水”。虽说晴空里太阳发出了耀眼的光芒，但这光芒带给人的温暖还不足以抵御冷空气带来的凛冽寒意。劲舞的寒风在楼宇之间留下了低沉的呜咽声和呼啸的哨音，让已经盛开的迎春花看上去像是在瑟瑟发抖，也让午后阳光下人们的脚步失去了从容的节奏。

昨天已经穿上春装的人们，顿时失去了判断力。今天该穿什么衣服？估计是不少人心中的疑问。

万幸的是，这场大风没有裹挟起昔日那遮天蔽日的黄沙，免去了许多人用口罩、纱巾遮面的麻烦。

等一等，毕竟已经过了惊蛰，再强劲的寒风也不会持续太久。

春天里的出行

2019 年 3 月 15 日

（一）地铁出行

随着天气一天天转暖，社会仿佛从“惊蛰”中苏醒，各种活动活跃起来，我接到的参会邀请也越发多了。根据自己的时间表，答应了其中一个会议。

开车还是乘坐地铁？这是一个问题。

打开地图查看了一下，结果显示两种方式所需的时间相差无几。虽然已经预约了会场的停车位，但考虑到来回路上拥堵时开车的疲劳，最终还是选择了乘坐地铁出行。

这次出行赶上了春节后第一个工作日的早高峰，一走到地铁车站，就看到了熙熙攘攘的人流。等待过安检的队伍和站台上候车的队伍虽然不是我以往见过最长的，但和我上次乘坐地铁相比，人还是多了许多。跟随着汹涌的人流挤进了地铁列车，站在车厢里丝毫动弹不得。扫视了一下车厢内，目光所及之处，我这个年纪的人只有我一个。

我所乘坐的列车经过了一个又一个车站，感觉和之前相比，车站还是有了些许变化。

从前，车站里的广播总是要催促乘客，发布的是“抓紧时间上下车”“抬脚”之类的提示。在这样的广播提示声、催促声中，人们只会越发着急，越发行色匆匆。于是乎，车站站台上总能看见人们提着大包小包、一边小跑一边你推我挤的慌乱景象。

现在，站台上维持秩序的工作人员不再是大声提醒乘客“抓紧时间上下车”，而是反复提醒着“注意安全，不要拥挤”。这看似只是件小事，但在我看来，是一个很大的进步，它标志着人们开始受到更多的关爱。

一站、两站……随着地铁列车的行驶，我的身体开始燥热起来，丝丝的汗意开始出现在身上和头上。

乘坐地铁出行，总是有穿衣方面的问题。穿少了，室外的温度会让身体吃不消；穿多了，在地铁车厢里又会热出汗。而且车厢里人多，穿脱外衣很不方便。多数情况下，只能是忍一忍，到站了再说。

（二）不胜其烦的证明

会议在一个刚刚投入使用的会场里进行。

一走进大楼，我便发现了些许变化——入口处设置了闸机，需要刷卡才能进入。好在旁边前台处有几个身着制服的小姑娘，便上前说明来意，其中一位小姑娘随即要求我出示前来开会的证明。

闻听后，我心中大感不快，真想对她说，我没事跑到这里来干什么？但是转念一想，这就是她的工作，我用不着对她发脾气。给她看了一眼“通知”后，闸机打开，我得以被放行。

眼看着所到之处类似的事情越来越多，更有些地方又是填表、又要出示身份证、又要打电话、又要人出来领的，让人不胜其烦。我明明是被邀请的专家，却被当成贼一样防着，实在让人生气。只是在普通工作人员面前，怒火只能一压再压。

（三）全新的会场

身前的桌面上有几个小小的按钮，轻轻一按，一个话筒便像雨后春笋一样从桌子中间升了起来，再轻轻按一下按钮，话筒又会缓缓地降回桌下，桌面平整如初。

会议桌的中央开了一个长长的沟槽，把一个特制的电源插头插入这个槽里，然后轻轻地一拧，便可以从中取电。显然，这个设计可以让会议桌上的取电口的数量和位置更加灵活。真是别具匠心。

会场前面的投影仪也是新式的，几乎是贴着投影的墙面，省却了许多空间，也没有了行人走过时会遮挡投影光线的问题。

天花板上的照明仿佛是一个个大大的灯箱，用磨砂玻璃罩着。散射光洒满了整个房间，柔和、明亮，让人的心情很容易平静下来，也很方便阅读和书写。

灯箱的旁边有两个空调的出风口，出风口的前面设置了一个类似中国建筑中的照壁的装置。显然，这个装置是为了防止空调的风直接吹到人的身上，而且能使空调风更好地漫布于房间，很是贴心和巧妙。

只是，听说这个会议室的装修价格不菲。

（四）年轻母亲的教育

回程的路上，车厢内没有那么拥挤，找到了一个座位坐了下来。

经过某站，车厢里上来了几个带着孩子的母亲，大概是到了放学时间，大概车站的附近有一所小学。其中一个母亲带着一个可能刚刚上学的男孩坐在了我的身边。

小男孩一坐下，就要把脚踏在座位上，或许是想站在座位上。见状，年轻的母亲马上制止道：

“你这样踩脏了，别人就没法坐了。”

闻听后，男孩立即端正了坐姿。不用说，这样的母亲才叫有素养，这样的父母教育出来的孩子，出门才让人放心。

《皇帝的新装》给我们的启示

2019年3月18日

丹麦童话作家安徒生的童话《皇帝的新装》在中国也是家喻户晓，它由一个简单的故事道出了深刻的道理，让人拍案叫绝。

两个骗子预先设置了一个说辞：他们给皇帝的新衣只有圣贤才能看见，而愚蠢的人无法看见。直到天真无邪的孩子一语道破“皇帝什么都没有穿”，这个骗局才宣告结束。

在这个故事里，骗子之所以能够成功，其关键在于他们设计了一个常人不敢道破的“说辞”，且这个“说辞”得到了皇帝的首肯（至少是默认）。这样一来，这个“说辞”就有了这样一些“功效”：

对于某些人来说，它犹如迷魂汤；对于另一些人来说，它像是一种魔咒；而对于又一些人来说，它算得上是封口的禁令了。这个“说辞”的上述“功效”影响了三种人的选择。

第一种人，是人云亦云型。这种人是从来就没有独立思考过的人，犹如羔羊，习惯于跟随在别人的后面。这种人已经失去了用自己的眼睛观察事物、用自己的大脑独立思考的能力。对这种人来说，骗子们的那套“说辞”简直就是迷魂汤了。

第二种人，是明哲保身型。这种人也看出了事情的蹊跷，只是他的内心告诉他，这样的事情说出来是禁忌，“还是等着让其他人去说吧”，于是选择用自己的沉默来换得安宁。这种人已经失去了说真话的能力。对这种人来说，骗子们的那套“说辞”无异于一种魔咒。

第三种人，是幸灾乐祸型。这种人一眼就看穿了骗子的骗局，只是有一种力量迫使他们只能闭上嘴巴。久而久之，他们的良知被压抑，从而转向无奈。对这种人来说，骗子们的那套“说辞”就等于是封口令。但和其他人不同的是，他们或许更期盼骗局不被戳穿，希望看到皇帝在大庭广众之下裸奔。

无论出于何种考虑，上面三种围观者都选择了保持沉默，每个人在表面上都“承认”这件新装的存在，甚至还会随声附和或赞美这件新装合体、漂亮。

相较这三类成年人，无论从何种意义而言，孩童都没有他们“精明”。他只是本能地说出了事情的真相，让那些成年人玩弄“文化”所带来的诡谲一下子回到了原点。不知道这应该算是低级的智慧，还是更高级的智慧了。

重读《皇帝的新装》，让人们明白了这样一些道理：

首先，人们常常不知道骗子会以何种身份、何种背景、何种说辞出现在他们面前。不过，谎言总是以一种特别的名义出现，以一种特别的形式流传，然后被人们所“接受”。这个故事在一定程度上为世人提供了一个骗子和谎言成功的标准“模型”。

其次，无论“文化”有多少种定义，都应该是人类社会智慧的结晶。成年人们精心构筑的“文化”顷刻间被“童言”（实际上是真实）所摧毁，说明了那种“文化”的脆弱性。反而是一个个真实的、被反复质疑、反复证明的真理，才能构成文化的基础，在这个基础之上形成的文化，才能称得上是智慧的结晶，正如这个故事所表现的智慧那样。

最后，看起来在许多种文化中都有“裹脚布”之类的东西。我相信，当年国人丢弃“裹脚布”时，一定有许多人捶胸顿足、痛不欲生。但是，只有毅然决然地丢掉“裹脚布”，国人的脚才能真正踏上现代化的道路。

文化的自信在于它敢于面对自己，敢于扬弃那些糟粕，而不是自己给自己灌迷魂汤。

深呼吸

2019年3月20日

一抬头，发现窗外的地面已经被雨水打湿，悄无声息之间，一场期盼已久的春雨如约而至。厚厚的窗户挡住了冬日的严寒，挡住了公路上车流的喧嚣，也挡住了那润人心田的雨声，让哗哗的雨声成了永远留在童年的记忆。

京城的雨和南方的雨多有不同，除了经常爽约，便是即使“千呼万唤始出来”，也是羞羞答答、来去匆匆，很少可以酣畅淋漓地下上三天三夜。京城的雨越来越金贵了，南方的雨则是“挥之不去”，总给人以湿漉漉的感觉，雨中的空气经常是夹杂着花草的香味，那味道随着季节、随着城市不同，时而浓重、时而清淡。

即使下雨，京城也不失那种干爽的感觉，空气中厚重的泥土腥气，能让人很容易辨别出这里和南方的不同。

立刻打开窗户，想重温一下久违的下雨的感受。随着窗户被打开，哗哗的雨声和一股夹杂着泥土气息的空气飘入屋内，让人不由得深吸一口。顿时，一股沁人肺脾的清凉空气涌入我的身体，仿佛就像是已经干涸了很久的大地上的小草遇到了甘霖那样，苏醒和舒展。

放眼望去，雨中，树枝上的新芽和地上的小草分明在奋力伸展自己的肢体，去接捧这场甘霖，去深深呼吸那清爽的空气。

方便面和乡愁

2019 年 3 月 22 日

由于行程时间安排的关系，需要乘坐早上的第一批航班，天没亮便离开了家门，驾车前往机场。停车、接受“防爆检查”、办理登机牌、通过安检，顺“理”成章，一气呵成。然后，便轻车熟路地来到了这家航空公司的 VIP 休息室，等待登机时刻的到来。

一走进休息区，一股浓厚的方便面的香气扑面而来。继续往休息区的里面走，便可以看到这里的人们或围坐在小桌子前面津津有味地吃着方便面，或在餐台前匆匆忙忙地准备着方便面，那场面好不有趣。我没有加入吃方便面的行列，只是给自己泡了一杯茶，在一个安静的角落里静静地休息起来。

方便面，又被人们称为泡面，是一种用开水冲泡数分钟后便可享用的方便食品。这种如今司空见惯的食品，我小的时候没有见过，当然也就更没有吃过了。改革开放之后，我才得以见到它、品尝它的滋味。那时候绝对没有想到，这种东西今天在中国会随处可见。尤其是在人们外出旅行的时候，方便面几乎成了一般人必备的食物。

对于在物资匮乏的年代长大的人来说，我对这种方便食品没有什么抵触，但也绝对算不上喜欢。通常，但凡有正常的餐食可供选择，我都不会主动去吃方便面。根据经验，我乘坐的这个时间段的航班上应该有早餐，而且有中式和西式两种选择。相比之下，我感觉飞机上的早餐更加丰富、可口一些。既然如此，就没有必要在休息室里吃方便面了。这也是我没有加入吃方便面的队伍的原因。

在 VIP 休息区里的人，应该都是有很多飞行经验的人，否则也不会出现在这里。既然他们有和我一样的经验，那为什么还是宁愿提早时间，在这里津津有味地享用方便面呢?

答案只有一个，就是他们喜欢。他们是在飞机提供的早餐和方便面之间选择了方便面。

人们发现，一个人的味觉记忆主要形成于他的童年，即小时候接触过的味道，会让一个人记忆终生。童年的味道也会唤起人们许多美好的记忆，唤起人们的某种留恋。各种地方的特色食品，尽管有时对外地人来说显得有些奇怪，但依然能代代相传，深受那么多人喜爱，都是和这种味觉的记忆有关。味觉的记忆和其他各种记忆一同构成了人们的历史和传统，一道构成了传承文化的“乡愁”。这就是说，“乡愁”在人们的童年时代就被“寄存”在舌头的味蕾之上了。

如此说来，我对方便面的味道无所谓喜欢与否，或许就是由于它不属于我童年的味觉记忆吧。但是，对于那些改革开放后长大的一代人，情况就不同了。方便面对他们来说意味着和我们不一样的东西，那或许不仅仅是一顿方便面早餐，而是一次满足的享受。在我们家里，女儿对吃面条极其反感，但并不拒绝吃方便面，尽管通常也是在不得已的时候才会去吃。我也不知道为何会如此，这或许也是童年味觉记忆的一个具体例证吧。

有趣的是，当我把上面的故事讲给同事们听的时候，一位同事当即表示他小的时候方便面是家长用来奖励他的奖品，在场的另外一位同事也表示她小的时候有类似的经历。至今，前者还会每隔一段时间就吃一次方便面，尽管吃的时候也没有觉得特别好吃。

我在世界上许多国家和地区旅行过，从来没有见过一个地方像中国这样如此大量地消费方便面。这种景象还经常出现在高铁列车里和施工工地上。毫无疑问，方便面为解决人们“温饱”中的“饱”的问题立了大功，甚至可以说方便面是一个时代的标志。直到现在，方便面消费也没有日渐萎缩的征兆。在中国这样一个有着悠久历史和众多美食的餐饮大国中，这种现象很值得玩味。拥有这般强大的“群众基础”，机场 VIP 休息室里的客人追逐方便面的景象也就不足为奇了。

由于地域和历史不同，不同人的“乡愁”有着不同的内涵和具体对象。这种“乡愁”或许就是家乡的那一江春水、那一片秋叶，或许就是母亲包的饺子和下的一碗面条。在今天，许多中国人的“乡愁”似乎被方便面统一在了一起，跨越南北、横贯东西。只是，细细想来，这种“乡愁”让我们心中的那份惆怅“才下眉头，却上心头”。

“丹枫白露”的遐思

2019年4月3日

（一）靠近城轨的“丹枫白露”

没想到，今晚入住的酒店名叫“丹枫白露”，一个好不浪漫的名字。

吃罢晚饭，顶着带有几分寒气的夜雨，步行几分钟，便来到了这家酒店。酒店的对面是一个高架的城轨车站。经过的时候，还完全没有把城轨和晚上的休息联系到一起，待进入房间安静下来后，列车经过时的轰鸣和振动传来，才深切地感受到了那个城轨线路和车站的存在。

入睡前，列车的噪声和振动一次次由远及近，再由近及远，难免让人有些烦躁。渐渐地，疲惫来袭，我还是在不知不觉中睡着了。

清晨，把我从睡梦中叫醒的不是设定了时间的闹钟，而是那列车经过的声音。这一夜，让我平生第一次有了住在城市轨道车站旁边的感觉。

（二）客房

酒店房间的格局非常特别，是一个完整的套房。也难怪，这家酒店的英文名字是“Royal Suites & Towers”。

一进门，是一个很大的开间。门的左边是一个深色的圆形玻璃餐桌，桌前配了两把街边咖啡店常有的那种椅子。客厅的一隅是一个小型吧台兼料理间，两者构成了一个协调呼应的空间。吧台处有一个窗户，从而增加了房间的采光。背对着吧台，摆着一个二人沙发。沙发对面的电视机则被摆放在一个画架模样的架子上，很是别致，给房间增添了许多艺术的味道。沙发和电视机之间，是一个通往阳台的落地门。

透过落地门的玻璃，可以清楚地看到楼外的景物。放眼一看，我们正被高楼包围着，其中既有写字楼，也有高层居民住宅楼。也不知道这里的居民是如何长期忍受那连续不断的城轨列车的轰鸣声的。

客厅的一角，也就是进门的右侧，是一张舒适的写字台和一把椅子。写字台上有一个现代风格的台灯，点亮后，整个空间显得宽敞明亮。

卧室在套间的里面，房间不大，舒适温馨。卧室里还有一个带飘窗的窗户，飘窗处被用布艺包裹成可以小坐的地方。想想看，穿上舒服的睡衣坐在那里手捧一本书来阅读，会是多么惬意的感觉。

开敞式的衣帽间在卧室的角落里，衣物的存取很是方便。卧室再往里面，就是一个卫生间了。卫生间里也有一个窗户，白天的时候日光可以透过玻璃照进房间。整个房间的布局，充满了浓重的艺术气息。

套间里凡是能装饰的墙上，差不多都悬挂着一幅印象派超现实主义画作，给房间增添了许多现代派的气息。完全看不出油画的主题，对画作的理解和感受只好交给人们当时的心情了。巧合的是，这些应该是出自同一人之手的油画呈现的那种纷乱感颇符合我当时的心境，只是油画中那些大红大艳的色调不太对我的胃口。

整个房间的装修风格是不厌烦琐，几乎每一处可以改造的空间都被制造出一些凹凸或设计成一个角落。每个角落都有射灯和一个小的台面，只是那些小的台面上缺乏装饰物。感觉这种装饰风格注重温馨和浪漫，我猜它一定很受年轻人喜欢。要说这里是皇家风格嘛，还得说“等等”。

我坐在那里，脑子里突然跳出了一块大大的“橡皮”。

这块“橡皮”在套房里快速地飞舞，瞬间便把客厅里的那些餐桌、吧台、角落和台面等一一擦去，留下了一个简洁、宽敞、明亮、舒适、从容的大套房。

（三）飘忽的丝线

很想静下来给这本书的序找一点灵感，可是心里就是静不下来。

朦胧中，我的眼前上下左右浮出很多丝线，在阳光下一闪一闪的，飘忽不定，转瞬即逝。我需要抓住一条，沿着它梳理下去，厘清、理顺。我试图伸手抓住它们中间的一条，然而不是抓空了，就是抓住的丝线很细很短、一触即断，没法用上力量。

我抓狂地挥舞着手，等待着下一个飞过来的丝线。

（四）无字碑

陕西西安附近有座帝王陵，叫乾陵。乾陵是唐高宗与武则天的合葬墓。在武则天的墓前，立着一块巨大的、上面密密麻麻地刻满了多种字体文字的“无字碑”。

为什么刻了那么多文字的石碑却叫“无字碑”？

据考，当年武则天立碑时，上面的确无字，至于为何无字，则有多种推测，种种推测都和对武则天的评价有关。世人对武则天的评价，可谓是毁誉参半。对于自己的“功过”，武则天留下“无字碑”去“任人评说”，也算是气度不凡了。

岁月，终归还是让“无字碑”变成了“有字碑”。自己不说，世间自有公论。为自己说得再多，也堵不住后人的嘴。

（五）长江滩

离出发还有几个小时的时间，加上难得的早春雨后的阳光，我还是接受了同事的建议，利用这段时间去走走看看。当得知酒店到长江边只有两个街区的距离时，便决定散策江边。

新整修的街道给非机动车和行人留下了独立的空间，而且设置了防止机动车侵入的阻车桩，这是我在多少年前就希望看到的东西。

江滩上风和日丽，或许是工作日的关系，公园里没有那么多的游人。城市正在为迎接一个国际性体育赛事而大兴土木，就连江边公园里也到处都是施工工地，机械工作的噪声时远时近，打破了公园里应有的宁静。

江滩上有一个广场，广场靠近江边的一侧设置了几个供游人休憩的凳子，坐在那里，可以眺望江水和对岸。在一处空闲的凳子上坐了下来，把自己的内心都交给了滔滔江水和眼前的景物。

长江的对面，薄薄的雾霭背后是一排高楼。江景、天际线，成了这一代人的追求。围观江河，成了当下的一股热潮。黄鹤不见了踪影，萋萋芳草里偏偏缺少了鸟鸣。间或有一些船只从江面上驶过，激起的波纹有气无力地拍打着岸边，那拍打的气力仿佛是在敷衍。昔日那雄伟壮阔的“烟波江上”只剩下想象，眼前只留下了一条“愁人”的行船航道。

在那一边的码头上，一艘写着“知音号”几个字的客轮静静地停泊在那里，船上几乎看不到人影。船也完全没有要起航的样子，不知道在等待着什么。

身边的广场上，有人在放风筝。其中有很中式的那种漂亮风筝，飞得高高的，在空中摇摆着尾巴。惹人注意的是六位年龄不小的中年人，有男有女，每人都手持着一种新潮的风筝。风筝在他们的手中排着队伍上下翻飞，时而有序排列，时而相互缠绕，时而快速凝聚，时而缓慢舒展，在空中画着圆形、S 形等各种编队造型。那是一幅动静相宜的画卷。

我静静地望着他们，呆望着那些上下翻飞，但是被拉得紧紧的风筝。

本分

2019年4月6日

本分，对一个人来说是一个实实在在地存在，但又很难用三言两语说得清楚的东西。之所以说难以说得清楚，是因为在不同的场合下，一个人的本分有着不同的内涵。总体来说，本分应该是一个人在某个特定的场合下应尽的义务、应当做的事情。

从人的本性来讲，很少有人乐意无缘无故地去尽“义务”，要尽义务一定是出于道德的约束或者其他原因。从尽义务的起因来看，有主动和被动之别。我们不妨从一些具体事例谈起。

被动的例子，比如接受他人的邀请去当“专家”。

这些年，我经常接到邀请外出做专家，发现“专家”就有需要遵守的本分。专家需要遵守的本分说起来有很多，好像一下子难以穷尽。一般来说，除了在学术方面恪尽职守之外，基本原则就是尽量成全邀请人的事情了，即所谓的“受人之托，忠人之事”。

比方说，邀请人通常都会希望专家能够坚持出席直到会议结束，尤其是希望专家能出任一些仪式性活动的嘉宾。那么为此，专家就应该尽量不提前退场。如果专家只是出席会议的一部分，发言完毕就离席退场，后面一些仪式性场面就难免被弄得冷冷清清，好不尴尬。

现如今，经济建设一日千里，专家都忙，特殊情况下提前离开，属万不得已；事先答应了人家，事后忘却了的事情也偶有发生；由于时间安排出现差错，“一女多嫁”的事情也情有可原（我自己就有过类似的乌龙）。当然，究竟哪些“匆匆离去”是必须的，只有专家本人心里最清楚，他人很难作出恰当的判断。

被动地尽自己的本分，的确有许多无奈和勉为其难的时候，做不到就不要应承。应承下来了，但是条件变化后做不到了，就提前声明，或者干脆推辞掉，这样也是在尽自己的本分。

想想那些邀请专家的人和单位，花费了那么多的钱和精力，而受邀专家或答应了又不来，或匆匆离去，难免让人扫兴。只有“诚意正心”，方能对自己是否恪尽了专家的职守作出问心无愧的判断，才能“忠人之事”。

和上面所说的受邀之后被动地尽义务相比，到商店消费就属于主动的一类了。那是因为，去某处消费纯属个人的选择。既然是个人的选择，就需要对自己的选择尽到义务。

不知道从何时何地起开始流行这样一句话：顾客就是上帝。这一下可不得了，那些把这句话奉为圭臬的人，都以为只要自己是去消费，就可以做“大爷”，可以对商家颐指气使、为所欲为。殊不知，即使真的有“顾客就是上帝”这样的说法，那也不过是经营的一种姿态、策略，而并非意味着店家必须对顾客百依百顺，任何要求都必须得到满足。

做顾客，也有做顾客的德行和本分。比方说，在日本，去餐饮店消费时，顾客在店的消费时长基本上以两个小时为限。就算到了时间依然余兴未尽，也得考虑店家“翻台”的需要，而移步到其他店里消费。消费的时候考虑到店家的利益，也是顾客的本分的一部分。事实上，拒绝接待不守本分的顾客的事情在世界上任何地方都有发生，这说明做顾客也有做顾客的本分，不守顾客的本分照样要吃闭门羹。

有时，人们去商店也并非就是为了消费，“随便看看”也是消费者的权利。没有明确购买意向时，提前向店员声明“我只是看看”，省得人家白忙一场，也是尽消费者的本分。

一个人在家庭里有作为家庭成员的本分，在职场里有履行工作职责的本分，在各种具体场合下都有着相应的本分。在每一个场合都很好地尽到自己的本分，人们才会感到和谐，社会才会和谐，这个人才会赢得人们的尊敬。

一个人在任何情况下都恪守本分的确很难，但“知难行易”，如果连“知”都没有，“行”也就无从谈起了。

窗前树

2019 年 4 月 16 日

清晨，拉开窗帘，明媚的阳光随即射入我的房间，一道美丽的风景也映入我的眼帘，那便是久违的窗前树。我在酒店五楼的房间，竟然被一群树包围着，着实让我欣喜。

树枝上满是新春的嫩芽，再加上刚下了一场雨，带着生命的光泽，是那么娇嫩、那么青翠欲滴。一层、两层……好几层不规则排列的树木，把我和那个喧嚣的外部世界分隔开来，让我的内心归于宁静。打开窗户，一股植物的嫩叶特有的味道飘散进来。刹那间，这一切勾起了我对童年、对家的记忆。

童年最早的记忆中的家，是在楼房的二层，朝南的卧室窗外有一棵巨大的树。那棵树的年龄应该和我的差不多，可就在我记事时，它已经很是粗壮、高大，总是披着浓密的树叶。每到春天来临，它也总是吐出新绿，每当大风吹起，无论是否打开窗户，总是发出树叶随着风舞动的哗哗的声音。那是我记忆中最美妙的催眠曲，也是我对童年里的家的记忆的一部分。这些年，走过无数的地方、住过无数的酒店，而上一次遇到这种能顷刻间唤起我感动的窗前树，却已经是很久远的事了。

安静之中，还有一些从远处传来嘈杂声，仔细辨别，发现透过浓密的枝叶传来的竟然是久违的鸡鸣。

在我的童年时代，虽然大家已经住进了楼房，但是大多数刚从农村走进城市的人们还保留着饲养家禽的习惯。我自己家曾经也饲养过鸡，记得因为舍不得那只被我从小养大的白公鸡被杀掉，我还哭了鼻子。

我呆呆地望着窗前的树，回味着那一声声的鸡鸣，想到了《北国之春》里那一句 “城里人不知道季节已变换”的歌词。可如今，城里的孩子们连看鸡都要去动物园，还能到哪里去听鸡鸣？

故乡

2019 年 4 月 16 日

故乡，词典中的解释是：出生或长期居住过的地方；家乡；老家。这样的解释，就给故乡一词留下了无限的想象空间。对许多人来说，故乡就是祖祖辈辈生活的地方。可对于那些走南闯北的人来说，它有着复杂的意味。

我最早对于故乡的理解，是爷爷、爸爸出生的地方。虽然我在五十五岁之前都未曾到过那里，但我曾经是那么向往它。“我是东北人、满族人”，曾经是我响亮的宣称，我为它感到骄傲和自豪。五十五岁那年，我终于和父母一起踏上了那片神奇的土地，果然感到那么亲切、那么不同寻常、那么值得眷恋。从故乡的定义来说，爷爷、爸爸出生的地方只是我的一个梦，但对我来说，它是一个寄托着一种根的精神的原乡。

真正生养我的地方是河南，我在那里一直生活到十九岁考上大学。我心中无数美好的回忆，都和这片肥沃的土地有关。

河南，不是我爷爷和爸爸出生的地方，这一点我无法改变。尽管如此，我还是把它视为我的故乡。

西安可以算是我的第三个故乡。我在那里生活了十四年，青春岁月中最美好的时光都是在那里度过的。这十四年里，我有了自我，有了家庭，有了我们的未来。西安为我的独立自强奠定了坚实的基础。为此，我其实一直想用自己的绵薄之力，报答这个第三故乡。

我的第四个故乡，应该是日本了。前前后后，我在日本的京都和甲府总共生活了六年半的时间。

记得在日本生活期间，不止从一个留学生那里听说过他自己在短短的时间里，学习到了很多东西之类的话。我的感受和他们一样。到日本之前，就通过各种机缘认识了一些日本人，也通过多种途径了解了一些日本文化。到了日本之后发现，日本是一个非常珍视文化传统的地方，日本人是一群非常尊重文化传统的人。由于历史和地理的原因，日本的文化基本都是起源自中国。令人欣喜的是，许多发源于中国的优秀文化传统，在日本都得以很好保留，不仅仅是表现在包括汉字在内的表象上，更是表现在日本文化的精神和日本人的行为上。

从“文革”后的文化废墟中走入日本，那时的我感受到了许多许多。坦白说，那时我并没有像今天这样对文化的认识，只是从文化的亲近感上，从一个青年学者应有的态度出发，学习着身边的美好事物。

不知不觉，我在北京已经生活了二十年。这超过了我此前在任何一个“故乡”生活过的时间长度，而且这种超越还将持续下去。北京，成了我的第五个故乡。

有了一点人生的阅历之后，我已经理解了“天凉好个秋”的含义，也理解了投桃报李的做人的道理。感激每一块养育你的土地，善待每一位有缘分的人，普天之下就到处都是故乡，天下之人就皆是你的故人。

2019 年检车记

2019 年 5 月 6 日

刚刚进入五一小长假，就收到了一条短信，说是我的汽车年检到期，需要尽快参加年检。

收到这样的提醒短信，未免有些着急。这些年事情多，这样的琐事经常被忘记，等发现时已经超期了。于是赶紧驱车前往检车场，和预期的一样，在门口吃了一个闭门羹。当时，除了我之外，还有多辆汽车车主在检车场门外张望。大家和我一样，既没有见到任何人，也没有在门口看到任何关于工作时间的信息。抱着有点忐忑的心情，假期一结束，赶快又驱车前往检车场。

检车场外，我发现今天有些异样，等待审验的车辆竟然排队到了外面的道路上，这是过去从来没有遇到过的。看到这种情形，我的脑子里也闪过了“是否去其他检车场试试运气”的念头，但是最终还是想着既然来了，就在后面安静排队好了。

进场的情况还算是乐观。不一会儿，我的汽车便进到了场里，安静地排在检测线的前端，等候检验。

打开发动机舱盖，取出灭火器，摆好警示三角标，等待检验工人的到来。当然，这一切都由车主我自己完成。

不一会儿，检车工人来了。他们不停地发出各种口令，围着汽车查验，用手机拍照，飞快地在记录纸上记录相关信息。最后，告诉我：“去缴费吧。”

我沿着路标的指引到了缴费大厅，经过一、二、三道手续，很快完成了缴费和环保录入之类的手续，然后被告知要去“调度”那里等候。

至此，我都没有明显察觉到和往年有何不同。但到了“调度”那里，看到攒动的人头和墙上醒目的告示牌，再听到大家的议论，我才知道今天我又赶上了一次“非常”状态。

原来，从五月一日起，北京实行最新的检测国家标准。今天是五一假期后的第一个工作日，正好让我赶上了。

新的检测程序比从前复杂，内容增加了许多，从而增加了审验的难度和等待的时间。为此，所有人都必须在“调度”这里重新排队，等候司机（检验工人）前来接车。

没有什么好说的，就跟在队伍的后面排着吧。可是，事情并没有那么简单。

不一会儿，一个女子大声抗议起来，说有很多人插队，口口声声地要管理者出来解决。再看调度室里面的人，一脸无奈，呆呆地站在那里。从他的表情看，女子的抗议是对的。然而事情没有得到任何处理，队伍在缓慢地向前挪动着。由于车型不同，两驱车和四驱车需要去不同的检测线，而四驱车的检测程序非常麻烦，每辆车大约需要检测十分钟。

等待中的人们议论纷纷。有人说，这样的“调度”增加了插队的可能性。一位看似在美国生活过的人说：“我在美国也开车，根本就没有审验这一说。”还有人则说，调度这样的程序完全可以省略。

我心里想，可以合理化的地方还有很多很多，没有去做，一定有它的原因。没过多久，又有人大声地嚷了起来：“花 80 元钱，就可以不用排队。”听罢，人群里沸腾了起来。有人到调度室一探究竟，果然那里贴着收费的二维码和“只收现金”的告示。感受到大家的质疑，一位原本坐在那里的工作人员起身离去。不一会儿，新来的另一位工作人员给某位“领导”打去了电话请示。

似乎电话那一端的领导也是无可奈何地支应着，最终也是不了了之。

又过了一会儿，一个身着工作服、胸前佩戴着一个徽章的领导模样的人出现在了大家面前，告诉大家：下班前肯定无法完成这些车辆的检测，他帮助协调一下，让工人加加班，把我们这些人的车检验完，其他办理证照的手续只能等到明天了，因为办证大厅的人可不会等我们。而检测场的大门，早已因为无法接受更多的车辆而关闭了。

还有人在不依不饶地闹，这位“领导”自知理亏，只能低声下气地安抚大家，以求息事宁人。显然，他们的做法在当下犯了一个大忌。我和身边的人议论，这样的情况“一告一个准”。只是事情没有到那种地步，没有人愿意出此下策而已。看来，除了静静地等待之外，没有更好的办法。

下班前，工人们帮我们把需要检测的项目一一完成，最后只剩下尾气检测这一道最费时费力的工序了。

等待中听工人议论，由于是第一天实行新的检测标准，很多检车场出现了混乱甚至陷入瘫痪，一天下来也没有完成多少车辆的检测。某个检车场一上午只检完了四辆车，有的检车场干脆直接关闭。听到他们的议论，我感觉自己相比之下还算是比较幸运的。

不一会儿，轮到我的车上线。工人们捣鼓了几下，一位工作人员走出车间说：“又连不上了。”闻听此言，我心中暗自叫苦，心里想着千万别轮到我了却出了问题。

还好，没过多久，看起来情况恢复了正常，我的车从检测线上下来了。就这样，我的车完成了全部检验程序，只是办证大厅那边早已是人去楼空，剩下的手续只有等到明天再办了。

第二天一大早，我便带着验车单等证件来到办证大厅。经过检车场时，向停车区瞥了一眼，发现那里已经停满了等待检验的汽车。

办证大厅里，有许多工作人员还在工作岗位上吃早饭，看到我这么早就出现在大厅，纷纷投来惊讶的目光。其中一个人不假思索地说：“这么早就验完了？”显然，他的经验告诉他，每天从这里开门到审验完第一辆车是需要一定的时间的。

我回答说：“我是昨天验完的，当时你们都下班了。”很快，我便完成了全部手续，领到了新的行驶许可证。

一个检车场，折射出了许多社会现象。

不知道我说清楚了没有？

2019 年 5 月 9 日

口头禅，是指经常出现在人们语言当中的一些单词或者短语，普遍存在于各种语言当中。它在很多时候并不具有特定的意义，但也可以折射出一些文化现象。

人们在日常的交谈中经常会听到有人说：“你明白我的意思吧？”这句话出现的频率之高，简直达到了口头禅的地步。

“你明白我的意思吧？”

这句话从语义上来看，它的作用应该属于交谈中的沟通确认，也有调节对话的节奏和气氛、征得对方同意等意思。很多时候，这是一句并不需要明确回答的问句。要说起来，似乎也没有什么问题。

每当我听到这样的口头禅，总会想起从前一起共事的一位老先生的类似的口头禅。这位老先生在和人对话时，在说完一个意思后，经常会说一句："不知道我说清楚了没有？"

"不知道我说清楚了没有"和"你明白我的意思吧"有大致相当的语义，但细细想来，还是能感觉到二者之间的一些差别。

从人与人的沟通过程来看，人们之间要想准确理解、有效沟通，需要达到两个正确，即前者表达正确和后者理解正确，二者缺一不可。

"不知道我说清楚了没有"是把可能发生的沟通障碍归咎于表达者自己一边，而"你明白我的意思吧"则是把责任放在了理解者一边。想想看，沟通发生了问题，首先应该从自身排查问题才对，而不应该是先假设对方理解不当。

中国有句俗话是"君子常过，小人无错"，说的是君子总是勇于承担责任，而小人则总是粉饰自己、推诿责任。把"你明白我的意思吧"挂在嘴边的人未必就是小人，但是"不知道我说清楚了没有"这样的表达则更有君子的风范。

口头禅，无关文化的宏旨，但是，它有时就像家装的"美缝"一样，让文化的价值渗透到生活的每一个缝隙和角落。好的"美缝"不仅可以装饰房屋、美化环境，而且可以防止污垢渗入地下、侵蚀基础。至于口头禅是否有类似的功效，那就是仁者见仁、智者见智了。

不知道我说清楚了没有？

剧情翻转为哪般？

2019年5月18日

前不久，有人在群里贴了一个帖子，题目里有一个名人的姓名，后面跟着“中国式……”。于是，马上就有人奋起“怒怼”，大家议论纷纷，跟帖很多。

出于好奇，我点开看了一下，然后在留言中写道：

“仔细读了内容，没有找到该名人说中国式……”

看到我的留言，刚才还愤愤不平的那几个人立即明白了什么，马上就转而开始了对“标题党”的批判。

当下，“标题党”不少，望文生义的人也不是没有。

在批判“标题党”的同时，也该想想如何才能不上“标题党”的当才对。

磨脚

2019年5月31日

生活的经验告诉我，穿新鞋的时候要小心，第一次穿新鞋不要走太远的路。这一次我也是想照做的，但是由于几次不在计划内的步行，脚还是被新鞋狠狠地磨了一下。感觉到了磨脚之后，试图用放在办公室里的备用鞋替换一下，可是不知为何，没有找到那双印象中的备用鞋。于是，回到家时，脚上几乎磨起了泡。

第二天，没有什么可思考的，出门时找了一双旧鞋穿上。可是，走了一段路后，昨天脚上被磨坏的地方又开始隐隐作痛。

原来，旧伤是不会在一夜之间愈合的。在旧伤没有愈合的情况下，任何原来没有的问题都有可能变成新的问题。

静听尺八

2019年6月11日

“尺八”是什么？

当学生给我发来一段用“尺八”演奏的音乐时，我想了一下。

紧接着，我点开了音乐，一段清新缥缈的小过门之后，一个苍劲、古老又不失悠扬的管乐的声音响了起来，这便是“尺八”发出的声音，“尺八”的声音渐渐地成为旋律的主角。

曲目有《一声一世》《夜明》《一滴》和《向宇宙》，演奏者是佐藤康夫，从名字不难看出，这是一位日本人。

“尺八”是什么？赶快到百度百科上搜索了一下：

尺八，中国吴地传统乐器，后传入日本。此尺八非彼尺八，竹制，外切口，五孔（前四后一），属边棱振动气鸣吹管乐器，以管长一尺八寸而得名，其音色苍凉辽阔，又能表现出空灵、恬静的意境。

看过关于尺八的纪录片的学生告诉我：

过去有种说法是要学习尺八三年才能掌握吹出声音的技巧，所以没有耐心、耐不住寂寞和没有经济条件的人是不能学尺八和靠尺八为生的。它是属于宫廷和士大夫阶层的雅乐。

日本还有不少人在从事与传统音乐相关的事，比如一生都在制作尺八的制管师。制作尺八的竹材很不好找，基本是万里挑一，而且原竹切段下来后，还要风干五年才能加工。时间对现代社会来说是很奢侈的东西。要做出一百分的尺八，首先要有一百分的尺八演奏能力。

竹管内腔的角度和节理稍有不同，音色的差距就会很大，尺八不是像钢琴那样标准化的。

近代以后，尺八在日本也受到很大冲击，社会上也有人看不起尺八，觉得它不能登大雅之堂，但现在日本的大学里还有尺八这个专业。

由此，我想起了当年自己第一次拿起单簧管时，费了九牛二虎之力也没有能把它吹响的经历。看来，无论是尺八的制作还是演奏，都不是一件容易的事情。国内的情况不甚了了，日本人能如此精心地制作尺八，又在大学里开设尺八专业，足见他们对尺八的文化价值的理解和尊重。

那么，如何欣赏尺八的演奏呢？一位艺术家朋友告诉我：

心境决定欣赏的尺度，尺八的幽远与苍茫会带你梦回大唐。

近些年，我接触了不同的尺八爱好者和演奏家，中国人、日本人都有，他们有一个共同的特点：安静。当我们的内心进入全然的静净状态时，对于美的意境的理解和欣赏便会达到极其挑剔的高度。

我想，这段话很好地形容出了尺八演奏的音乐纵抵人们心灵的深度。

除此之外，网上还可以找到其他一些关于尺八的信息：

尺八原是唐宫廷乐器，宋代也就士大夫玩玩，宋灭，尺八在本土失传，不过福建南音洞箫算是唐尺八之苗裔，至今留存。

……

关于尺八东流日本的信息倒是更多一点。宋时，一名法号觉心的日本僧人来宋交流学习禅宗，至杭州护国寺，向同门居士张参学会了尺八演奏方法技巧和尺八乐曲《虚铃》，于宋宝佑二年传回日本。

（来源：https://www.zhihu.com/question/29435156/answer/103989867。）

这后面，更有一段前些年中日之间通过尺八进行文化交流的佳话。至于“尺八是否在中国失传过”“尺八是否由日本人复活”等学术性争议，不在本文话下。

透过那些关于尺八历史的信息，我们大致了解了尺八的曲折历史，也似乎明白了为什么我听到的尺八的音色会是那样。

听到佐藤康夫用尺八演奏的曲目，我想起了另外两位日本艺人，一位是宗次郎，另一位名叫喜多郎。

宗次郎用一个小小的陶笛吹出了《大黄河》奔腾咆哮、浩浩荡荡的万千气象，吹出了《故乡的原风景》的甜美细腻，吹出了一个躁动时代里人的恬静的内心世界。

喜多郎则是用他的电子合成音乐《丝绸之路》

《敦煌》等尽情地表现了他对中华大地及历史人文的理解。在他的音乐里，那些人文和自然是那样雄浑而又荒远，也表现出了人们对文明的向往和对逝去岁月的眷恋。

佐藤康夫的作品，和上述二者的作品在“味道”上有许多相似之处。这“味道”或许是在尺八传入日本时就带去的，也或许是它受到了日本文化和精神所浸染的结果。那“味道”里有几多悠长，几多雍容，又有几多怆然。当然，佐藤康夫、宗次郎及喜多郎等的作品所表现出的对人、对世界、对宇宙的理解，远远不止这些。

凝神细听，从《一声一世》《夜明》《一滴》和《向宇宙》等曲目中流淌出的尺八音乐是那么恬静和空灵。那曲调仿佛穿越了遥远的历史星空，把人们带回到了让人魂牵梦萦的盛唐。那音色犹如一位年迈的歌者，在呜咽的曲调中显得有些沙哑。那声音又仿佛是一件缺少了一些边角的精美古瓷，用它的残破，证明了它的弥久和沧桑。

曾经，一个古老而简单的乐器——陶笛，被宗次郎吹得出神入化，今天，又一个曾经风靡中国的古老乐器——尺八，被佐藤康夫“吹”出了新的生命。

对音乐、对尺八，我是一个门外汉，但我相信，尺八的演奏家一定会跨越国家和种族的界限而不断增多，尺八也定会在一个古老的大地上焕发出新的生命。

远离那讨厌的味道

2019年6月28日

清晨，在小区的内部道路上，我的脚步正走向昨天停在路边的汽车。

忽然，一阵讨厌的烟味钻入我的鼻孔，让我顿时感觉有些窒息。抬头一看，前面有个男子一边急匆匆地赶路，一边用力地吸着香烟，并在他的身后留下了一股股白烟。

我们家里几代都没有人抽烟，烟味也被视为家里的“违禁物”。外出工作，有时候会带着一身烟味回家，到家第一件事，便是沐浴更衣，防止烟味的残留和传播。

国人抽烟者甚众，尤其是在公共场所。边走路，边吸烟的现象更是司空见惯。若跟在吸烟者的身后，二手烟的味道实在让人难以忍受。我估计，即使是抽烟者，也不会喜欢跟在他人身后吸这种二手烟的。每当有这种情况发生，我要么会疾步超过吸烟者，要么就会缓步拉开和前者的距离。

今天我也需要赶路，需要尽快开车去参会。看着道路还算宽敞，我就走在了和吸烟者不同的道路的另外一侧。就算是迎面驶来汽车，或是这一侧没有完整的人行道，我都走在远离那人的一侧。

记得在东京旅行的时候，看到公共道路上写有“禁止边走路，边吸烟”的标志，给我留下了深刻的印象。后来，我询问日本的老师：“如果有人违反了这个规定会如何？”日本老师告诉我，那会有人出来制止，甚至对他罚款。

近期我在东京旅行时，只见到过站在那里一边手持一个随身携带的袖珍烟灰缸，一边吸烟的人，而没有见到过一边走路，一边吸烟的人。当然，我不能断定自己没有见过就是从来没有发生过，但至少社会对这种现象提出了要求，至少这种要求得到了很多人的遵守。

我讨厌烟味，讨厌跟在他人后面吸二手烟，只好无奈地远离那讨厌的烟味，远离那些走路吸烟的人。

“自己活，也让别人活”

2019 年 6 月 30 日

罗伯特·阿克塞尔罗德的《合作的进化》是一本研究合作的书籍，该书一开篇便讲述了一个奇妙的故事。事情发生在第一次世界大战期间，一位巡视西部战线的英国军官惊讶地发现，对战一方的德国士兵在英军步枪的射程范围内大摇大摆地走动；为了使向前线运送餐食的人员不受枪炮的袭击，在有些时间段（比如说早上8：00 到 9:00），在那些被插上小旗作为标记的地点可以免受袭击；凡此种种。在士兵们浴血奋战的前线，敌对双方竟能如此默契地“合作”着。当然，如果有人破坏了这一默契，就会得到对方的加倍报复。

这就是著名的“自己活，也让别人活”的生存策略。

无独有偶，在美国国会内部，不同党派的议员之间，也演化出了一套复杂的行为规范或者说约定俗成的规矩，其中最重要的准则便是“回报准则”，有人甚至将这种准则形容为“参议院的生活方式”。

这一切，都是在假设人是自私的、双方是敌对的前提下发生的。

矛盾一词，原本是说“矛”和“盾”两种兵器，后来演化成形容一种事物和现象。人们很快就发现了“矛”和“盾”相互联系和相互依存的辩证关系，即有矛才能有盾，没有了矛，盾也就失去存在的必要了。“狡兔死，走狗烹；飞鸟尽，良弓藏”说的就是这个道理。这说明了“让别人活” 和“自己活”的辩证关系，也体现了现代人的社会行为准则。违背了这个准则，就是一损俱损。

那么，为什么自私的、理性的、陌生的甚至是充满了敌意的双方会开展“合作”呢？他们之间如何“合作”才是最“有效”的呢？

《合作的进化》告诉人们，最有效的策略就是“一报还一报”，即你合作我也合作，你失信我也用失信来报复你。只有在这样的策略下不断博弈，双方最终才会获得最大的收益。

前不久，坊间流传着一个帖子，帖子的作者发现同样一双在中国生产的鞋，在中美市场的价格竟然相差十几倍。其中的原因之一是，只要拿到了美国的订单，就相当于拿到了一笔确定的收入，供货商可以用这个订单去申请贷款。也就是说，这个订单是有十足的诚信的。当我和产业界的朋友聊到这种说法时，也得到了他们的认同。而对于国内的订单，在信用方面的评价是要打折扣的。记得规划界的朋友曾经说过，他们单位有一个不成文的“规定”，和某省的单位“合作”时，第一笔预付款必须是全款的 95%，否则就无法达成协议。至于剩下那 5% 的研究经费，则做好了放弃的准备，其中的原因就无须说得那么清楚了。我相信，所有做过“横向课题”的人都会有类似的体会。

显然，“自己活，也让别人活”是需要做出某种妥协的现代生存法则，“一报还一报”则是使得社会全体获得最大利益——合作共赢的终极策略。

“请帮助十个人”

2019年7月4日

这是一个真实非故事。

改革开放初期，百废待兴。某市领导到某大学视察工作，为了调动教师们参与科研活动的积极性，该领导在全校教职工大会上信誓旦旦地宣布：“你们谁写论文被国外录用，我就出资送他去国外宣读论文。”这种宣示在今天看来是多么积极、多么富有进取精神。

让这位领导没有想到的是，当时在台下的听众当中，真有那么一位青年教师不仅听到了他的话，恰巧在国外的一个学术会议上投了一篇学术论文，而且论文成功被会议录用。

会后，这位青年教师立即给这位市领导写信，要求该领导兑现他的诺言。然而，寄出去的信犹如投入了大海的石头——杳无音信。

后来，这位青年学者通过其同学询问相关情况，得到的答复是：“你将了我们领导一军。”所幸这位领导并没有食言，而是真的批准了该青年学者参加国际会议的请求。

在对外交往成为常态的今天，人们可能完全想象不到那时出国是一件多么艰难的事情。紧接着，漫长的审批过程开始了，一切都是为了那笔在当时算得上是巨款的五百美元。

好事多磨，最终，这位青年教师的出国之旅终于成行，他如愿以偿地抵达了会议举办地——美国，参加了那个工程师协会的年会。然而，当他抵达会场时发现，除了自己之外，几乎全部都是白皮肤蓝眼睛的外国人。第一次出国、第一次参加学术会议，加上他的语言还没有过关，一时间，他感受到了一种前所未有的孤独和无助感。

就在此时，他在会场遇到了一位长着东方面孔的人，上去一问，才知道他是一位在美国留学的中国学生。今天，我们走遍世界各地，随处都可以见到中国人的身影，但在那个国门刚刚打开的年代，在国外遇到一位中国人还是件很稀奇的事情。在那种情况下，二人的相遇算得上是“他乡遇故知”了。后来，这位“留学生”不仅热情地帮助了初次踏上异国他乡的同胞，还请他吃了饭，从此二人结下了延续一生的友谊。那期间，这位“留学生”给那位青年学者讲了一个他自己的亲身经历：

当年，他刚刚抵达美国时，举目无亲，身上只有几十美金。等到了机场，时间已经很晚了，他也不知道如何前往市里，于是，就准备在机场待一夜，等第二天天亮再说。

就在此时，一个华人模样的人上来问他：“你是中国人吧？”

他说：“是。”

“你是从大陆来的吧？”

“是。”

“我是来机场接我太太的，你在这里稍等一会儿，我过来接你。”

“太感谢你了。”

“不要感谢我，我也遇到过这样的情况。要感谢我，就请像我一样，帮助十个人。”

这位“留学生”遇到的是一位来自台湾的中国同胞。

“我不知道我是你帮助的第几个人，但肯定是那十个人中的一个。”“青年教师”听完这个故事后，对“留学生”说。

后来，那位“青年教师”通过一番艰苦的努力和曲折的经历，成了美国一所大学的终身教授，而那位“留学生”也在辗转多座美国城市的多个单位之后，成了一家美国企业的高管。

我们不知道故事中的那位来自台湾的长者一共帮助了多少人，也不知道那位“留学生”一共帮助了多少人，更不知道那位“青年教师”后来帮助过多少人。我们只知道很多的中国学者到“青年教师”所供职的美国大学访问，很多中国学生到他那里留学。他们不仅得到了“青年教师”在学术方面的指导，更得到了他在生活上的关照。“青年教师”把自己的房屋腾了出来，以非常低廉的价格租给前来留学的中国学子。据说，“青年教师”一直都记得那句“帮助十个人”的叮嘱。

老子说：“上士闻道，躬而行之。”那位“留学生”和那位“青年教师”都在默默地实践着那位长者的嘱托——帮助十个人。爱，就这样传播下去，传播开来。

我不知道那位来自台湾的长者的姓名，只知道那位“青年教师”的名字叫魏恒，那位“留学生”的名字叫严书明。

华×只有一个，华企却有无数

2019年7月13日

一场空前的贸易摩擦，犹如一场蓄势已久的暴风雨如期而至。这场原本是国与国之间的风暴，却把一家中国“民企”推上了风口浪尖。一方视它为眼中钉，要去之而后快，一方则视其为掌中宝，要其屹立不倒。一时间，这家“民企”的名字长期占据了多国媒体的头条，几乎在全世界家喻户晓。对于很多国人来说，使用它的产品成了“爱国”的标志，社会上甚至有些旅游景点打出了“使用××手机入园免费”的招牌。一切都在理所当然中自然而然地发生着。

成语“城门失火，殃及池鱼”，说的是人们用护城河里的水来救城门的火，却导致河里的鱼都死了。这个故事的深层意思是提醒人们，在解决一个重大问题时，要避免顾此失彼、殃及无辜。

人们知道，在自然界中，任何生物都有竞争对手。在人类社会的市场环境中，每一家企业也毫无例外地存在竞争对手。就以手机为例，在多个外国品牌纷纷退出中国市场（或者说国产品牌夺回中国市场）后，依旧有多家中国品牌在市场上搏杀。稍想一下，人们就能够很容易地说出几个手机品牌的名字。必须承认，人们之所以能买到价廉物美的手机，就是得益于多个品牌之间的竞争。要知道，这些品牌也是民族品牌，研发、生产它们的企业都是需要生存和发展的。对于国民来说，它们和那家“民企”不过是手心和手背的关系。

一场贸易摩擦，让本文开头提到的那家“民企”成了一种标志、一个风向标，得到了举国上下的力挺。人们的“爱国”行为，打破了市场原来的平衡，让这个“民企”成了不折不扣的市场竞争的受益者。这对这家“民企”来说，可谓是“失之东隅，收之桑榆”了。至于国民的这些举动会对那家“民企”的国内竞争对手产生怎样的影响，就很少有人关心了。

正像城门失火，大家必须去救火那样，我们不能说在当前的国际环境下，人们支持那家“民企”的行为是错误的。

华 × 只有一个，华企却有无数。我们可以为了某一个“民企”（手背的肉）而牺牲其他民企（手心的肉）吗？我们需要怎样的对策呢？

显然，人们面临着三个选择：

其一，是像不顾一切来扑灭城门的大火那样，罔顾护城河里鱼儿的性命。毕竟，若被冠以“不惜一切代价”的名义，护城河里的鱼儿就只能听天由命而没有别的选择了。这样做的结果，不言而喻。

其二，是权衡一下牺牲（或者支持）某些品牌后的整体利益，在利益最大化或者代价最小化中作出选择。因为在经济学的视野下，城门也好、池鱼也罢，都是财产，需要在它们之间权衡利弊得失。相比之下，若这样做，护城河里的鱼儿存活的概率会提高许多。

其三，是考虑这场贸易摩擦的结果，在这个过程中，构建和完善公平公正、诚实守信的市场氛围和依法治国的社会环境。

哪一个才是人们真正期待的？哪一个才是支撑世人对中国市场未来的信心，以确保它可以抵御更多、更大的惊涛骇浪的基石？

一场暴风骤雨降临，可谓是几家欢乐、几家忧愁。它不仅考验着人们对外抗争的勇气，也考验着人们的智慧，更考验着人们的远见和奔向未来的决心。

《米开朗琪罗》观后感

2019年8月1日

《米开朗琪罗》是英国广播公司（BBC）拍摄的一部传记片，影片讲述了米开朗琪罗传奇的一生，观后让人浮想联翩。

米开朗琪罗（Michelangelo Buonarroti，1475年3月6日—1564年2月18日）是人类历史上一个不可磨灭的名字，他凭借着许多超凡的艺术作品，牢牢地占据着文艺复兴“三杰”之一的地位，雕刻作品《大卫》《圣殇》，西斯廷教堂天顶的巨型绘画《创世记》及罗马圣彼得大教堂圆顶等作品都是他的代表之作。而文艺复兴“三杰”中的另外两位，则是家喻户晓的达·芬奇和拉斐尔。

下面，就让我们回到那个时代，走近这位艺术巨匠，看看能否发现一些耐人寻味的东西。

米开朗琪罗出身官宦家庭，他从小酷爱艺术。其父并不希望他走上艺术之路，但米开朗琪罗最终还是听从了内心和命运的召唤。因为宗教和“世道”的原因，年轻的米开朗琪罗离开了他艺术之路起步的地方——佛罗伦萨。和所有的年轻人一样，一个默默无闻的艺术家首先面临的就是吃饭问题。他开始雕刻一个“沉睡的丘比特”。尽管这个丘比特在整体造型、雕刻手法等方面都具有与众不同的表现，但是，他的朋友告诉他，这样的雕像卖不到钱。于是，年轻的米开朗琪罗想到了伪造古董，他要使得他雕刻的丘比特看起来有上千年的历史。

于是，他按照做旧的手法，将雕塑抹上药水，埋入地下，再挖出来，……

之后，米开朗琪罗找来了掮客，掮客最终把这个假古董《沉睡的丘比特》卖给了当时罗马最有钱有势的红衣主教——瑞亚利奥。然而，米开朗琪罗在这笔买卖中只拿到了很少一点点钱，米开朗琪罗这个造假者也被欺骗了。这里值得一提的是，这个赝品能被红衣主教收购，本身就从一个侧面说明了它所达到的艺术水准。

1496 年，就在米开朗琪罗因为自己受骗而闷闷不乐时，他接到了红衣主教瑞亚利奥要他去罗马的“传唤”。他吓坏了，以为自己造假的事情败露，于是想到了用退还钱款来平息那件事。可是，他除了去面见红衣主教别无选择。无论雕塑的外部多么陈旧、多么像古董，专家都可以根据作品的雕刻手法等多种信息，判断出艺术品的真伪。米开朗琪罗果然被识破了，只是不知道是不是因为他超越古人太多的缘故。

不过，故事的结果没有那么悲惨。红衣主教并没有惩罚米开朗琪罗，而是要求米开朗琪罗为其花园雕刻一尊塑像，这等于是奖赏了米开朗琪罗。当然，这绝对不是奖赏他的造假行为，而是红衣主教看到了他的艺术天赋。这个"奖赏"应该算是把米开朗琪罗领回了正路。就这样，米开朗琪罗的雕刻作品《酒神巴克斯》诞生了。

然而，这件作品中那超时代的题材、超时代的表现手法让瑞亚利奥很难接受,《酒神巴克斯》还是被退货了。细细想来，要让红衣主教接受一个如此"时髦"的作品，也的确有点难为他了。

应该说，米开朗琪罗从一开始就非常注重创新，这在他的作品的思想性和艺术性上面都有所体现。《酒神巴克斯》是，那个《沉睡的丘比特》也是。

不过，《酒神巴克斯》被退货并非意味着米开朗琪罗失败了。

这样说既因为他照样收到了一笔不菲（大约折合今天的三万英镑）的报酬，而且是被一次付清，还因为他的艺术日臻成熟，更重要的是此后他接到了法国红衣主教邀请他创作《圣殇》的订单。米开朗琪罗抓住了这个重要的机会，一座石破天惊的《圣殇》最终得以呈现在世人面前。

圣母面对逝子那悲悯的表情、纹理清晰且“富有弹性”的肌肤、服饰的褶皱……一切都那么令人称奇。而创造这尊惊世骇俗的雕像时，米开朗琪罗才二十三岁。《圣殇》现存于梵蒂冈的圣彼得大教堂。

接着，他又辗转回到文艺复兴的策源地佛罗伦萨。在他二十六岁那年，他接到了为佛罗伦萨的花之圣母大教堂创作一尊雕像的任务。他用了四年多的时间，从一块冰冷的大理石中创造出了一个划时代的生命——大卫。这时，米开朗琪罗还不到三十岁。

后来，他接受了一项巨大的挑战——为梵蒂冈西斯廷教堂的天顶绘制壁画。要知道，深谙雕刻之道的米开朗琪罗其实并无太多的绘画经验。他之所以勇敢地接受了这项工作，是因为在他看来他受到了小人谗言的陷害，除了接受这项挑战之外他别无选择。就这样，历时四年半，他为世界留下了那幅浩繁巨大的不朽名作。想想看，一个人在四年半的时间里，每天都要仰着头、举着手在天花板上作画，那应该是怎样的一种艰辛啊！所以，医学专家怀疑米开朗琪罗患有严重的颈椎病不是没有道理的。

米开朗琪罗留给世人的最后一件作品，是直到他八十九岁去世都没有完成的传奇般的罗马圣彼得大教堂的圆顶。

回顾米开朗琪罗走过的道路，人们不难看到，艺术天赋、充满个性的特质和对完美的追求是他成功的秘诀。当然，或许后者也可以算作是艺术天赋的一部分。

他追求创新，向不同的宗教和思想学习以不断丰富自己的思想和作品的内涵；为了提高其作品的艺术性和表现力，他不惜亲手解剖人体；为了选用最好的大理石石材，他深入远在深山的采石场；他坚持自己的思想和艺术标准，绝不轻易地听命于他人。当《酒神巴克斯》被退货时，他认为是因为瑞亚利奥不懂艺术，当他在创作《创世纪》的过程中受到教皇的多次质疑时，他依旧坚持自己。

当然，米开朗琪罗也有他的妥协。在《大卫》的鼻子被质疑不合比例时，他装模作样地爬上脚手架，用手里的榔头煞有介事地敲击了几下，然后把一把灰土撒到质疑者的身上，询问道：“这样如何？”质疑者看了看后说道：“这样好多了”。在来自教皇的压力和众多的批评声中，米开朗琪罗还是给《创世纪》中的几个天神穿上了衣服。这又让人想起了罗中立在油画《父亲》中在父亲的耳朵上添上的那支圆珠笔。

回顾米开朗琪罗的一生，人们看到了因为年轻、为了生存，米开朗琪罗曾经走入歧途。对此，社会（具体说是红衣主教瑞亚利奥）表现出了对人才的珍惜和对青年人的宽容。事实上，米开朗琪罗去罗马面见红衣主教瑞亚利奥时，已经想到了身败名裂的后果。然而，宽容和正确的引导给了这个年轻人一个机会，这个机会也成了这个伟大的艺术家登上艺术巅峰的第一个台阶。无独有偶，在雨果的《悲惨世界》中，主教对冉阿让也表现出了极大的宽容。这种宽容拯救了冉阿让，拯救了米开朗琪罗和无数的人。

人们很容易看到米开朗琪罗、达·芬奇和拉斐尔等留下的文艺复兴时代的艺术作品，而成就这些作品的是那个时代的社会氛围、宗教精神和人文价值。开放、宽容和自由，让人们不断突破自我，不断走向新的领域，不断创造伟大的时代。当然，如果米开朗琪罗当初在造假的路上一意孤行的话，那也就注定没有后来的米开朗琪罗了。

人都有窘迫的时候，都有需要帮助的情况。向求助者适时地施以援手，若能换来一个人的迷途知返，不知道会给这个世界带来多少传奇呢？

至于米开朗琪罗的作品体现的思想和艺术魅力，还是留给读者们自己去品味，留给评论家去评论吧。

科学改变文化

2019 年 8 月 9 日

我乘坐出租车时喜欢和司机师傅（俗称的哥）聊天。前几天，乘坐出租车时，又和的哥聊了起来。聊着聊着就聊到了孩子，聊到了男孩女孩的问题，我说现在某些地方仍然重男轻女，如果生不出男孩，媳妇就会被家人埋怨甚至歧视。听我说到这些，这位的哥说：

“都什么年代了，还那么愚昧。生不出男孩又不是女人一方的事情。”

的哥的话说明他懂得生男生女的道理，也说明他的观念已经跟上了时代的脚步。而我说的那种情况，有些是我亲身经历的，有些是我到某些地方出差时听到当地同事所讲的故事，并非空穴来风。显然，的哥和那些地方的人们在思想观念上已经有了巨大的差异。如果的哥家的女儿嫁到了那些一定要生男孩的地方当媳妇，两个家庭一定会因为这类事情闹矛盾。这种矛盾往小了说是观念上的差异，往大了说就是文化的冲突。顺便说一句，北京的的哥绝大部分来自远郊。

文化究竟是什么？一句话很难说清楚，从上面的故事我们可以看出，文化就是人们脑子中那些不明不白的、下意识的东西，这种东西左右着人们的意识，最终影响到人们的行为。身处某种“文化”当中，遇到某类事情，人们可能不会去过问事情本身的是非对错，而只是跟随着“文化”的潮流下意识地选择自己的行为。从某种意义上讲，“一定要生男孩”也算得上是一种“文化”，而且可能是某些地方根深蒂固的“文化”。

接下来的问题就是，为什么“一定要生男孩”呢？

这个问题的答案可能有很多。记得小时候，同学中如果谁有一个或几个哥哥，他/她都会受到别人的羡慕。他们就像有了某种“光环”，比如没有人敢欺负他们的“光环”。类似这样的事情，应该就算是“一定要生男孩”的理由之一了吧？

多生孩子可以壮大种群，多生男孩（雄性）可以提升种群的威慑力。这是生物界的原始力量，也可以说是生物界的原始文化。

的哥的话说明了另外一个道理，即科学可以改变人们的认知，改变人们的观念，进而改变人们的文化这个人们脑子里说不清、道不明的东西。我相信，这位的哥的家里就没有重男轻女的文化，当然也就不会有重男轻女的行为了。

2019 年换车记

2019 年 8 月 9 日

（一）故障灯亮起

吃完午饭，从餐馆里出来，照例发动汽车、挂挡、起步。突然，汽车抖了一下，却没动地方。我赶快踩下刹车，摘挡、重新挂挡，这一次，车是在抖动中移动了，可仪表盘上的黄色故障报警灯却亮了起来。

这是怎么回事?

我赶快把汽车开到一个安全的地方停下，打开随车携带的《手册》查看起来。《手册》上说，这是严重的机械故障，需要到修理厂检查后再做定论。于是，打开手机搜索了一下最近的四位一体特许经营店（俗称 4S 店），确定好方向之后，便驱车前往。

密云的 4S 店和城里的差不多，一位女性工作人员出来接车，并询问我们的情况，这是我第一次在 4S 店遇到女性接待人员。了解了情况之后，她对我说汽车需要检查，费用是 360 元。如果在该店修车，360 元可以退还，如果不在这里修，那就不退还了。对我们来说，除了让他们先检查一下之外，没有其他的选择，而且人家也是明码标价，于是，我便同意让他们先做检查。

不一会儿，女性工作人员出来找我，告诉我是变速器出现了故障，需要更换传感器和一个活塞，加上工时费需要 5000 多元，如果不及时修理，将来修理费可能要 1 万多元。接着，她告诉我，店里没有相关的零件，需要预订，如果决定在这里修理汽车，就必须把车放在店里多日。

这就意味着我们不仅要打车回到城里，而且需要耗时多日才能修好汽车。想了一下，我告诉她，我还是先开回北京城里，到我自己的 4S 店去修理，那样我会方便许多。就这样，在缴纳了 360 元检测费后，我重新开车上了路。

果然，此时的汽车在挡位变更时问题更加明显，这让我想起了多日以来汽车经常出现的低速时跃动、工作不稳的现象。由此看来，的确是变速器出了问题。我一路把汽车从密云开到了城里我经常去的 4S 店。

城里的 4S 店员工在问清楚我的来意后，立即表示需要先检测一下汽车，完全没有提“检测费”的事情。为了不影响他们的判断，我完全没有提在密云 4S 店刚刚检测过的事情。

没过多久，工作人员从车间出来，告诉我说，初步的检查结果是变速器的传感器故障，他们需要打开做进一步的检查。如果发现“铁屑”，就说明变速器出了问题。那时候，要么需要修理变速箱，要么需要更换一个新的变速器。他们的初步判断和我在密云的检查结果类似，我同意他们先拆卸传感器，检查后再做修理与否的判断。

过了一会儿，工作人员再次从车间里出来，手里还拿着三个满是油泥的传感器。其中的两个传感器上明显地吸附着铁屑。

“传感器坏了，需要更换新的，更换后可能可以消除故障灯。不过，建议您修理变速器。”工作人员重复了一遍他们刚才说过的话。

“修理一下变速器需要多少钱？更换一个新的需要多少钱？”我问工作人员。

“外送修理需要 1 万多，更换一个新的需要 3 万多。”

“这么贵？我的汽车的残值恐怕也和这个钱差不多了。”

我想了一下，决定让他们先为我更换变速器的传感器。他们告诉我，传感器没有现货，过几天才能到货。

这需要我先缴纳 300 元的“定金”，到货后他们通知我。

就在我等待他们把旧的传感器重新装回汽车的时候，我来到这家 4S 店的“二手车部”，想了解一下我的车现在还值多少钱。我找到了一个工作人员，告诉他我的汽车的基本情况，他随口报出了一个价格，并且说具体要看汽车。这样，我心中就有数了。

缴纳了“定金”后，我开着那个亮着故障灯的汽车离开了 4S 点。一路上，虽然故障灯亮着，但是，开车的感觉似乎回到了变速器没有故障的时候。

这一天的经历让我疲惫不堪，那个需要修理的变速器成了我心中挥之不去的隐忧。从两家 4S 店获得的信息来看，问题都指向了变速器。更换传感器或许可以消除故障灯的提示，但变速器的隐患还在那里，这个真正的故障如果不消除，故障灯还可能会随时亮起。

何去何从？

此时，换车的想法在我心里已经逐渐占据了上风。

（二）换车

第二天一早，在和妻女商议了一下之后，我决定先上网调查一下当前市场新车的情况。根据我家庭的基本情况，首先确定了搜索的范围。经过比选，我们初步确定了几款车型，接下来的任务，就是去售卖这些汽车的

4S 店实地看看汽车。

至此，我们已经初步决定置换汽车了。

下午，我们先来到了一家 4S 店，这家店售卖的是当下国内市场上比较热销的几款汽车。就在我们排除了被摆在最显眼的位置的车型之后，一位销售员模样的小伙（小张）走上前来，说可以帮助我们，并在询问了我们的需求之后，向我们推荐了一款汽车。我们看了看汽车，基本符合我们的要求。紧接着，便谈到了置换汽车的问题了。小张叫来了另外一个小伙（小蔡），说出了我们的需求。小蔡立即查看起了我们那辆有故障的汽车。他打开车门、发动汽车、拍照、踩下加速踏板、开车前进、倒退，然后关闭发动机，撕开密封胶条，仔细查看起来。我猜，他是在确认车辆是否有过严重的事故损伤。这一切看起来都是那么细致、专业。

就在他查看汽车时，我们说车身有许多划痕和损伤还没有来得及修复，而我的汽车车身在一次对方全责的事故中受到过严重损伤。一旁的小张说，就要这样，不需要修理。后来我才明白他话里的意思。因为，在当下的北京二手车市场，这些都不是影响汽车价格的因素，就连我的汽车故障报警，都不是价格谈判的关注点。

查看完汽车之后，小蔡到一旁打电话去了。看样子，他是在向他的上司汇报情况、确认价格。果然，不一会儿，小蔡回到我们面前，先说了一堆铺垫的话，然后报出了他们给出的旧车的价格。他报出的价格，和我昨天在 4S 店得到的信息差不多。

作为购车者，当然要在价格上讨价还价了。看到我们的态度之后，两个小伙说要商议一下，便离开了我们。经过请示领导，他们最终同意再给我们些许优惠，此外，便再没有让价的余地了。

至此，换车的准备工作均已进行完毕，剩下的就是在一个颇为专业的团队的指导下，一步一步地完成换车的手续了。

从利他主义说开去

2019年8月11日

（一）引子

欲参加讨论，有一个词无论如何是绕不开的，那就是“利他主义”。原本以为自己对这个词的内涵有所了解，可是在维基百科上一查，发现它的内涵是如此丰富：

利他主义（英语：Altruism，也可译为利他行为）源自法文Altruisme，字源可溯自意大利文及更早的拉丁文Alter，即其他、别人的意思。利他主义是一种无私地为他人的福利着想的行为，在道德判断上，别人的幸福快乐比自己的来得重要。利他主义在许多思想和文化中是一种美德。在进化遗传学中，利他行为被定义为增加他人的生存，减少自己的生存。

道德中的利他主义即自己的幸福与快乐建立在他人的幸福与快乐之上，以他人的幸福快乐为自己的幸福快乐，以满足他人的需要为自己的行为准则。

动物的利他行为在演化生物学上是个复杂的问题。目前解释动物利他行为的理论包括亲属选择、族群选择和互惠式利他行为。

亲社会行为（Prosocial Behavior）指一切有益于他人和社会的行为，如助人、分享、谦让、合作、自我牺牲等，在现实中，利他主义容易与亲社会行为被等同为一。但由于在心理学上利他主义是指关心他人的利益而不考虑自己的利益，所以亲社会行为可能源自利他主义的动机，但不限于此，利他主义所引发的亲社会行为也可称作利他行为，是亲社会行为的组成部分。

此外，也顺便查了一下“利己主义”，关于这个词，维基百科的解释如下：

利己主义或自我主义是凡事只为自己或与自己有关系的团体着想的行为，与利他主义相反。在道德判断上，自己的幸福快乐比别人的来得重要，所以利己主义在许多思想和文化中是一种罪行。在进行多项选择时，利己主义者都会以自身利益为优先。

看起来，我们所讨论的“利他主义”和“利己主义”基本属于或者说仅仅限于道德意义上的概念。

（二）两个事例

前不久，我参加了一个学术会议。在这个会议的组织者会上，个别人提议以这个学术会议的名义，为年轻人设置一个奖项。显然，这个“奖项”的意思不过是给年轻人一个“名分”，让他们用这个“名分”去沽名钓誉。对这种华而不实、误导年轻人的动议，会议主办方的领导大不以为然。在主办方明确表示拒绝这个提议之后，提议者仍在坚持。当时，我还算是会议主办方的一个不大不小的代表，对这样的动议也是不以为然。当我对提议者和他的喋喋不休表示不悦时，对方为自己辩解道：“我又不是为了我自己。”

无独有偶，记得冯小刚导演执导的影片《1942》中有这样一个情节：

1942 年，河南大旱，粮食颗粒无收。河南省主席李培基四处筹粮赈灾，终于从军队那里筹到了一批粮食。于是，召集大家来开会协商如何分粮，散会后，等众人都离开，李培基的秘书对他说：

“我给您也留了一份。”

“这样不好吧？”李培基嗔怪道。

“您这还算是少的。”

就这样，李培基在半推半就中接受了。

故事里，李培基没有要求、没有“指示”，甚至连暗示都没有，秘书就主动为他“留了一份”。一切都源自秘书的利他主义行为。

我猜，许多沦为阶下囚的前高官，都是从李培基式的半推半就开始的，准确地说，是从“秘书们”的利他主义开始的。

（三）利他主义的质变

和其他社会一样，我们的社会也非常崇尚利他主义，利他主义的极端表现就是盲目地崇尚集体主义。在极端的集体主义中，人人都试图彻底消灭自我，每一个个体都意识不到自我的存在，意识不到自我的价值（甚至包括生命的价值），每一个个体都完全服从集体的利益。

上面两个事例的共同之处在于，事情的发起人都“不是为了自己”。在他们看来，他们的行为属于不折不扣的利他，这就是利他主义质变的典型案例。这种利他主义的逻辑是“只要不是为了我，做什么都是可以被接受的”。

利他主义一旦发生质变，其结果就是人们都会失去自我，失去独立意识。

前几天，我因为汽车修理的事情接触了几个 4S 店的工作人员。他们没有一个人主动向我说起他姓什么、叫什么，每次都是在我的询问下，他们才会告诉我他们的姓名。这样的例子在日常生活中比比皆是。人们的存在总是被忽视，他们不知道自己应该在这个社会上有名有姓地存在着，以至于最终就连他们自己也忽视起自己来了。

与此同时，由于缺乏个人的独立性，社会形成了把依靠视为天经地义、把义务当成施舍（或者投资）而要求回报的文化，儿子靠老子、老子靠儿子、女人靠男人、下级靠上级……一旦这种依靠落空，便亲情反目、互相报复、对簿公堂……

没有自我，让利他变成了利己的遮羞布，深深地毒害着这个社会，毒害着无数的人。

（四）人原本就应该是独立、自由的

谁说儿女天然就是父母的财产？

卡里·纪伯伦（Kahlil Gibran）在《论孩子》（*On Children*）里写道：“你的孩子不是你的孩子，你的孩子不是为了你才到这个世界上来的。”

这样的观点值得深思。

子女不是父母的私人物品，子女和父母之间不是可以随便被道德绑架的关系，更何况同事之间、上下级之间呢。人原本就应该是独立、自由的。

这里的逻辑是，一个人对来自这个世界上包括亲人、同事、朋友在内的任何人的帮助都应该心存感激、知恩图报。但是，这种感激并非意味着要以失去生命、幸福和自由为代价。因此，任何在未约定的条件下，以（加倍）回报为条件的帮助都应该是不被承认的。

正是由于错误的认识，才有了上面那种种畸形的利他主义，才有了《1942》中的那种“利他主义”，便有了人们口口声声的“不是为了我自己”。

那么，利他主义有错吗?

利他，在任何一个社会里，都会被视为高尚的行为。举个例子，据说泰坦尼克号邮轮沉没之前，出现了许多男人让妇孺先登上救生艇的感人故事。

显然，这里的“利他”和《1942》中的“利他”无论是事情所体现的价值，还是利他者的动机都有着本质不同。《1942》中秘书的行为看似是利他，实则是利己。

那么，利己主义有错吗?

在我看来，利己是人的本性，不属于错误，人们应该对利己的行为给予承认和理解。有了这种承认和理解，社会才有可能尊重人作为个体的存在，才会有社会承认人的自由的第一步。这里不能不提的是，利己不得以损害他人的利益为代价，自由不得以破坏道德、规范、法制为前提，即在道德和法律范围内，利己完全无可厚非。

那么，既然利他主义和利己主义都没错，《1942》中的“私留粮食”和上面会议中“动议设奖”的行为又该如何评价呢？首先，两个案例里的“利他”表现得十分虚伪；其次，两种行为都损害了他人或公共的利益。

哲学家认为，构建社会道德及法律体系的前提必须是人的自由，人们只有在自由的状态下，才可能形成自主道德，人们才不会把道德、法律当作外力的强加而加以排斥。在这个基础上，才可能有不以利己为归结点的真正的利他。

承认人自私的本性，尊重每一个人的存在和他的自由，是迈向和谐社会的第一步。

2019 年检车新记

2019 年 8 月 16 日

眼看过了下午下班的时间了，4S 店的工作人员还是没有给我打来电话说明天“验车”的事情，可这是几天前我在 4S 店里和他们的负责人说好的事情，当时，他口口声声说：“到时候会有人给你打电话，告诉你验车的时间和地点。”于是，我给我的销售员小张打了一个电话询问情况。

不一会儿，我的手机响了起来，是小张把相关信息用微信发送给了我，紧接着，他的电话打了过来，小张把微信里的主要信息又重复了一遍，并和我约定明早 7:30 在检车场见面。从如此的时间安排看，他们已经做好了明早速战速决的准备。对此，我也给出了积极的响应。

第二天一大早就和妻子驱车上了路，跟随着车载导航，一路上几乎没有什么迟疑地接近了远在南六环的检车场。我的居住地附近就有多家检车场，真不知道4S店为什么要把关联检车场定在这个地方。

接近检车场时，路面情况出现了异样。路边排满了各种各样的大货车，右转方向出现了严重的交通拥堵，车流开始紊乱、交织。路口的信号灯红了绿、绿了红地反复切换着，可是车流就是不肯往前。就这样，我们的汽车一步一步地向前挪，终于经过了路口，抵达了检车场的大门。这时才发现，路边一侧排满了大货车，而另外一侧则停着清一色的没有上牌的新车。道路两旁的停车使得原本就狭窄的路面只剩下了一条车道，拥挤的街道、杂乱的交通，倒是和周边的景致颇为匹配。如果不是“被”安排前来检车，我自己是绝对不会选择这里的。

尽管原本是想早点抵达、早点结束，然而抵达后发现，已经有很多车等候在那里了。后来从工作人员那里得知，早上5点多就有车来此排队了。难怪！

等了没多大一会儿，车队开始移动起来，我们的车队从路侧移动到了检车场的院子里，排成了三排。这时，看起来队伍似乎没有那么长，目测一下，我前面的车不会超过十辆。

“应该很快。”我心中暗想。

不一会儿，一阵铃声响了起来，那是检车场开工的铃声。

可是，时间过去很久，车队的起点处似乎并没有动起来的迹象。

“大概他们在做准备工作。”我心里想。

过了好长一段时间，终于看到前面有工作人员在工作的迹象了，车队缓缓地向前移动着。

“为什么这么慢？”

趁着停车等待的时间，我上前去看了一下。只见过道的通风处有一条长凳，上面坐着两个身着蓝色工装的人，一个身材较胖的人手里拿着一个平板电脑，另外一个身材较瘦的人则肩挎一个工具包，他们两人的身边站着一个相同着装、身材魁梧的人。那个手持平板电脑的人一脸笑容，就好像他的面前并没有等待检验的车辆，身材较瘦的人也在说笑着，站立的那人则是一脸的不快，这种不快看起来不像是一朝一夕在脸上留下的痕迹，仿佛是深深地印刻在了他的脸上。

总之，他们似乎在等待着什么。但是，没有人去询问他们为什么不工作。只是听到那位身材较瘦的人说了句：“他们舍不得多雇人。”也不知道这句话的上下文是什么。过了一会儿，身材较瘦的那人开始工作了，而其他人则还是在那里悠闲地晃来晃去。

检车工作就在这样缓慢的节奏下进行着，等待检车的人除了“耐心”等待之外，没有任何办法。

在群里关于文化的讨论

2019 年 8 月 17 日

文化能否被轻易改变?

以人们的生育观为例，我们可以看到，这里既有文化底蕴的问题，又有制度的问题。

比方说，在社会保障（法律、民生等方面）较为薄弱的地方，人们会崇尚带有原始特点的“人多力量大”的逻辑；而在社会保障制度健全的地方，人们就会改变原始的自然观和生育观，认为不一定需要生育那么多人，也不一定需要有很多的男人。

科学也可以改变人的自然观，从而改良文化的底蕴。当然，如果一种文化拒绝一切改变的话，科学的成果就很难传播，也很难被人们接受，良好的社会制度、秩序就都难以建立。这种文化就像难以保持水分的荒漠一样，让文明无处生长。

多年前，我到西部某省，当地的同事告诉我，他们那里的树长不大，原因是那里的土壤不能保持水分。地表水要么渗入地下，要么流失蒸发。加上他们那里的降雨量较小，当树木长大需要更多的水分时，由于没有充足的自然降水，若不加干预，树木便会枯萎。所以，那里的树木需要一直人工浇灌。那是我第一次听到这种大自然的奇妙的现象。

常识告诉我们，除了水分之外，植物生长还需要土壤里的养分。养分充足的土壤里，植物就长得健康，花就开得鲜艳，养分贫瘠的土壤里，植物就长得瘦弱，也经不起风雨。

文化的底蕴好比土壤里的养分，社会文明则好比田里结出的果实。要想结出丰硕的文明果实，就要不断发展我们的文化，不断改良人类文化的底蕴。

人多力量大?

2019 年 8 月 9 日

文化是什么？一两句话很难说得清楚。文化，就是那些说不清道不明的、下意识的东西，它总是时不时跑出来影响我们的意识、思维和行动。

从积极的意义上说，文化是一种价值，它如果建立在对客观世界正确的认知基础上，它就是智慧，但如果建立在错误的认知基础上，那就是愚昧了。智慧也好，愚昧也罢，它都导致人们跳过许多决策过程，而直接根据文化采取某些行动。

前不久，我去外地出差，当地同事就告诉我，在他们那里如果一个媳妇没能生一个男孩，她就会受到家庭冷遇和邻里歧视，这样的事情在还不发达的地区并不罕见。此后的一天，我在北京乘坐出租车，和出身北京远郊区县的司机师傅聊起此事时，司机师傅说道：“都什么年代了，还那么愚昧！”接着，他提到了科学常识。

显然，司机师傅接受了科学常识，已经摒弃了陈旧的观念（文化）。但在前面提到的那个地方，愚昧的传统观念（文化）依然还在作祟。

这个事例从另外一面也说明，传统观念（文化）并非都是优秀的、值得尊重和传承的。

既然科学和道德都证明歧视妇女是错误的，那为什么依旧有那么多人因循守旧呢?

很多人相信“人多力量大”，我们有很多理由将其“上升为”（当下很流行“上升为”这个说法）一种文化。中华民族许多“伟大”的历史，都和“人多力量大”有关。既然“人多力量大”是一个显而易见的事实，既然它是我们文化的一个结晶，那它就会在很大程度上影响我们的意识和行为。

前些天有个说法很是流行，那就是“厉害了……”，后来因饱受社会舆论诟病，便偃旗息鼓了。这些天，它改头换面，又出现在了各种媒体里：“‘巨大的’‘辉煌的’工程项目，那规模、那尺度，是无数小国甚至大国都难以企及的。”仔细想想，里面依然透露着“人多力量大”的文化内涵。这些浩大的工程，似乎是继承了万里长城、都江堰等古代工程的传统。

在一些情况下，“人多力量大”的确是事实。但是，很多时候它又不是。比方在说在科研领域、在创新领域、在思想领域，即使是在现代化战争中，也不一定就是人多力量大，思想、知识、科学技术所焕发出来的力量足以颠覆“人多力量大”的传统观念。“思想力量大”“科学力量大”已经成了新的引领世界的文化。

“人多力量大”的想法不仅在很多时候会失灵，沉迷于这一文化的更致命的问题是会助长人的虚妄和权利的泛滥。“人多力量大”还会使人产生抱团取暖、相互依赖的习惯，导致人在思考和行动上的惰性，最终让人失去自我。久而久之，“人多力量大”反倒会成为历史前进的阻力。

人多力量大？不可否认，但也不必信奉。忽视个体的存在、蔑视个人的力量，定会招致恶果。

超越自己的文化才能走向文明

——《阿凡达》观后感

2019年9月4日

《阿凡达》(*Avatar*)是一部由詹姆斯·卡梅隆执导的科幻影片。其主要内容是人类因为贪婪,要到遥远的星球“潘多拉”那里开采资源。身体伤残的前海军队员杰克自愿借以阿凡达的躯壳来到潘多拉。在“潘多拉”经历了一些事情后,杰克改变了认识,他和他的同事、当地的纳美族人一道,击退了人类的铁蹄,保护了当地人的家园。

影片以凄美的故事情节、令人惊艳的画面和高超的影视技术创造了一个电影史上的高峰,同时也给观众留下了许多可以久久回味的东西。

从故事情节来看,这是一个“文明”的地球人入侵相对原始的“潘多拉”星球的故事,从另外一个角度来说，是一个文明和另外一个文明冲突的故事。我们没有见过外星人，不了解他们的文化。因此，影片《阿凡达》中的许多情节设计带有明显的地球上尤其是非洲大陆和美洲大陆上原始部落文化的痕迹是可以理解的。

显然，《阿凡达》的故事在试图回答一个问题：我们应该把外星人当作敌人，还是应该把他们当作朋友？

这个问题的提出由来已久，其中包含了人类与生俱来的恐惧和怀疑。直到今天，人们在浩瀚的宇宙中寻找自己的同类时，也还在不断地问：如果外星人突然来到我们面前，他们是我们的敌人？还是我们的朋友？

由《阿凡达》提出的问题，我们能想起另外一部著名的影片《与狼共舞》，这也是一部讲述两个不同的文明世界相冲突的故事的影片。

白人军官邓巴在美国印第安人生活的区域里落单了。邓巴和印第安苏族人开始有了接触，并取得了当地人的信任，同时他也深切地认识到了印第安人的朴实、善良和友好。

《与狼共舞》和《阿凡达》成功的共同之处在于它们都勇敢地突破了自我中心主义，承认文化价值的多元性，承认不同种族、文化存在的合理性，从而实现了人类认识的一次超越。从社会的反响来看，人们普遍承认了这种超越所体现的价值。

相比之下，如果说《与狼共舞》是一次白人突破文化优越感的种族自我反省的话，那么《阿凡达》应该算得上是从地球人的层面对自我优越感的一次反省。

值得注意的是，这两个反省都是处在文化优势地位的人的自发的反省，而并非在一场激烈冲突后的失败者的反省。这种反省不需背负“失败者”的沉重包袱，从而显得轻松、自如许多。相比之下，文化冲突后的“失败者”在反省中会更难以放下他的自尊心，从而让自身深陷民族主义的泥沼里无法自拔。

回溯历史，西方文化在全世界传播的过程中，曾经给非洲大陆、美洲大陆及亚洲大陆带去掠夺、盘剥甚至毁灭。然而，正像人们从《与狼共舞》《阿凡达》中所看到的那样，那个文化具有否定自我文化优越感和文化自省的能力，这是这个文化能够得以不断完善、持续发展的内在因素。

卡洛·罗韦利认为：

遇见不同，这种相异性让我们的偏见变得愚蠢可笑，同时也开拓了我们的思想。……不管是一个国家、一个组织、一个大洲，还是一种宗教，都需要在宣扬自己身份的同时进行自我反思，更需要意识到自身的局限和无知。当我们接纳差异、注重差异时，我们就是在为人类种族的丰富和智慧的提高作出贡献。

在遇到不同文明时,看到“不同”而不仅仅是盯住“落后”,发现“差异”而不仅仅是关注“贫困”,是人类在价值认知上的进步,也是接受差异并从中发现自己的偏见、愚蠢、无知、可笑的起点。这种看似自我否定的文化并不会导致自身文化的衰败,恰恰相反,它标志着一种“知”的进步和文化的自信,预示着一种由文化交融所带来的新的文化繁荣。

我们无法准确评价一部电影对社会进步所作出的贡献,但它反映出来的价值内涵,却是人类社会发展的一座座里程碑,记录着人类进步的脚印,同时也给后来者指明了前进的路程。

酣畅淋漓

——2019 年教师节的记忆

2019 年 9 月 10 日

今年怪事多多，大大小小、林林总总。

这不，眼看就到九月中旬了，而且已经是立秋多日了，肆虐了一个夏天的暑气还是不肯离去，弄得京城“高烧”不退，最高气温一直维持在 35℃上下，9 月 8 日，更是达到了疯狂的 38℃！据说是创下了一个记录，真是匪夷所思。

终于，9 月 9 日傍晚，憋了多日之后，一场倾盆暴雨如期而至，水流如注，天空如同被染了墨。顷刻间，交通乱作一团，城市一地狼藉。彼时，我正在餐厅等人，咫尺之遥，穿越大雨的同事便成了落汤之鸡。这情景很是少见。

晚上 9 点多驱车回家，原本只需半个小时的车程，由于快速路上依旧是车满为患，亦步亦趋地多花了一倍多的时间。

倾盆大雨过后，老天爷为了赶走热气，再接再厉地下了一夜秋雨，紧一阵、慢一阵。张牙舞爪的暑热终于失去了威严，气温骤降了十多度，阵阵清爽的凉风从窗外吹进屋里。沐浴着夹杂了许多湿气的凉风，听着那酣畅淋漓的哗哗雨声，带着连日的疲惫，我很快就进入了梦乡。

早上起来，走在小区的院内，清爽的空气中混着植被散发出来的香气，沁人心脾。细细想来，每到雨后总能闻到这种气味，估计是植物也在雨中做了一个深呼吸吧。

不合时宜的暑热，该走你就走吧，请不要挡住应该到来的秋季。

午夜后的芸芸众生

——《深夜食堂》观后感

2019年10月2日

故事的舞台是日本东京小巷中的一个名不见经传的小食堂——めしや，那个小小的门帘上写着这么几个平假名，“めしや”应该是“饭屋”这两个字的音读，其意思中国人一看那两个汉字就能明白。为了与众不同，日本的商家经常用假名（这个假名的“假”不是真假的假，而是日语字母中平假名、片假名的假）作为店名。

食堂很小，小到只有围着餐台的一圈，或许同时都坐不下十位顾客。店小，自然也容不下太多的工作人员，整个小店只由老板一个人经营。和许多日本的小饭馆一样，这家深夜食堂的菜单就贴在墙上，真正的主餐只有一道——猪肉汤套餐。不过，这并非意味着不供应其他菜品，只要客人点、只要店家有，都会提供。深夜食堂的经营方式是晚上开始营业，到第二天早上下班。这一切都让这个小店有了许多日本居酒屋的感觉。

正因为如此，小店才被称为“深夜食堂”。对此，人们难免会产生疑问：这样的小店有客人吗？老板的回答是：“还是有许多客人的。”在深夜里的小食堂，“许多客人”构成了午夜后社会丰富多彩的故事，构成了芸芸众生的故事。

“深夜食堂”有经常光顾小店的客人，也有偶尔闯入的陌生客人。他们中有黑社会成员、有普通市民、有公司职员、有同性恋者、有守灵人、也有歌厅的舞娘，他们有着不同的相貌、不同的着装，可谓三教九流五花八门。这里说到的许多身份、外表，都是他们行走在社会时的一种表现，从某种意义上说，是他们的一个面具。但是，当他们走进“深夜食堂”，面对食物，端起酒杯，他们就都变回了一个个鲜活的、具体的人。流水的客人，铁打的店。无论来来往往的是怎样的客人，无论客人每次的左右“邻居”是谁，他们都会面对永恒不变的食堂老板。老板就成了他们的倾诉对象，同时也成了他们的生活参谋。因此，看尽了人世百态的老板，自然也成了“深夜食堂”故事的讲述者。

“深夜食堂”很小，陌生人难免会亲密接触，拥挤着毗邻而坐。这种状态拉近了人们之间的距离，增加了陌生人之间交流的机会，人们彼此之间成了倾诉和劝慰的对象，人们生活中的烦恼就在这种氛围下交流、消散，生活的经验和智慧就在这种环境下传播、扩散。就像深藏在小街幽巷里的小店永远在默默地生存、运行一样，“深夜食堂”的大多数客人也都和社会的“远大理想”“正能量”毫无关系。他们只是生活在社会底层的芸芸众生，忙于生计，忙于追逐他们自己的喜怒哀乐，忙于解决生活中的烦恼。然而，小店里的他们是真实的、纯粹的。他们需要温饱，需要排解精神上的烦恼。

影片中有一个来自九州的老婆婆，被电信诈骗的骗子骗到东京，并骗去了许多钱。首先是女出租车司机发现了异常，把老婆婆直接带到了警察局，警察把老婆婆带到了“深夜食堂”为她点餐，宽慰她不要担心钱的事情。食客中有个小女孩，不愿意看到老婆婆住在胶囊旅馆，便把老婆婆带回了自己的家同住。警察和众人得知老婆婆留在东京而不肯回九州的原因，实际上是为了见见她的儿子。于是，人们便设计出遥望儿子的行动，帮老婆婆实现了愿望。在这个过程中，每个人都“义”字当先，处处彰显着人间的同情和关爱。当然，老婆婆也知恩图报，虽然落魄东京，也不失做人的尊严。就这样，透过“深夜食堂”的舞台，人们看到了日本社会，看到了人与人彼此之间的关系，当然，聪明的观众也可以看到自己。

“深夜食堂”的经营之道是另外一个有趣的看点。食客阿龙是当地黑社会的一名成员，第一次进店时，就吓跑了一位正在吃饭的年轻人。阿龙的一个马仔对小店百般挑剔，不可一世。对此，老板不卑不亢，对做不了的菜就直说“不会做”或者“没有那么高级的食材”。当阿龙要结账时，老板说：“加上刚才那个人（被阿龙吓跑的年轻人）的饭费，一共是 2000 日元。”对此，马仔当然提出异议，但是阿龙却二话不说，丢下一把钱和“不用找零”的话扬长而去。老板的沉着冷静让人敬佩，阿龙的“盗亦有道”也让人含笑。社会的默契不仅存在于好人和好人之间，好人和“坏人”之间也能在“道”的层面找到接合点。“深夜食堂”构成了一幅色彩浓郁的市井风情画的底色。

据说，“深夜食堂”收获了许多好评。我猜，其中很大的原因是它就是在写人，在描绘普普通通的人，那里面有你、有我，也有他。

那一瞬间，我感悟到了什么

2019 年 11 月 12 日

在网络上看到一段音乐会的视频，在主持人介绍完毕后，四个胸前挎着手风琴的男人鱼贯入场。这四个男人均是跨界人士，其中一人更是某一领域的知名人士，手风琴演奏应该只能算是他们专业领域之外的业余爱好了。演奏在热烈的掌声后开始，视频中的许多特写镜头都给了这位名人。

从画面上看，他的演奏还算熟练、沉稳，只是表情有一点腼腆，动作有一点僵硬，缺乏一位职业表演者应有的自若和镇定，这肯定和他坐在众人面前做报告的那份自信有所不同。即便如此，我相信每一位观众都会和我一样，对这位演奏者的勇气感佩有加、赞叹不已。

看着他娴熟的指法和自然的身体摆动，一瞬间，我突然感悟到了什么。我心中蹦出了一个字眼——贵族。无论他的手风琴演奏技艺是什么时候习得的，那背后应该都有厚重的文化积淀和许多关于个人修养的故事，这样的人应该有着一颗怎样的内心呢?

他所处的社会地位告诉人们，他一定有坚定、自信和临危不乱的一面。今天，他敢于在众人面前表现自己的另外一面，把自己的陌生、腼腆甚至羞怯展示出来，这才是他勇敢的一面、属于自我的一面、真实的一面，也是让人感到亲切的一面。生活的经验告诉人们，这样的人在他赖以为生的工作环境中一定有着孤独的一面，那些在人前所表现出来的自若，不过是那种孤独的掩饰罢了。我相信，他在这种自我展现中是能够收获愉悦的。遗憾的是，他的自我展现只有那么短短的几分钟。

想到这里，一种淡淡的恻隐之心，油然而生。

生活小经验

2019 年 11 月 14 日

不知道从何时起，落下了腰疼的毛病，连续几年，一到冬日就容易发作。开始不知道原因，以为是偶然的状况，最后竟一直拖到了不得不看医生的地步。在一家大型医院做了一番检查，医生也没有说出个子丑寅卯，不过得出一个基本明确的结论，那就是不是肌肉的毛病，而是腰椎的问题。至于治疗，除了静养、理疗之外，别无他法。最后，还是我们学校医院的一位医生给了我一些建议，要我平常注意不要久坐并注意保温。关于温度的忠告倒是提醒了我，从此以后，在进入冬季之前，我都会加强腰部的锻炼，主要是防止久坐、通过弯腰运动增强腰部肌肉力量。这些措施果然有效，帮我顺利地度过了那后来的一个又一个冬天。

与自己的腰相安无事地过了几个冬天之后，思想上开始麻痹大意，我渐渐放松了锻炼。今年入冬开始供暖的前一天，突然间腰部又出现了状况，昔日的毛病复发了。今年的情况稍有不同，妻子建议我试试一个产自日本的贴剂。

过去，腰疼起来时，我也试过各种贴膏，但都效果欠佳。记得有一年冬天，恰逢在美国旅行中腰疼发作，在那里学习的一位学生得知我的情况后，立即送来了一种美国产的贴膏。怎么说呢？其效果和在国内试用的贴剂没有什么区别，至少对于我的情况来说，这些贴剂的效果几近于零。鉴于这些以往的经验，一开始，我对妻子的建议颇不以为然，以为所有的贴剂都相差不多。最后，实属无奈，抱着试试看的心态，还是贴上试了一试。

我们的生活中有各种类型的贴膏，有治疗外伤的，有治疗肌肉损伤的，也有像我需要的这种治疗腰疼的，不一而足，我想大概每个国人都试用过一种或者多种贴膏。使用这些贴膏给了我们怎样的经验？我们会担心什么呢？

我想，人们首先会关注它的疗效，也就是用了之后是否对缓解、治疗症状有效。其次，会担心它的副作用。贴剂的副作用通常有皮肤过敏、发痒、出疹，等等。最后，就是关心它贴在身上某个部位是否牢靠。记得当年用美国的贴剂，它经常会自己脱落、打卷，用起来颇为不便。那么，这次的日本贴剂用起来情况如何呢？

首先，让我大感意外的是，贴上的当天就明显感觉到了效果，以至于让我误认为我的病情并没有那么严重。基于这一（错误的）认识，当晚我就揭掉了贴剂。但是，晚上一觉醒来，突然感觉自己连翻身下床都成了问题，这才意识到了那剂贴膏的作用，第二天赶快重新贴上药膏，症状便再次明显减轻。虽说药膏有效，但并非“药到病除”。因为在药物的作用之外，还是经常能隐隐约约地感觉到腰部不舒服，尤其是在夜间翻身下床的时候。这些信号告诉我，暂时还不能脱离药物，必须坚持贴药。这就带给我另外一个疑问：像这样持续多日地对身体同一部位用药，不会皮肤过敏吧？

事实表明，我完全没有以往出现的那种皮肤过敏、发痒的症状，皮肤和贴膏之间相安无事。那么，第三个问题是：粘贴的效果如何？

因为我每天晚上都要洗澡，而贴膏并非每日都更换，这就需要贴膏具有一定的防水功能。让贴膏沾水，或者把贴膏先取下来，洗完澡后再贴回去的做法我都尝试过，结果是都没有严重影响粘贴效果。当然，更严苛的实验我没有做过，我想它的这些已知的性能足以满足我的需要了。此外，贴膏背面的材料还具有弹性，可以适应身体肌肉的变化，从而能很好地一直贴服在皮肤表面。

一剂日本贴膏，极大地改变了我对贴膏的印象，丰富了我的生活经验。

最后，便是一点小小的忠告，对于处方药剂，一定要在医生的指导下使用，那是为了确保你的用药安全。

2019 年平安夜的记忆

2019 年 12 月 24 日

往年我是不过圣诞节的，即使收到圣诞节的问候，出于礼貌，我也只会回复：“假日快乐！”

今年好友发来了 Frank Sinatra 的 *Silent Night* 和热情的问候：“好歹是个节。祝大家开心。”

我欣然接受：“对。节日快乐！大家快乐！”

关于学习的思考片段

2019年12月29日

说起学习，就不得不从人的基本需求说起。

对许多人而言，恐怕没有什么比出人头地更具诱惑力了。很多时候，这个出人头地的愿望表现为有钱、有地位和受人尊敬。如果套用马斯洛（Abraham Harold Maslow）的需求理论，这个愿望大概相当于“尊重的需求”，仅次于“自我实现的需求”而位于人的需求的第四个层次。

不过，社会并非总是能够顺应人愿，有时你可能有钱，有时你可能有地位，或者这二者你兼而有之，但就是无法得到人的尊敬。有时，你虽然没有钱、没有显赫的地位，但却能够赢得人们的尊敬。这是为什么？

人们越来越发现，无论是想有钱还是有地位，都需要更多的知识和能力，当然，有时候还需要一点小小的运气（好运气）。然而，在这些影响因素中，人们可以自己把握的只有学习知识、提高能力，而无法指望永远遇到好的运气。为此，人就需要学习，尽量多地掌握知识、能力和文化。

小时候，人们的学习都是从兴趣开始，并没有那么多的目的，尽管大人在督促孩子学习的时候难免会把这些活动赋予目的，例如大人们会说："书中自有颜如玉，书中自有黄金屋。"被从小培养起学习兴趣的人，可以在学习的过程中获得知识和能力，并从中不断找到新的乐趣。

随着学习活动的展开，人的知识不断积累、文化水平不断提升，人的精神世界就会发生变化，人慢慢地就有了自我，有了自尊和自信，从而淡化了对金钱和名利的追求，淡化了利欲之心。从此，人的需求的第五个层次"自我实现的需求"便开始日益凸显。进入这种境界的人"接受自己也接受他人，解决问题的能力增强，自觉性提高，善于独立做事，要求不受打扰地独处，尽力完成与自己的能力相称的一切事情"，从而让人刮目相看，越来越多地赢得别人的尊敬。

在另外一面，有人说，人在成人前的相貌主要靠父母的遗传，而成人后的相貌，则主要靠他的内心。这话很有道理。“相由心生”说的也是这个意思吧？只有学习，可以让人更加聪慧，可以让人更加善良，可以让人更有魅力，无论他是男人还是女人。

学习的内涵很广。阅读是学习，实践也是学习；思考中有学习，行动中也有学习；成功中有学习，失败中也可以有学习。学习，是一个由感官到内心（精神），由感性到理性，最终又回归感性的精神成长的过程。没有一个精神的成长过程，就不可能有一个精神上的自我，人就可能永远停留在“生理的需求”这一最基础的需求层面而无法进步。

在漫漫的人生征程上，人要面对数不尽的难题，更多时候需要自己去面对、去作出正确的选择、去高瞻远瞩地处理那些问题。慢慢地，你会发现在这个世界上唯一能够帮助你的，只有你自己。这就需要一个自我和成熟的心智。要具备这种心智，人就需要学习、思考和实践，需要学会判断、选择、从失败中汲取教训。

随着社会分工的细化和社会竞争的加剧，专门的知识必不可少。因此，学习不再是仅仅单凭兴趣就可以完成的东西。有时，学习仅仅是为了谋生，或是打开社会的某扇大门，如高考、获取文凭、晋升、取得某些专业资格，等等。在类似这样的学习中，人难免会感到许多晦涩、枯燥和乏味，这就需要用毅力去克服困难。此时的学习既是获得实用知识、能力的过程，也是人的毅力、勇气及耐心成长的过程，是一次修炼的过程，是迈向实现自我的台阶。这就如同登山，只有在艰苦的攀登之后，才能赢得无限风光。

学习也好、做人也罢，都是一个战胜自我的过程。人既要向身边优秀的人学习，即所谓的“见贤思齐”，又要认识到自己的“敌人”其实就是自己，要努力克服自身的问题，不断超越昨天的、今天的自己。只要能坚持不懈，就一定会有一个崭新的自己。

社会在不断进步，文化和知识体系在不断更新，社会上的专业也在不断变化，这就需要每个人都具备适应这种变化的能力，否则，他将很快被社会所淘汰。在另外一面，人的一生说长也长，说短也短。人活着就要不断进步，不断让自己的精神进入更高的境界。人认识世界是永无止境的，人的进步也是永无止境的。因此，学习不是一时一地的事情，而是一个人需要用一生来完成的任务，这就需要人具有终身学习的意识，掌握用一生学习的能力。只有如此，人才永远不会落伍，才能走在那个人生阶段的自己的前面。

第四篇

物是，物非

对着同一个地方、同一个事物，不同时代的人有着不同的印象和记忆。旧地重游时，眼前的“物是”或“物非”，都闪烁着坚实的、不息的力量。

又是漫天风雪日

——2019 年美国印象

2019 年 1 月 20 日

（一）“你需要重新注册”

上午一早便抵达了机场，在办理值机手续的柜台前递上我的护照，办理值机的小伙接过我的护照，在电脑里操作了一番后对我说：

“你的签证需要上网注册一下。”

“我去年去夏威夷的时候刚刚查过，不用再次注册。” 闻听后，我立即回答道。

我是知道“即使拿到美国的十年签证，也需要每两年在签证更新电子系统（EVUS）上注册一次”这件事的，去年（2018 年）7 月，我去夏威夷开会时，就曾经被提醒过这件事，当时上网查看了一下，我的签证还在有效期内。这一次，我以为刚刚去过美国，签证肯定还在时效内，就没有提前注册一下。

“你的签证刚刚过期。我们遇到过您这种情况，但如果您不注册，我这里也办理不了，您就无法进入美国。”小伙子解释道。

看起来没有什么好解释的，必须在登机前办妥这件事。于是我赶快找到一个可以放置电脑的地方，登录 EVUS 网站，开始办理起来。

没有想到的是，网页一直提示找不到我的记录信息。我一时间不知道该怎么办了，于是赶快找到学校外事处的王老师，打电话询问起来。王老师回答说他也不知道该如何办理，便替我找到一位邵姓老师，请她告诉我应该如何处理。就在王老师帮我找邵老师的时候，我也尝试着从新注册的通道进入。这时候，邵老师的电话来了，她告诉我应该从那个新注册通道进入，然后需要填一大串我的个人信息，她无法替我完成。

有了这样的信息，剩下的工作就得靠我自己了。

我按照网站的引导信息，一步一步地填写着内容，总体上还算顺利。在需要提交在美国的联系人信息的页面，我犹豫了，我的确一时间无法提供那边朋友的准确信息，但我转念一想，难道在美国没有任何认识的人，只是住在酒店短期旅行，就无法进入美国了吗？于是，我找出了我预订的酒店的信息，填了上去。可是，网站总是提示地址错误，使我无法通过。为此，耽误了很长时间，我反复尝试，直到网页上出现了一段信息，要我确认填写的地址无误。我毫不犹豫地在确认上打了钩，填写得以继续进行。一步、一步……所需信息之烦琐超出了我的预期，我甚至以为这些都是最近“升级改造”才增加的新项目，以让进入美国的人更加透明。不过，耗费了不少精力之后，最终我还是完成了注册。

来不及多想，我再次回到值机柜台，办理好了登机手续，然后赶往国际出发的 E 岛的贵宾休息室，给自己倒上一杯茶，长舒了一口气，一边喝着散发着香气的清茶，平静刚才焦灼的心情，一边反思自己为何原本有充足的时间完成注册，却犯了今天这样的错误。

一杯清茶的工夫，登机的时间就到了。

（二）又是漫天风雪日

经过 12 小时 40 分钟的长途飞行，漫长的旅程终于接近了终点。我们的飞机缓缓地靠近地面，被白雪覆盖的大地清晰了起来。一阵轻轻的震动之后，我们的航班降落在了美国首都华盛顿特区的杜勒斯机场。

透过机窗向外望去，灰暗的天空下，一片白雪茫茫，机窗外，飘落的雪花清晰可见，天空依旧在下着雪。

记得出发前，美国这边的同事说，这段时间华盛顿天气温暖，但是我抵达的那一天预计有雪，现在一看，果不其然。

说来也巧，记得两年前，我同样是来参加美国交通研究委员会（TRB）会议，抵达这里的那天，同样是遇到了这样的寒流和大雪天气。记得当年，这里到处是白雪皑皑、寒风刺骨，人行道上到处都是除雪的盐。

华盛顿的雪下得超出了预报的时间，一直持续到了深夜。显然，除雪部门也没有提早采取应对措施，致使道路上、人行道上都是积雪。直到傍晚，我才开始看到有人陆陆续续地在人行道上播撒融雪剂。暴风雪带来的另外一个结果是，据说许多航班都延误或者取消了，许多人因此耽误了会议。

第二天，道路上才有除雪机械开动，同时，随着温度的回升，道路上的积雪开始减少、消失。

随着积雪的消融，道路上到处都是积水，尤其是在行人过街的地方。因此，行人过街时，需要小心翼翼地寻找积水少的地方跨过去。一次，我在路边等待过街，突然意识到我距离路边的积水过近，于是便后退了一点，也就在这时，一辆出租车快速从我面前驶过，车轮“完美”地从积水上经过，肮脏的雪水飞溅了起来。幸亏我刚才提前后退了一些，否则这些脏水一定会溅到我的身上。这样无视路边行人的现象实在让人感到愤怒。

（三）遗憾的逐客令

晚上，大雪阻断了许多人回家的路，其中包括王军。考虑到明天还得早起参会，王军决定留宿我的房间。

进入房间，我就立即洗澡更衣，试图马上上床睡觉以缓解旅途的疲劳。其实，从去年年底我得了感冒之后，一直没有彻底康复，一个多月以来好了又病、病了又好，特别需要依靠休息来恢复体力。因此，最近一段时间里，只要一有机会，我便抓紧时间休息。

估计是王军感觉离休息还有一段时间，于是，他叫来了魏恒和杨庆岩。魏恒在前面的聚餐上喝了不少酒，一进入我的房间，就显得精神不足，坐在沙发里有一句没一句地和我们说着话。紧接着，他们又在电话里想把印海、国惠和海忠也叫过来。

时间一分一秒地流逝，他们还没有到。我低头一看手表，已经是当地时间 11：00 了。我不仅在飞机上没有得到很好的休息，而且落地后，还没有合眼呢。而魏恒也声称自己昨晚完全没有好好休息，坐在沙发里几乎陷入沉睡。于是，我便对魏恒他们下了逐客令，说我很疲惫，需要休息了。闻听后，魏恒和庆岩他们立即起身离去。

不一会儿，印海、国惠和海忠他们带着许多小吃敲起门来。当听说魏恒他们已经离去时，未免有些失落。当得知印海他们是听说我来了而专程赶来看我时，一阵感动之余，心中未免有些内疚，虽说他们的酒店距离我入住的酒店不远，但毕竟人家是冒着严寒、踏着积雪专程来的啊，我实在不该那么早就对他们下逐客令。印海他们还是非常理解我，小坐了一会儿，便起身告辞。

（四）接二连三的招待会

招待会，是 TRB 这样的盛会的“必选动作”，每个单位都不甘落后，而招待会又是如此集中，实在让人们应接不暇。屈指算了下，感觉几个招待会在时间上可以分开先后，便安排好了先后的顺序。

长安大学的招待会很有一些官方色彩，招待会上来了许多嘉宾，有院士，还有美国当地的华裔技术人士，招待会上也见到了许多老同学和老朋友，他们有的来自国内，也有一些已经定居美国。老同学、老朋友在美国相见，感觉分外亲切。招待会还吸引来了许多年轻人，望着那些充满了朝气的年轻面孔，感觉自己的确已经进入了该退出历史舞台的阶段了。

时间不早了，该是参加北工大的招待会的时候了。小翁特别发短信提醒我招待会即将开始，我对此回复道：“你们先开始，我随后即到。”待我赶到会场时，小端姐和张玉江正准备离开。我也想点一个卯即行离去，但当我折身时，恰巧遇到了印海和国惠进店。我立即声明，今晚我来招待他们，请他们入座。这样，无论如何我都不能立即离开了。席间，印海说随后清华校友将有一个招待会，邀请我出席。我猜在那将会遇到许多老友，便答应了下来。此时，虽然我坐在餐桌前，但是抵达美国后连续参加宴请，我哪里还有什么胃口，于是只是一边喝茶，一边陪着他们吃饭，直到这个招待会终场。

进入清华校友群招待会会场，便立即感受到一种不一样的气氛，席间的青年学子的脸上仿佛写着一种沉稳和宁静。班教授看到我后，立即把我让进了会场，走到了会场最里面的桌前，和印海他们会合。唯一遗憾的是，会场里没有见到期待中的朋友。

（五）英武的宴请

出发前，思量了许久，还是决定尽量多带一些东西去美国，以送给那边的朋友，虽然还没有具体想好要送给谁。到了美国后，觉得应该给英武送一点什么礼物，毕竟在西安期间，我们毗邻而居，这些年来，每当我到了美国，他总是给我许多照顾。

很快，我收到了英武的午餐邀请，没有思考就答应了下来。

中午，我匆匆赶到餐厅，英武已经在那里等候我多时了，小端姐、久屹因为有事，没有能参加，玉江不久后也来到了餐厅。

席间，大家交流着许久不见的这段时间里彼此的信息，共话着男人们的“家长里短”。临别时，英武一再说，如果我需要什么帮助尽管向他提出，那种诚朴让人感动。

（六）停摆的美国政府

进入美国之前，在飞机上都要填写一个“入境卡”。按照规定，我早早地准备好了相关信息，逐条填写好了“入境卡”。

飞机降落后，我们依次来到美国入境检查站前。排队时，入境的人不多，很快便轮到了我。边境官礼貌地和我打了一个招呼，要我面对摄像镜头，然后便“砰砰”地在我的护照上加盖了公章，再把护照递给我，说了句：“Have a good day.”入境手续就此结束。这是我历次进入美国的经历中最简洁的一次。

接下来，就是带着所有的行李进入海关。就在我通过熟悉的海关大门时，竟然没有见到一个人在那里工作，让我都不知道“入境卡”应该交到哪里，这样的情况我也是第一次遇到。美国的门洞大开，竟然到了如此的地步。

由于美国当任总统和国会在墨西哥围墙的预算案上出现分歧，政府进入了史无前例的“停摆”。其实，美国政府关门不是什么“史无前例”，只是关门的时间之长打破了历史纪录而已。

此次，我很想到国家广场（The National Mall）走一走，因为，虽然近年我多次来到华盛顿特区，但每次都是匆匆忙忙，很久没有去那里走走了。于是，趁着开会的间隙，我离开会场，步行前往了那里。

我入住的酒店距离会场很近，距离国家广场也不远，步行十多分钟即可抵达。不一会儿，我便经过了美国的财政部大楼、白宫，继而，我沿着广场周边的道路一路走去。所到之处，除了政府部门前还有黑衣警察守卫之外，其他地方则是门可罗雀、闭门谢客。

此时的华盛顿特区，虽是阳光灿烂，但让人感到了浓浓的寒意。

（七）“这么厚的牛排”

“明天我带你去吃这么厚的牛排。”说着，久屹用他的手比画着牛排的厚度。

久屹定居在了华盛顿，每次我或其他同学来这里都要麻烦他，这次也不例外。

就在长安大学的招待会开始前，我们借故离开了会场去商场购物。进了商场后，我们很快便找到了我想要的商品，同时，久屹也发现了他想要的东西。结账时，久屹一把把包括我所选的商品在内的所有东西都拿了过去，要一起结账，这让我很是过意不去。中国人就是中国人，虽然他在美国生活这么多年，我也算是了解美国人的习惯，但当我们遇到一起，还是尽行中国文化，那种文化的基因，永远地刻在了我们这些人的身上。

当说到我在美国的最后一个晚上的安排时，久屹说了上面的那句话。

出发回国前的下午，久屹驱车到酒店接我，我们随后前往了一个在我看来完全是郊外的地方。

这是一个非常美国式的餐厅，完全是木质的房屋，被隔成了一个个相对单独的空间，木质结构和房间里的家具散发着时间的味道。这里不仅有久屹形容的牛排，而且有自家酿造的各色啤酒。

服务生把菜单拿上来后，菜单上的啤酒有十多种，其中最前面的两个品种是人们“点单量”最大的，在久屹的建议下，我们选择了这两种啤酒和牛排。

啤酒是这里特有的黑啤酒，一种是很深的黑色，另外一种则是接近可乐的颜色。

当我们的主菜被端上来时，我吃了一惊。那是一块硕大的厚实的牛排，外加一个棒球大小的土豆，土豆内部填满了土豆泥和其他配料。那牛排的分量，是我预期中的三倍。

和久屹一边品尝着美味的啤酒，一边对着那肥嫩的牛排大快朵颐，一边共话当年和今天的世间。无论我如何努力，肥美的牛排和香醇的啤酒还是剩下了很多。

2019 年的美国之行，就此画上了一个句号。

2019 年云南印象

2019 年 5 月 25 日

开放，是你生命的权利。

——题记

（一）“感谢你的建议”

飞机快要降落时，广播里又一次传来了空姐甜美的声音。

“感谢您对我们的支持和帮助，……”

紧接着，应该是同样意思的英语广播。

但是，这段英语广播的内容却是极其含混，让人根本听不清空姐在说什么。显然，那是空姐在无意识地敷衍。听完这段广播，我就问肃立在我身边的一位空姐说：

“刚才那个广播说的是什么呀？”

“谢谢您的建议。”空姐看似答非所问。很显然，她对我的问题心领神会，而且反应迅速，才会做出这样的回答。

在我们的相视一笑中，事情也就过去了。

飞机在继续下降，没过多久，一位衣着不同的空姐走到了我的面前，指名道姓地说道：“关先生，感谢您对我们工作的批评。”一边递给了我一瓶矿泉水，显然，她是这里的一个小领导。看来，他们认真了。

“地面温度 26℃，……”这可比我出发时的北京低 10℃还要多。

果然，在接下来的广播中，空姐不仅说中文时字正腔圆，说英文时也非常规矩、清晰。

原本就是想开一个小小的玩笑，却换来了一段小小的趣话。

（二）春城冬色

在驶往城里的汽车上，我凭窗眺望着路边的群山，无意中发现了些许异样。

在当下的时节，北京那边的大地都已经披上了浓重的绿色，可此刻的春城却仿佛依旧披着冬装。山上的草木或枯萎，或凋零。许多树木已经失去了绿色，一片凄楚的景象。

问了一下驾车的师傅，他告诉我说："一直没下雨，山上的树都干死了。"

"多久没有下雨了？"我继续问师傅。师傅想了一下，没有给我一个答案。看样子，他都已经不记得上一次下雨是什么时候了。

没有雨，植物就无法生长，农民就没有饭吃。

望着车窗外依旧是冬天景象的群山，心中一阵惆怅。

（三）发现喜欢云南的理由

我喜欢云南，从第一次到云南的那天起，一直持续到了今天。要让我一一道出我喜欢云南的什么，一下子很难说清。

我喜欢这里的建筑。

当然，不是那种高耸入云的现代派建筑，而是那些由砖混的墙体和古老的木头建成的、有着算不上雄伟的尺度而造型质朴的、散发着历史沧桑和地方文化气息的那类建筑。它们依着这里的地势地貌而建，无论外部还是内部，经常是高低错落、交叉层叠，张扬中透着内敛，散发着自然的气息。这些古朴的建筑物体现着当地人生活的智慧，那些从建筑物中散发出来的炊烟，也会让人回到记忆的起点。它们似乎和中原文化有着深厚的传承关系，又似乎悄然独立于中原文化之外，那中间透露着一种变异、一种不同的成长。

这些年，我们搬进了宽敞明亮的现代化住宅里，“享受”着没有鸡犬之声的生活，如果不是这样的建筑重新闯入我们的眼帘，我们甚至已经把它们渐渐地遗忘掉了。我不知道我们今天的现代化楼宇会孕育出怎样的未来，但我们这一代人确确实实是由这样的建筑、那样的生活孕育出来的。

我喜欢这里的饮食。

对云南的味觉记忆，我定不如在这里出生和成长的人那样刻骨铭心，但我第一次到云南时，就喜欢上了当地的美食。新鲜多样的食材、激烈细腻的烹制方法、色泽艳丽的菜品和那平民化的风格都给我留下了深刻的印象。云南得天独厚的自然条件，为各类植物的生长创造了条件，以我所去过的地方来看，这里的食材的多样是首屈一指的。这里的高山深谷，给人们的交流制造了障碍，但也为独特而多样的文化的形成创造了条件，其中就包括多样的饮食文化。

我喜欢这里的人。

这里的人简单质朴，让你可以轻易地看到他们的内心。这里的人热情好客，能用最简单朴实的语音，打动客人的内心。

那是多年前的一件事情。我有一个科研上的合作伙伴是出身云南，当他听说我要来云南出差时，立即通知了他在云南当地的朋友，准备了正式而盛情的接待。在和云南当地同事有了短短的接触之后，同事就对我说出了“留下来吧”这样挽留的话。这让我这个不知道可以为他们做点什么的人，有了想尽量为他们多做一点事情的感动。

上面那些过于理性的想法，固然是我喜欢云南的深层理由。但是，它们都不如那一瞬间的感受来得那么真切、那么生动。

这一次，当我在燥热了一天之后，沐浴着和煦的晚风，呼吸着那散发着植物香气的空气时，我从感官上一下子明白了自己为什么喜欢这里。

轻风拂面，我感受到了一种久违的温馨，这种温馨深深地埋在我记忆的深处。微风唤醒了懵懂童年天真的梦想，拨动着青葱少年少有的安静，还有客居他乡的迷茫。

这些年，过于真切的现实似乎带走了我的一切，也带走了这拂面的清风。

在云南，似乎这种清风永远伴随在人的左右，永远是那么轻柔，给人送上抚慰。或许正是为了享受这样的清风，云南人不用封闭自家的阳台，不用密闭自己的住宅，而在所有可以躲避骄阳的地方，摆上一套桌椅，任凭那清风吹拂，品茶休闲，任由自己的内心飞扬。

（四）带博物馆的餐厅

到达餐厅门口时，立即就被餐厅那充满了乡土气息的装饰吸引住了。进门的通道上摆满了农村经常使用的磨盘，磨盘与磨盘之间的缝隙撒满了碎石。通道的上方则是木质的雨伞造型的装饰物，它们保持着木材的原色。还没有走进餐厅，通道一旁的一个门便吸引了我，门的上方写着“豆腐博物馆”几个大字，好不诱人。

进入餐厅里落座后，当地的同事们向我介绍起了这家以豆腐为主要食材的餐厅，也提到了这个“豆腐博物馆”，然后便问我：“想不想去看看？”

为什么不？

就在上菜的空当，我们离座移步“豆腐博物馆”。

这是一个袖珍博物馆，说是以豆腐为主题，事实上里面除了有少量的关于豆腐的常识之外，大量的篇幅留给了古人写下的关于豆腐的诗歌，以及这里的近代历史。看起来，这个“博物馆”应该是属于私人。

从“博物馆”出来，我们顺便参观了一下餐厅的其他部分。

这里应该是一个由小学改造成的餐厅，餐厅的许多房间依旧保持着当年教室的原样，房间门上还有一年级

（×）班之类的牌子，说不定这家餐厅的老板当年就是这里的小学生呢。

昔日的教学楼有好几层，用今天的标准来看，教室都非常狭小。不过转念一想，这是一所坐落在村庄里的小学校，这样的规模或许也就足够了。

教学楼的后面是一块非常局促的场地，场地周边分布着热火朝天的厨房和锃光瓦亮的啤酒发酵桶。厨房那边烟雾缭绕，能看到各种烧烤和烹饪的操作，厨师们一片忙碌景象。场地的中央则摆放着许多露天的餐桌。晚餐时分，这些露天的餐桌前坐满了食客。

烧烤搭配自酿的啤酒，加上清爽宜人的院子，足以勾起人的食欲了。

接下来的美食和甘冽的黄啤，就不在话下了。

（五）开放的清真寺和关闭的文庙

我过去不知道有“呈贡文庙”这个地方，这个名字是在路边的指路牌上看到的。看着时间还早，便改变了前进的方向，掉转车头“信马由缰”地沿着指路标志的方向驶去。

文庙，通常是祭拜孔子、传播儒家文化的场所，在各地都有修建。记得当年在台湾旅行时，当地人告诉我，台湾有很多文庙（有的地方叫孔庙），并会定期举行祭拜仪式，这使得中华文化在台湾人的心里扎下根来。后来稍加留意，我发现南方的许多地方都建有文庙，甚至包括越南的河内。

在手机的地图上，“呈贡文庙”是和多个看似有些历史的景点集中在一起的，我们决定在这些“景点”的附近弃车徒步前行。

这里是一条很新的旅游商业街，依着山势修建了一个个小的街道和许多木质的商铺。有些商铺已经有了商户入驻，但或许是由于刚刚建成不久，绝大部分店铺则是大门紧闭，街道上更是看不到行人的影子。

陪同我的同事走进了一个开着门的商铺，打探我们要去的“呈贡文庙”的所在。店家告诉了我们另外一个景点“清真古寺”的方位，但是对于“呈贡文庙”则不得要领。

也罢，因为我记得“呈贡文庙”和“清真古寺”在地图上相去不远，于是，我们便沿着店家手指的方向一路找去。

很快，我们便进入了呈贡县城的传统街道。狭窄的街道两边满是商铺和售卖日常生活用品、生鲜果蔬的摊贩。稍一打听，没花多少力气便找到了“清真古寺”。

清真寺的大门敞开着，这和我在其他地方见到的清真寺没有什么不同。进入清真寺的院内，发现院子很小但很安静，正对着清真寺大门的是一个大厅，大厅的门口有几级台阶，台阶上放着几双拖鞋。

我也脱下鞋走了进去，环视了一下大厅的四周。从房屋的内部结构来看，这是一个颇有些历史的建筑了。

接下来，我们的目标便是那个“呈贡文庙”了。当地的同事向不同的路人打听去文庙的路线，对方要么不知，要么就是把我们指往不同的方向。沿着路人指示的方向，找了半天都没有找到半点文庙的影子，这个文庙的知名度由此可见一斑。于是，干脆打开手机，跟着导航一路前行，终于在山坡的下方看到了一座好似文庙的建筑，而它竟然坐落在一所失去了生气的学校的院内。

赶紧沿着道路一路走去，终于走到了这座建筑面前。种种迹象表明，它就是文庙的一部分了，而且应该是文庙最里面的一座殿堂。然而，它的大门紧闭，四周很少有人活动的痕迹。它的前面则是一片院落建筑群，崭新的墙瓦表明那里正在修葺。我们眼前的这座建筑和它前面的建筑群原本应该是一个整体，然而，此刻两个院落已被分隔开来。查看了一下四周，要进到前面的那个院子里，只能另谋他途。

问了一下路人，发现要走到文庙的大门还得绕一些路，路人还特意告诉我们，今天那里不开门。既然我们已经走到了这里，即使不开门，也不会放过“到此一游”，大概所有游人都会是这种心理吧。

还好，凭借着自己的方向感，不一会儿，便找到了那个被压缩在一个很窘迫的角落里的文庙。从外面看，这是一座崭新的院落，院墙下停满了汽车。走近一看，大门外面没有任何标志说明这是什么地方，大门也紧闭着，透过门缝完全看不到里面的景象。陪同我的同事敲了几下大门，但回答我们的只有长长的寂静。

望着大门紧闭的文庙，我想起了刚才那门洞大开的清真寺。眼前的文庙就像是一种摆设，文庙所承载的文化，已经不再需要传承了吗？

带着些许遗憾，我们只得转身离去。我想起了一位朋友曾给一张盛开的鲜花的照片题词：

“开放，是你生命的权利。”

物是，物非

——2019 年北海道印象

2019 年 8 月 28 日

人不能两次踏进同一条河流。

——赫拉克利特

（一）关于北海道的印象

对着同一个地方、同一个事物，不同时代的人有着不同的印象和记忆，对日本的北海道恐怕也是如此。不知道在今天国人的印象中，北海道是个怎样的地方？

我们这一代人小的时候，国家对外闭关锁国，也缺乏良好的教育，很多世界地理、国外地名都是通过一些大大小小的政治性事件听说的，对这些地方的印象也都和那些政治性事件紧密相关。我小时候，父亲是一个小小的芝麻官，有权订阅一份叫作《参考消息》的报纸，通过这份报纸，我知道了世界上发生的许多事情，也知道了许多人名、地名和一些事件。

我记忆中对于北海道的最初印象，是通过一个叫刘连仁的中国劳工的故事建立起来的。刘连仁的故事大致是这样的：1944 年 9 月的一天，山东高密县农民刘连仁被日本侵略军抓走，作为劳工被带到了日本北海道的一座煤矿，在那里被强迫劳动。就在日本投降（1945 年 8 月 15 日）前夕，1945 年 7 月的一个夜晚，刘连仁从煤矿逃了出来，躲进了北海道的深山。从那时起，直到 1958 年 1 月底的一天刘连仁意外被当地猎户发现和救助，他在北海道的深山里穴居了十三年之久，创造了一个悲惨的奇迹。刘连仁被发现及其苦难经历在中日两国及世界上引起了巨大轰动，刘连仁随后回归祖国。2002 年，日本民众自发集资在事发地北海道的当别地区修建了一座念碑，碑名为“刘连仁生还纪念碑”。

这个悲惨的故事、那种荒无人烟的偏远、大雪封山的悲凉和彻骨的寒冷，一起构成了我儿时心中对北海道的印象。

时至今日，信息和教育发达，人们可以从多个渠道获取信息，北海道、世界在人们心中的形象丰满了许多。今天，很多国人尤其是年轻人对于北海道的印象大多来自那部著名的影片——《非诚勿扰》。据说，这部影片在国内掀起了一股北海道旅游热，给北海道送去了一批又一批的中国游客，至今不衰。

2019年8月底，就在当地的山谷里红叶初上的时节，我和一群意气相投的朋友，再次造访了日本的北海道。屈指算来，这是我第五次造访那里。

（二）物是，物非

汉语里，在讲旧地重游的心情时，人们经常会用到“物是人非”之类的词语，其中不无“年年岁岁花相似，岁岁年年人不同”的感叹，我的第五次北海道之行也是如此。

表面上看起来，日本依旧是那么狭小。狭小的酒店房间、狭小的餐馆、狭小的街道，以及狭小的汽车。北海道依旧是那么自然，万绿丛中，星星点点的红叶初上（图一），山谷里依旧是山泉奔腾，蒸腾着夹杂着硫磺气味的热气。洞爷湖对面的群山，依旧是云雾缭绕、似雨非雨。

日本的城市依旧是那么干净、整齐。偌大的札幌火车站，到发的大小车辆都在自己的空间内行驶。看不到坐卧停留的行人，看不到随意停放的车辆，就连自行车也是如此（图二）。这样的干净、整齐，让世界多了许多精致，显示出了一种精神的境界和一种人们为了达到这种境界的追求。

“道产”，是此次旅行中经常遇到的一个形容食品的词。这里的“道”指的是北海道，“道产”自然是产自北海道的食品了。显然，这和日本东北新潟的“水晶米”、神户的“和牛”一样，意味着一种自豪和一种被普遍接受的品牌（产地）信赖。

细细观察了一下，今日的北海道除了“物是”之外，也还有许许多多看得见或看不见的“物非”。

酒店的面貌焕然一新，至少和十多年前相比是如此，深山里的温泉酒店更是找不到记忆中的模样了。街道上由机动车构成的交通流中，各种款式的小型车占据了一多半。节能环保，是人们解释他们为什么选择小型车的理由。税率方面的规定，更是加速了小排量的黄牌照小车的大量“繁衍”。由此，人们可以看到交通政策的力量。

酒店中几乎所有的厕所都加装了水洗式马桶盖，让日本从冲洗式厕所时代进入了水洗式马桶时代；洗手的地方普遍放置了消毒洗手液，从而最大限度地阻隔了病毒的传播；酒店房间里还贴心地为客人放置了衣物除味喷雾剂，以消除残留在衣服上的味道，此举深得美食家们之意。

新锐，是让人印象深刻的“物非”的另外一个方面，人们可以从商店的橱窗、街上的建筑、随处可见的雕塑（图三）和人们的衣着饰品上感觉到那种新鲜的锐气。这种新锐包含着浓浓的匠气和英气，闪烁着制造力的锋芒。一个新的世界，不断从这种锋芒中脱颖而出，成了这个国家不息的发展力量。

图一　红叶初上的北海道

图二　札幌火车站的自行车管理

图三　札幌地下通道内的雕塑

（三）路遇的感动

初到日本的人，经常会遇到一些“意外”。这些“意外”差不多都源于和日本人的接触，比如接受服务时对方规规矩矩，或接受帮助时看到对方灿烂的笑容，等等。我在日本生活多年，许多在他人看来“意外”的事情，在我已经司空见惯了。即便如此，此次小樽之行，我还是有了一次“意外”的感动。

下了火车，走出小小的小樽火车站之前，可以看到站厅的门口摆放着一架钢琴，上面有几个大字写着“路上100人钢琴”（图四）。这个“100”应该是“多”“大家”的意思，估计它的意思是号召路人都来弹奏钢琴。

当日下午，小樽游览结束，返回小樽火车站的路上，要经过一个商店街。刚刚走进商业街，远远地便可以听到一阵悠扬的钢琴声。走近一看，原来又是一处“路上100人钢琴”，和车站不同的是，这架钢琴前面坐着一对母女模样的人，她们在联合弹奏着钢琴。她们的背后围坐着一群老人，饶有兴致地观赏着她们的演奏（图五）。随着一曲结束，老人们给这对母女送上了一阵热烈的掌声。

一切看上去都是那么和谐、那么天然，这样的场景吸引了许多和我一样的游人驻足观赏。当时真想在那里多停留一会儿，既是去感受那美妙的音乐，更是享受那难得的气氛。

望着钢琴前的母女，我想起了当年途径波兰的情形。

当年，飞机降落在华沙机场后，我看到机场大厅里摆放着一架钢琴，钢琴前坐着一位中年妇女，正旁若无人、熟练地弹奏着那架钢琴（图六）。她的脚下放着一个旅行包，显然，她只是这个机场的过客。有趣的是，就在我再次经过华沙机场回国时，还是在那架钢琴前，一个小伙子和他身边一位上了年纪的女士也坐在那里，小伙子弹奏着钢琴，看上去他们也是这个机场的匆匆过客。原本平常的候机楼，因为回荡着优美的钢琴声而多了几分轻松与浪漫。彼情彼景，让我这个第一次到访波兰的人有了一种“真不愧是肖邦的故乡”的感叹。

当回到小樽车站时，我发现刚才车站内的那架钢琴已经被移到室外，一支弦乐小乐队正配合着钢琴的曲调在那里演奏（图七）。

这种来自草根、可以瞬间点燃人们激情的民间音乐也让我想到了曾经看过的祖国宝岛民众的“快闪”表演。这些路人的演奏或许没有那么专业，演奏现场也没有华美的渲染，而只有单纯和稚气，只有那淳朴的生活气息。孩子们用他们勇敢的表演抹去了脸上的羞涩，给这个即将到来的秋天送上了一片温馨。

今天，这个和华沙相距万里之遥的日本小城，又一次唤醒了我那美好的记忆，带给了我一次路遇的感动。

其实，感动就是如此，在不经意间突然降临，来拨动你的心弦，来引起你内心最深处的那种共鸣。

图四 “路上 100 人钢琴”

图五 弹钢琴的母女

图六 华沙机场弹钢琴的人

图七 演奏中的弦乐队（摄影：石京）

（四）一个喜爱马拉松运动的民族

今天，人们提到马拉松，通常是指一项全程为 42.195 千米的长跑运动。它源自古希腊一个悲壮的传说，兴盛于顾拜旦所提倡的现代奥运会。在我们小的时候，这个距离的长跑，可以被视为一种极限运动了。想想看，要一口气跑完这样的距离，需要怎样的体力、耐力和毅力啊！然而，偏偏有人爱上了这项运动，而且是一大群人，甚至是一个国家的全体国民，这群人就是日本人。

日本人热爱马拉松这项运动是出了名的，由此，他们创造出了相当高水平的东京国际马拉松赛和日本大学生参加的“箱根駅伝”（接力长跑）这样的著名赛事。

说起日本的“箱根駅伝”（有人译为“箱根驿传”，实质是长跑接力赛），就不得不提起金栗四三这个人。1912 年斯德哥尔摩奥运会上，日本马拉松运动员金栗四三由于多种原因不得已中途退赛。沮丧并没有让他放弃，反而激发了他要在日本发扬马拉松运动的决心。回国后，金栗一直致力于培养优秀的马拉松运动员，后来经和其他好友共同商讨，创办了如今在日本家喻户晓的比赛“箱根駅伝”。时至今日，它已经成为培养和发掘日本优秀马拉松运动员及其他耐力型运动员的摇篮。据说，从 1920 年安特卫普奥运会到 2012 年伦敦奥运会，从“箱根駅伝”走向奥运会的运动员共有来自 17 所大学的 69 人，参赛的项目除了马拉松和长跑之外，也包括竞走、十项全能甚至是滑雪。这些运动员带动了无数的日本民众也身体力行，积极参与到了这样的活动或者赛事当中。

在“失败”面前要越挫越勇，这就是金栗四三和“箱根駅伝”告诉我们的道理。从某个侧面，它也反映出了日本人的精神，道出了日本人喜爱马拉松的理由。

离开札幌的那一天，我们碰巧赶上了一场马拉松赛事（图八），而且路线正好经过我们的酒店门前。马拉松的举办阻断了札幌市内的大量交通，我们因此被困在酒店无法出发。我们事先为出行做好了一切准备，唯独没有把这场马拉松赛事可能带来的影响算在其中。

不过，这样的“意外”并没有让我们感到沮丧和焦虑，大家都很平静地在街道上观看从酒店门前川流而过的人群，默默地感受着眼前发生的、平时难得一见的事情。

八月里，北海道的天气就像小孩子的脸一样说变就变。刚才还风和日丽，转眼就细雨蒙蒙，继而大雨倾盆。多变的天气丝毫没有减少人们参加马拉松的热情，参赛者多数是顶风冒雨，偶尔也有人披着防水的雨衣，路侧的观众则多是撑着雨伞或兴致勃勃地驻足观看，或干脆搬个“小板凳”坐在路边，为参赛者们加油助威。

令人高兴的是，近年来马拉松这项运动在国内也是方兴未艾，身边越来越多的人参与其中。他们中既有我的学生辈的年轻人，也有和我差不多年龄的同事、朋友。健体强身、愉悦身心、创造幸福，马拉松带给了人们太多美好的东西。

图八　偶遇马拉松赛事

（五）奢华的旅行团

最奢华的享受是什么?

在北海道旅行，没有汽车是不能的，有汽车而没有司机是万万不能的。

为了策划这次旅行，峻屹早早就一口答应下来后期的所有事情，其中包括了租车（图九）、设计出行线路和预订酒店的各项工作。看得出，峻屹对此次旅行也充满了期待。虽然我、石京教授和吴戈教授都曾经拥有过日本的驾照，但由于未能按日本的规定及时更新，我们在日本驾驶机动车的资格都归了零。于是，司机的工作就自然而然地落在了峻屹身上。于是，本次北海道之旅的奢华程度，首先就从教授级的司机兼导游开始算起。

现代旅行中第二个不可或缺的事项是拍照。过去我们在日本时，最好的情况就是买一架胶片式、可更换镜头的单反相机，神气活现地走到哪、拍到哪。直到我们回国时，数码相机刚刚问世不久，就更别提今天拍照功能如此强大的智能手机了。时至今日，人手一部的智能手机几乎完全替代了过去粗大笨重的相机，成了人们随走随拍的利器。光有利器是远远不够的，还需要具有专业水准的摄影师。出于历史和现实的原因，石京教授便成了团里的不二人选。石京教授也当仁不让地每每在群里分享他拍出的大片。周到、热情、专业的教授级摄影师，是我们这个奢华旅行团的第二个标志。

当然，最奢华的标志便是坐在“助手席”（日本把副驾驶座位称为“助手席”）上的教授级驾驶“助手”春福教授了（图十）。

除此之外，教授们一路上的“嬉笑怒骂”和欢歌笑语，让旅行的内涵也奢华高雅。

一切都是从“教授级”开始算起，这个世界上哪里还能找到如此奢华的旅行团呢？

图九　北海道的旅行用车（摄影：石京）

图十　教授级司机和助手（摄影：张凌寒）

（六）国际化从市政开始？

日本是个岛国，四面环海，要想闭关锁国非常容易。1633 年，日本当时的政府德川幕府颁布“锁国令”，断绝了同世界各国的来往，禁止了除中国和荷兰的船只以外所有外国船只的来访。直到 1853 年“黑船事件”（日语称为くろふねらいこう）发生，这一状况才彻底改变。长达两百余年的闭关锁国，巩固了幕藩封建体制，让这个国家看似保持独立，但由于断绝了对外贸易和交往，使得日本长期饱受贫穷落后。

1853 年 7 月，美国人佩里（Matthew Calbraith Perry，1794—1858）率船驶入江户湾，以武力要求幕府开港通商。对此，日本国内产生了巨大的争议，“攘夷”派和“开放”派分庭两立。事实上，一些激进的保守势力也曾有过小规模的抵抗，但在美国军舰强大的火力下，很快便溃不成军。作为缓兵之计，幕府和佩里约定第二年春天再说，佩里遂退兵。

让幕府没有想到的是，第二年（1854 年）的 2 月 13 日，佩里如约前来，口口声声要求幕府兑现承诺。打又打不过，躲又躲不开，万般无奈，日本政府只得被迫签订了一个“不平等条约”，答应开国通商，由此结束了锁国时代。当然，日本的开放也并非只是屈从于外部的军事压力那么简单。

日本的开放，不是遮遮掩掩、羞羞答答、半推半就的。用吉田茂的话说："日本是在外国的压力下才被迫开放门户的，但是一旦决定开放之后，便在回敬西方的冲击中显示出了敢于冒险的气魄和能力。"他的话后来都得到了印证。美国学者埃德温·赖肖尔曾说："在中国文化的儿女中，日本是出类拔萃的、与众不同的。"如果说他的话是对的，那么日本的这种对西方文化的"回敬"也有中华文化的功劳。日本人能找到"回敬"西方冲击的办法，中国人也应该能。

从此，日本永远地结束了封建制度，也因此产生了像大久保利通、福泽谕吉和伊藤博文这样的一批思想家、政治家。在走过一段历史的弯路之后，日本人认清了生活在国际社会中的重要性，深怕被国际社会孤立，坚定不移地推行"国际化"就成了近代历届日本政权的基本方针，该思想也深深地根植于日本国民的心中。二十世纪七八十年代，日本也有过和美国之间发生强烈的贸易摩擦的经历，但是，日本人并未因此伤及"民族自尊心"，而尝试走上闭关锁国的回头路。开放，并没有让这个国家灭亡，反而让这个国家日益繁荣富强。

时至今日，日本的资本和技术已经辐射、渗透到了世界各地，在日本国内任何可能有外国人出没的公共场所，日本人都尽量考虑了外国人在语言方面的需求。简单观察一下便会发现，多种语言文字的标志在日本非常普遍（图十一），学术交流中使用英语的现象更是比上一代更加普遍，能用外语和外国人交流的日本人比以前多了许多，这些应该都是日本长期推行国际化的成果吧。

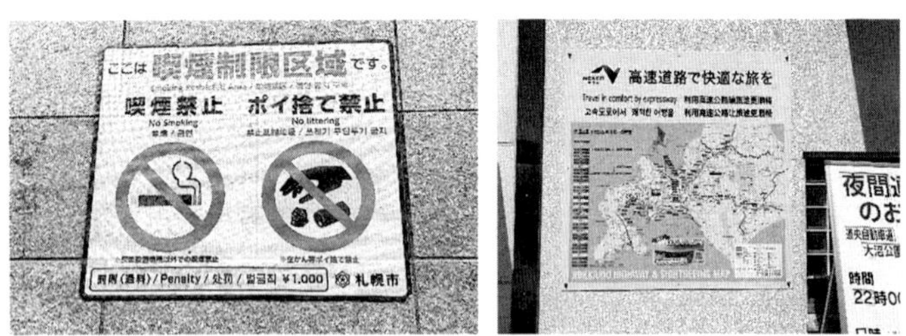

图十一　各种市政标志上都同时有多种文字

（七）路上的驿站

古时候，地球上人口稀少，居住分散，消息、物品传送及人们外出十分不便，为了解决这些问题，官方或民间开始在路旁开设驿站，以解决不时之需。据说，具有驿站功能的设施最早可以追溯到古埃及时代，那可是距今 5000 多年以前的事情啊。在今天的中国依然到处留有驿站的痕迹，在北京延庆的北部，就有一个叫“鸡鸣驿”的地方，无须查它的历史，单从这个地名就可以想见它的由来。记得在重庆的武隆，也见到过在历史上的驿站遗址上复建的一个名为“天福官驿”的驿站。

今天，地球上人类居住的格局发生了很大的变化，各种交通工具和高速公路之类的基础设施便捷了人们的出行和物资的运输，通信手段也日臻完善。驿站的存废问题，摆在了人们的面前。为了满足人们的出行需要，高速公路服务区、停车区及公路驿站之类的设施应声出现。不知道高速公路服务区、停车区最早是由谁提出的，但是公路驿站（道の駅）应该是由日本人最先倡导的。其建设目的除了让路人（当然是驾车出行的路人）停车休息之外，还包括加强人们的接触、交流，增加地方文化传播的渠道和机会，促进地方经济振兴，等等。当然，这也会涉及建设的土地、经费及运营等方面的问题。

既然公路驿站是出自这样的构想，这些驿站肯定是以服务当地特色经济为主，而很少出现售卖“洋品牌”的情形。

有珠山是我们途径的一座小山，这座小山的山顶设置了一个高速公路服务区，从那里可以眺望城市和大海（图十二）。整个服务区内，停车区域布局合理，还设置了残障人士专用停车位及相应的轮椅坡道，摩托车停车区和电动汽车充电区一应俱全，服务区内还有其他和出行者服务相关的设施。我们到达时访客并不多，面积不大的服务区显得安静、闲适、从容（图十三）。

相比之下，“大瀑村”（大滝村）的公路驿站就显得热闹得多，那里也是我们此行造访的唯一一处公路驿站。在那里，人们建起了一个名为“蘑菇王国”的商场，商场内进驻了许多商铺，售卖当地的与蘑菇相关的美食和土特产（图十四）。驿站建筑采用如此高大的结构，应该是为了适应当地冬期长且天气寒冷的需要吧。此外，从商场内的商品种类繁多和购销两旺的情况来看，这个公路驿站很好地实现了预期的构想。

近年来，国内也在旅游经济的拉动下，到处修建了一些公路驿站，扩大、丰富了许多高速公路服务区。不同的是，某些高速公路服务区纷纷走上了“高大上”的路线，占地面积极大不说，店铺区域的设计、入驻商家的规格、品牌都和城市繁华区域的商店非常类似。这些都和我们在日本看到的情况大相径庭。眼前的“蘑菇王国”是不是值得国内学习借鉴一下呢？

图十二　从有珠山服务区眺望远处

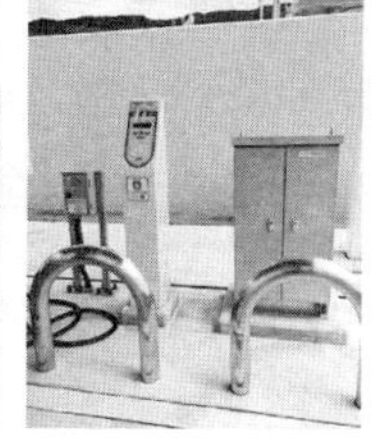

图十三　有珠山服务区内的布局和各种设施

图十四　“大瀑村”公路驿站的“蘑菇王国”（摄影：石京）

（八）美食

汉语中有一个成语叫“秀色可餐”，连美好的姿容和景色都“可餐”，可见美食在中国文化中的地位了。

石京教授说“去日本的中国人主要目的是美食”，

这话不无道理。这一方面是因为中国人热爱美食，另一方面则是因为北海道有很多特色美食。正是因为如此，可以毫不夸张地说，我们此次的北海道之旅，又是一次美食饕餮之旅。

踏上北海道之日，西井教授及其日本团队就为我们准备了一场美食盛宴（图十五）。道地的西餐、成吉思汗（这里的“成吉思汗”是指只有在北海道才有的日式烤肉）、寿司……等待我们一一品尝，让每一位赴宴者都享受到了舌尖上的幸福。

为了适应客人的需要，在此次入住的两个温泉旅馆晚餐均是“自助”的形式，不仅食谱丰富、食材纯正，而且烹制精美，还有美味的北海道啤酒和葡萄酒（图十六）。我猜，没有人会放过任何一次在这里饕餮的机会，面对如此诱人的美食，一定有无数人不得不暂缓自己的节食计划。

图十五　西井教授安排的美食盛宴（摄影：石京）

图十六　温泉酒店的自助晚餐

（九）美丽的误会和 83 岁的小火车站

“岬”这个字在汉语里有两个意思，一个是解剖学中的“骶骨的腹侧角连接脊椎骨的地方”，另外一个意思是“突入海中的尖形陆地”，用“岬”字做地名的地方，用的是第二个意思。

日语里“岬”的意思和汉语里差不多，被普遍用于命名各种“突入海中的尖形陆地”，岛国日本有无数个带“岬”的地方。但是，一旦地名里带了“地球”二字，这个“岬”似乎就非同一般了。到了北海道，“地球岬”凭借这个独特的名字，成了一个非去不可的地方（图十七）。

到了那里才知道，“地球岬”这个名字由来于一个美丽的误会。位于北海道室蘭境内的地球岬用当地方言发音应该是“親である断崖”（可译为“双亲的断崖”），由于当地方言的发音有点像日语普通话里“地球”的发音，后来“双亲的断崖”就被传成了“地球岬”。好在这个名字并不坏，反倒激发了人们的想象力，更易于传播，于是人们便将错就错，何乐而不为？说起来这倒有一点像我国漠河的“北极村”，尽管这个号称中国最北的村庄距离北极还有十万八千里，但是有谁在乎这个呢？到了这里的游客也无不为那浩瀚的大海和迷人的风景所感动，没有人会计较这个美丽的误会。

从地球岬返程的路上，我们意外地发现了路边的一座小火车站。它与众不同的古朴样子对于我们这些生活在大城市的人来说很是惹眼。虽然我们的汽车已经驶过，但我们一致要求去看个究竟，峻屹便驾车在路上掉了一个头，让我们的愿望得以实现。

走近一看，才发现小站名叫“母恋”（图十八）。在日本北海道地区，包括地名在内，许多发音和日语普通话有所不同。不知道这里的“母恋”是先有地名，后有汉字，还是从一开始就是汉字和读音相统一的。无论如何，“母恋”这个站名都显得很特别。

从外面看过去，低矮的站房留有二十世纪的建筑的味道，整个车站完整地保持了原来的风貌。站门口的那个鲜红的邮箱甚是惹眼，站房与这个惹人怀旧的邮箱很是般配。在中国，邮箱似乎还没有来得及全面普及，就由于网络和移动通信技术的发展而淡出人们的视线了。

站里面是很传统的布局，大厅里还有等车的座椅，大厅的一边是售票窗口，窗前坐着一位等待客人的女售票员。站内的陈设及人物都透着一种历史沧桑的气息。

大厅的一面墙上悬挂着各种奖状和关于这个小站的历史的解说，从墙上的文字我们才得知，这个小站已经有 83 年的历史了。83 岁，和我母亲差不多的年纪，它依然在散发着生命的活力。小站没有“安检”，就连检票的闸门都没有，任人随意进出。

短短的几分钟，人们就可以“游遍”小站，也就在这短短的几分钟内，人们就可以感受这座饱经沧桑的建筑所散发出的那种独特的韵味，沉静、淡泊、深远（图十九）。

自始至终，都有一个陌生的二十来岁的年轻人在我们的左右出现，手持他的相机走走拍拍。当我们离开时，他也不见了踪影。虽然他一句话也没说，但从神态来看，我猜他应该和我们一样，是来旅游的中国人。而且我相信，像我们这样偶遇小站、进来参观的人一定不在少数。虽然小站不会说话，但是它的魅力，不只有吸引了我们这一行人。

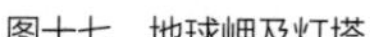
图十七　地球岬及灯塔

图十八　小站“母恋”

图十九　四处透着沧桑的小站“母恋”

（十）昭和新山

人们都知道，山的形成是地壳运动的结果，壮丽的造山运动通常都是旷日持久，当我在北京郊外的地质公园看到那些动辄以万年、十万年为时间尺度的造山运动时，不禁感慨人的渺小和人生的短暂。

那么，你见过的最年轻的山能有多么年轻呢？

1943 年 12 月 28 日，北海道洞爷湖畔的有珠岳附近发生强烈地震，使得当地地壳隆起，形成了一座小山，在随后的两年多时间里，该地区又有多次火山活动，最终从一片平坦的田里活生生地“长”出来一座我们今天见到的这座小山。由于它形成于日本纪年的昭和年间，1957 年，日本政府将此山命名为“昭和新山”。据说，它至今仍然在不断长大。就在我们到访时，还可以清晰地看到它生命的痕迹（图二十）。

说到昭和新山，我们必须提到一个人——三松正夫。据说，火山爆发时，三松是当地的邮局局长，尽管他知识有限，但他深知他遇上了一次历史性的造山运动。他不仅逐日详细记录了新山的形成过程，还号召大家来保护这座新山，并把自己的私有财产拿出来用于补偿那些因为新山的形成而失去了土地的农民。为了纪念三松正夫的功绩，人们在昭和新山的前面为他竖立了一座雕像，还为他修建了“三松正夫纪念馆”。

这应该是我见过的最年轻的山了。走遍日本各地，人们不难发现，日本的历史就是这样由一个又一个具体的人物写就的。

二十多年前，我携家人和朋友曾经造访过这里，除了那个山尖之外，脑海里已经找不到当年的痕迹了。新山红褐色的肌肤，仿佛是刚刚被烈焰炙烤过，透着一种顽强、一种倔强，巍然崛起，向着那苍穹挺拔屹立。在它的脚下，森林茂密、绿草丛生，向日葵在夕阳的映衬下绽放着迷人的笑容（图二十一）。

图二十　昭和新山（画圈处的山体还冒着烟雾）

图二十一　山脚下的向日葵田

（十一）洞爷湖温泉旅馆

洞爷湖温泉对我来说是一个遥远的记忆了。只记得那有个不大的小旅馆，温泉池好像还是木质的，有一个男女分开的露天温泉。

在我们入住的温泉酒店门口，一块很有些历史的招牌上用繁体字刻着“萬世閣”三个大字，无论是从字体、石碑的“包浆”，还是酒店的体量、在洞爷湖边上的位置等信息来看，这都是一家很有些历史的酒店。

望着“萬世閣”这几个字我就在想，店家肯定是希望它能够世世代代永续经营下去，从我们的居住体验也能感受到，他们是在往这个方向努力着。

酒店的设计很是贴心，所有的客房都是面向洞爷湖一侧，大大的窗户可以让人尽情地眺望脚下的洞爷湖和对面的那些大大小小、披挂着浮云的山峰（图二十二）。

差不多每个人都是一进到房间里便立刻打开窗户，一是通风换气，更重要的是想尽快一睹洞爷湖的美景。我们打开的窗户立即引来了几只白鸥，它们拍打着翅膀飞近我们，歪着脑袋向这边张望。有些大胆的白鸥，还落在了我们窗边的栏杆上，似乎是在等待着好事的降临。可以猜想，它们一定是曾经在这里得到过食物的奖励。后来，我翻箱倒柜从行李里找出了一块面包，让同屋的小张拿给它们，很快，便有一只大胆的鸟儿疾速飞来，小张还来不及反应，鸟儿便一口叼走了食物。

尽管在房间里也可以轻松地享受洞爷湖的美景，但是，没有人仅仅满足于此。大家纷纷更衣，充分利用这大好的时光享受温泉美景。

旅馆的温泉有两个，男女分开。一个位于八层的屋顶，另外一个则位于一楼的庭院内，各具特色。在楼顶温泉可以一边享受“室外”温泉，一边眺望洞爷湖和远处的群山（图二十三），一楼的温泉则是坐落在一个颇具匠心的日式花园当中，体验了一下，感觉这个楼底的花园更具京都的风韵。为了公平起见，男女宾客可以隔日交替使用楼顶和楼底的温泉，因此，只要是在此过夜的游人，就都有机会领略不同风格温泉的魅力。犹如国内的餐饮和传统文化相结合一样，在这里，温泉和传统文化相结合，会给游人创造出非常美好的体验。

夕阳下，初秋的洞爷湖和环绕它的群山一片静谧。我将自己的整个身体都浸泡在温泉水中，沐浴着晚风，遥望着对面的群山，任心绪随着那山头上永不消逝的彩云，随风飞扬。

图二十二　酒店的内外景色

图二十三　从楼顶温泉眺望远处

（十二）跌倒温泉边

一走进登别温泉旅馆，便可以闻到浓重的日式草垫［畳（たたみ）］的味道，走道里，味道更加浓重起来。一打开房门，啊——久违的日式房间（图二十四）！我今晚要睡在畳上了，一阵小小的欣喜涌上心头。

房间里的陈设非常遵从日式传统，小家具一应俱全，房间的面积在日本的标准来看算得上非常宽敞了。尽管睡觉的空间和昨晚的床大小差不多，但是一看到畳，还是感觉身心放松了许多。

在登别温泉洗澡时，我跌倒了。

峻屹坐在扶手那一边的池水边上，我试图从扶手的这一边下到池子里面去。有点浑浊的温泉水让我看不清水池下面的情况，只是猜想从池边到池底中间应该有一个台阶，便一脚踏了下去。

然而，扶手这边的池子里并没有那个想象中的台阶，我身体的重心倾斜，顿时失去了平衡，我在毫无准备、众目睽睽之下“噗通”一声跌入水里。在跌入水里之前，头部和臀部分别重重地碰了一下池子的边缘，腿也被池边刮擦了一下。

峻屹吓了一跳，一直询问我情况。池子那边的一位素不相识的浴客也吓坏了，一直盯着我这边看，他的眼神分明是在问："大丈夫？（意思是：不要紧吧？）大丈夫？大丈夫？"

我很快起身，试着活动了一下身体的各个部位。还好，除了一点擦伤和瘀伤之外，并无大碍。

后来想想，这个错误原本不该犯的。痛定思痛，吃一堑长一智吧。

图二十四　登别温泉旅馆外景和房间内景

（十三）鬼怪出没的山谷

登别，在北海道以温泉闻名，除了温泉之外，整个山谷里还回荡着另外一种气氛——鬼怪。开车进入登别温泉山谷，便会看到一个头上长角、通体红色、手持狼牙棒的鬼怪，进入山谷后，还可以遇到其他不同的鬼怪（图二十五）。在这个鬼怪出没的山谷的尽头，便是著名的"地狱谷"。光听这名字，就够特别的了。

很多年前，和家人一起到过地狱谷，记得那次是在傍晚，地狱谷里到处都蒸腾着浓浓的硫黄味的气体，白花花的温泉水沿着山谷流淌，偶尔有一只狐狸经过，向我们这边张望一下便快步走开。这便是上次地狱谷之行的全部记忆。

这一次，我们是晚上集体去参观地狱谷，那里多了一条新修的栈道，沿途的景致在夜幕的笼罩下显得更加阴森恐怖，栈道上有照明的灯光，但它们低矮、昏暗，反倒增添了些许紧张的气氛，也许这正是游客想要的。栈道的尽头是一眼喷涌的温泉，据说，它表面的温度有五十多摄氏度，内部可以达到八十摄氏度（图二十六）。不知道是不是在夜晚的关系，这一次没有见到狐狸。

返回酒店的路上，漫天的繁星吸引了我们的注意，清晰的银河让天空显得低矮了许多，也勾起了许多人童年的记忆。

在登别可以看到的另外一个和鬼怪有关的痕迹便是那座“阎王殿”，大殿之上，端坐着一个会变脸的阎王爷（图二十七）。平时，阎王爷在大殿上正襟危坐，平和地俯视众生，每到整点，阎王爷就会发怒，挥舞着拳头，像是在斥责世间的不平。

看到这些鬼怪的塑像，感觉它们很像《西游记》中的人物，大殿之上的塑像，更像中华文化中的阎王。

图二十五　登别山谷中的鬼怪

图二十六　地狱谷和栈道尽头的温泉

图二十七　会变脸的阎王爷

（十四）《川流不息》

我们的汽车沿着山路一路前行。渐渐地，河流出现在我们的旁边，硫黄的味道伴随在我们左右，温泉接近了。我们都忍不住想看看这条河流和周围的景致，于是要求峻屹把车停在路边，让我们下车尽情地采风。

神奇的大自然用她的画笔给初秋的北海道在绿色中点缀上了黄色和红色，把河水也染成了五彩斑斓的颜色。滔滔不绝的河水沿着五彩的河床奔腾直下，一泻千里（图二十八）。

回顾此次北海道之旅，既有各路学者的严谨学术氛围，又有当地民众用音乐迎接八方客人的感动；既有北海道优美自然的风景，又有高速公路服务区和公路驿站那样人类的精心构筑；既有昭和新山、地狱谷这样的地理奇观，又有让人回味无穷的山珍海味；既有对小樽和“母恋”小站这样的“古迹”的探访，又有购买最新日本商品的活动。实在是高潮迭起，美不胜收（图二十九）。

我们这代留日学人都知道美空云雀这个歌手，我非常喜欢她的歌，她的歌声感染了一代又一代人。她的嗓音浑厚深沉，饱含生命的激情，略带沙哑的声音让她的歌声更显岁月风蚀的沧桑。

此时此刻，此情此景之下，她那雄浑高亢的《川の流れのように》（中文歌名《川流不息》）在我的心中久久地回荡。

图二十八　滔滔不绝的山间流水

图二十九　2019 年洞爷湖之旅全体成员

鸣谢：此次北海道之行得到了西井教授、张峻屹教授偕夫人姜梓英女士及张峻屹教授团队成员张润森教授和张凌寒博士的大力帮助，在此一并致以衷心的感谢！

2019 年百家湖印象

2019 年 9 月 22 日

“先生，您的房间是十五层商务湖景房。”

“喔。”

“在十三层有商务酒廊，……”

“早餐在哪里？”

“您可以在十三层用早餐，也可以在一层。建议您在一层用早餐，那里可选择的餐品种类更多一些。”

“您是否有我们的会员卡？可以免费办理一张，会员可以积分。”我接受了他的建议，尽管不知道下次入住他们家的酒店是什么时候。

“这是您的房卡和会员卡，电梯在左侧。”

“谢谢！”

一路上毫不费力，就在十五层找到了自己的房间。

打开房门，一个宽敞、奢华的房间呈现在眼前。窗帘半遮半掩的，露出了窗外的湖景——百家湖。我拉开了窗帘，让整个湖景尽收眼底（图一）。

一切收拾停当后，距离吃晚饭的时间还早，于是坐在窗前的椅子上，仔细地打量起百家湖来。

脚下的百家湖并没有那么宽阔，湖面被凸起的“半岛”挤压成“Z”字形状，两座连接成“厂”字形的桥梁横跨在湖上。那些挤压湖面的“半岛”之上，坐落着许多酒店模样的建筑物。远处的湖畔有一个游乐场，再往远处是一群又一群“踮起脚尖”向着湖面观望的高层建筑物。

今天，刚刚赶上台风过境南京，一场大风从早到晚持续了一天。此刻，夕阳下，大风依旧在持续，吹弯了树枝，吹皱了湖水。万绿丛中，已经开始有红色和黄色夹杂其中。

“在这里看夕阳下的湖景，还是下楼在湖边走走？”我心里想。

拿不定主意，也用不着拿定主意。时间就在这种犹豫中、在大风中、在我的脚下一分一秒地逝去。

突然想起了刚才酒店前台工作人员告诉我的那个“酒廊”，何不去那里坐坐？

“酒廊”的大门正对着电梯，接待处坐着一个姑娘。她接过我递上的房卡，查看了一下电脑，确认了我的身份之后，便把我领入里面。

这个酒廊的空间大致分为三个区域：门口的阅读区、中间有餐台的餐饮区和最里面的餐饮区（图二）。最里面的餐饮区的窗外便是百家湖，和从我的房间看到的景色大致相同。

从电冰箱里取了一小瓶啤酒，在餐台上取了几片奶酪后，在阅读区的沙发上坐了下来。

呷了一口清醇甘冽的啤酒，让自己的身心都沉陷在柔软舒适的沙发当中。这时，酒廊里飘荡着的班得瑞的背景音乐飘进了我的耳朵，那音乐犹如风中飞舞的丝线，若有若无，轻柔而悠扬，仿佛要把人带入梦幻。一整天塞满耳朵的那些声音被稀释、被融化、被带走。

此刻，什么都没有想，也什么都不必想。

起身走到身边的书架前，想看看那上面都有些什么书籍。这时才发现，那里除了装样子的空纸壳之外，几乎是一无所有。不知道是酒店压根就没有想让人在这里阅读，还是根本就没有人在这里阅读。

带着一点失望回到座位上，安静地品尝起啤酒。此时，天空已经彻底暗了下来。

东道主很是热情，晚餐很是丰盛，淮阳料理巨细无遗，也少不了肥美的大闸蟹。而对不谙“蟹道”的我来说，吃螃蟹实在是一件苦差事。最后一道鱼汤麺，则让人们的肚子里再也盛不下其他东西了。

看着离睡觉还有一点时间，便决定在湖畔走走，这才发现湖畔并非我刚才在楼上想象的那样（图三）。

我按照酒店服务员指引的方向向着百家湖走去，晚风使人神清气爽。道路有些狭窄，留给行人的路更窄，窄到几乎容不得对向行人错身。此时我才发现，百家湖湖畔早已被各种设施“瓜分”无遗，留给行人的只剩一条窄窄的通往一座桥梁的通道。而桥上，供行人行走的路更是狭窄到了只有路灯灯柱的宽度，桥上的空间被尽可能地分给了机动车。湖畔也并没有我想象中的那条供行人欣赏湖景的环湖通道，而是你一块、我一块地被临湖的建筑纷纷据为己有，让百家湖成了一家一家的“独家湖”。

“百家湖也未能免俗。”我心里想。

走到这里，我决定停止前行打道回府，把被人们重重包围的“独家湖”丢在了脑后。

图一　从高层远眺百家湖

图二　酒廊一隅

图三　百家湖夜景

那高高的地中海松

——2019年罗马印象

2019年10月8日

当你看到不可理解的现象，感到迷惑时，真理可能已经披着面纱悄悄地站到你的面前，从巴黎出发到意大利，决不能在半路上见到罗马。

——巴尔扎克

All roads lead to Rome.（条条大路通罗马。）

Rome was not built in a day.（罗马城非朝夕建成。）

Do in Rome as the Romans do.（入乡随俗。）

……

以上都是和罗马（Rome）有关的英语俗语，实际上，和罗马有关的俗语还不止这些。

一座城市能在人类的语言中留下这样的痕迹，足以说明这座城市在人类历史文化中的重要性。当然，罗马对世界的影响绝非仅体现在语言当中。“古罗马帝国”“元首”“议会”“文艺复兴”“达·芬奇”“米开朗琪罗”这些制度、事件和人物对人类历史产生的巨大影响持续至今，而这些，都不过是罗马、意大利对人类的贡献中的沧海一粟。

遥远的意大利对中国的影响可以追溯到元代的“马可波罗”及后来的“罗明坚”“利玛窦”“郎世宁”……

罗马，是一个我向往已久的地方，我终于在六十岁的时候，实现了造访她的梦想。

（一）解不开的中意历史情缘

在中国说到意大利和中国交往的历史，有两个人是无法绕开的，一个是马可·波罗（Marco Polo，1254年9月15日—1324年1月8日），另一个则是利玛窦（Matteo Ricci，1552年10月6日—1610年5月11日）。前者因著有《马可·波罗游记》而闻名于世，尽管这本书的内容存在着巨大的争议，但这本书差不多是最早向西方人介绍中国的书籍。而后者，作为最早一批来到中国的意大利传教士［在他之前还有若干意大利籍传教士，如罗明坚（Michele Ruggieri，1543—1607）等］，给当时的明朝（利玛窦于万历二十九年，即公元1601年抵达北京）带去了当时世界上最为先进的科学知识和技术成就，他和徐光启等翻译了欧几里得的《几何原本》，他制作的世界地图《坤舆万国全图》是中国历史上第一张世界地图，在中国先后被十二次刻印。这一切，对中国甚至中国的邻国日本都产生了巨大的影响。据说，日本后来“脱亚入欧”的思想最早可以追溯到这里。

在后来的浩浩荡荡的西方传教士大军中，意大利籍的传教士始终是这支队伍的主力。这些意大利人在把西方的宗教传入中国的同时，也把科学、技术、文化和艺术带入了中国，对中国的发展作出了不可磨灭的贡献。他们中的绝大多数都长眠在了中国这块被他们深深热爱的土地上。

（二）梦中的罗马城

在连续十一个多小时的飞行之后，飞机终于开始下降。十一个小时，差不多可以从北京飞到纽约了，我第一次感觉到北京距离罗马这个曾经的文明中心是如此的遥远。

飞机降落在罗马的菲乌米奇诺机场时，天色已经变暗，一转眼，太阳就落在了山的背后。罗马机场和其他欧洲机场差不多，下了飞机经过廊桥后，不需走多少路，便能来到入关大厅，显得很是方便。

要进入意大利海关时，才突然想起一路上没有被要求填写任何“入境卡”之类的卡片，而填写和出示这种卡片，在我以往入关其他任何国家时都是必不可少的。不得要领，只得跟着入关的人流排队向前，负责组织队伍的意大利小姑娘操着算是熟练的汉语，引导我们来到办理手续的窗口。值班的海关官员看看我，没有说任何话，就“砰砰”地在我的护照上加盖了公章，入关手续就这样办好了，我们轻松顺利地进入了意大利。

出关后，在出口处遇到一位戴着胸牌、口喊“Taxi（出租车）”的小伙，得知我们需要一辆出租车后，他领着我们没走多远便来到了一个窗口，那里是登记乘坐出租车的地方，已经有几个旅行者模样的人在那等候来车了。办理完简单的手续后，我们跟着出租车司机登上了一辆奔驰商务车。这不算是一辆通常意义上的出租车，而是一辆合乘的商务车，车上的大约八九个座位都坐满了和我一样的游客。这样也好，一是减少了交通，二是节能环保，三是或许节约了交通费用。

此时，天色已经完全黑暗了下来，商务车沿着高速公路在夜色中一路飞驰而去。

夜幕掩盖了许多东西，包括后来格外引起我注意的那些地中海松。或许是出于职业本能，我开始注意起和交通有关的东西。这条高速公路和我在欧洲其他地方看到的高速公路极为类似，道路和车道都不宽，相关的工程设施显得有些简朴。路面有些不平，这使得我们坐在飞驰的汽车里会感到有些颠簸，“这里高速公路的状况不如北京。”我心中暗想。

走着走着，道路边上的建筑物多了起来，灯光也多了起来。“马上就要进罗马城了。”我对妻子说。

“这就是罗马古城墙。”突然，一直保持沉默的司机指着车窗外用英语说了起来。顺着司机手指的方向，我隐约看到了夜色中的一堵残破的城墙。紧接着，司机又比比划划地说了些什么，我猜，他的意思大概是“从这里绵延到那边都是”之类的意思。承蒙了他的好意，只是车速、夜色让我们无暇从容地观览城墙，领略古罗马城的风貌。

“好在我们还有明天。”我安慰自己。

不一会儿，我看到了汽车前方的古罗马斗兽场（意大利语为 Colosseo，英语为 Colosseum）。在夜色中、灯光下，它显得苍劲、古朴。尽管在照片上、影视作品中无数次看到过它的身影，但当它真正映入我的眼帘时，还是能感觉到一种震撼。它可是真正的公元七十至八十年左右的建筑，已经有将近两千岁了。看到它，我知道，我们的酒店马上就要到了。

（三）第一个正确的选择

去罗马需要提前预订酒店，就在这个过程中，出现了一点小麻烦，这个小小的麻烦让我有了一次重新比较利弊，从而作出正确决定的机会。

考虑了一下酒店条件，尤其是在得知这家酒店距离著名的古罗马斗兽场只有五百米左右的时候，我立即决定：就是它了。

后来的事情证明，这是我此行作出的第一个正确的选择。这家酒店的名字叫作 Mercure Hotel，中文名字叫作美居酒店（图一）。从这个酒店出发，步行到开会的罗马第一大学、古罗马斗兽场、古罗马广场及其他地方都很便捷，从而省却了许多交通上的问题。而从地图上看，古罗马斗兽场几乎就是古老的罗马城的中心了。

进入酒店房间之后，我拉开窗帘向外张望了一下，几棵我从未见过的松树引起了我的注意。粗壮挺拔的树干，顶着一头茂盛的树冠，从树根到树冠，没有我通常见到的那种长在树干上的、密布的树枝，更没有大的树杈，有点像非洲荒野里的合欢树，也有点像马达加斯加的面包树，这便是地中海松了。

夜幕下，罗马的街灯照亮了道路，也照亮了街道两旁的建筑。街道有些狭窄，建筑物显得很古朴，带着一种浓浓的历史、人文的味道。如果不是街道上停放的汽车，置身这里，仿佛是生活在很久远的过去，尽管我从未经历过那些生活。四下里静悄悄的，和我在国外其他地方的感受类似。

我们酒店的房间不大，一张一米八宽的双人床算得上是房间内最大的家具了，和我在国内住过的许多酒店相比，房间算得上是局促了。我的妻子两个人加上行李，一下子让房间显得转不过身。不过，房间的空间设计很是紧凑，所需的设备基本齐备，没有明显地感觉到不方便的地方，这也和我在这样的国家的旅行经历类似。

图一　美居酒店和酒店的窗景

（四）奢华的罗马第一大学

会议的开幕式和第一天的会议就在罗马第一大学。步行前往那里，是我第一次走在罗马的街道上，和欧洲的许多城市一样，街道的地面铺着“马蹄石”。那是一种马蹄大小的石块，坚固耐用。路面的这些石块，或许就有几百年的历史了。

罗马第一大学实际上就在我住的酒店的不远处，若熟悉的话，步行也就是十多分钟的距离。一开始我并不知道这些，查看了一下地图、询问了一下酒店的工作人员之后，便轻装从酒店出发了。凭借着询问得到的信息和自己的方向感走了一段距离之后，感觉需要问一下路，于是便向路边的一位工人模样的人打听，那人很快便明白了我的意思，并给我们指引了方向。这件小事让我感觉到，意大利人的英语很好，并不像在法国问路那样困难。当然，这是我在意大利第一次和普通的意大利人用英语交流，后面的经历也证实了我这一次的感受。

罗马第一大学位于一座小山之上，高大的建筑围出了一个“院子”。一道高高的台阶直通“院子”的大门，大门同时也是校门了（图二）。学校和周边的建筑物、街道类似，透着深深的古老和厚重感。校园的天井里，有一口用大理石装饰的华丽的水井（图三）。据说这口井是十六世纪由米开朗琪罗的老师所制作，这让我大吃一惊。想想看，这相当于我国明代的著名大师的作品就摆放在一个开放的院子里！细细端详这口井，可以看到那些华丽和夸张的大理石雕刻。难怪有后来的米开朗琪罗，难怪有那个绚丽的文艺复兴时代。由此可以想象，这座大学、这栋大楼的历史肯定不晚于这口井。

坐在大学回廊里的座椅上，望着这口古老的井，我想起了曾经在北京海运仓的一家餐厅里用餐时的光景。那家餐厅的地面镶嵌着玻璃，透过玻璃，可以依稀看到脚下古老的砖块，脚“踏”着这些有几百年历史的砖块用餐，是一种何等的享受啊！由此想去，单凭这口有四百多年历史、出自名人之手的井，就足以让这所大学散发出一种厚重的文化和艺术的光彩，让这所大学显得无比的奢华。当然，奢华不是一所大学的追求，更重要的是从这里走出的人都会受到历史文化的熏染，从而拥有一分特有的韵味。

图二　罗马第一大学校门

图三　校园中的古井

（五）古罗马斗兽场前的静思

古罗马斗兽场是罗马城的标志性建筑，也是访客必到的景点（图四）。即便是拿今天的标准来看，它的高大和宏伟也令人赞叹，更何况它建于公元七十至八十年间。更重要的是，虽然历经战乱，它几乎是完整地保留了下来，今天仍可以供后人凭吊。

由于事先在网上进行了预订，我和妻子很快便进入了古罗马斗兽场参观，否则，据说需要排队两个小时。

跟着人流，听着导览器的讲解，眺望着斗兽场内的景物，遥想着当年的惨烈景象，心中升腾起了一阵酸楚。记得也曾经看过一部关于角斗士的影片，那是一个关于“英雄”的故事，记录了一个“战俘”在角斗中胜出的故事，影片的名字已经记不得了。眼前的景象，让我的耳畔响起了影片中的那些人兽厮杀、人人对峙的喧嚣。用今天的标准来看，古罗马斗兽场发生了太多悲惨的故事。

我努力尝试着去理解那时候的人、那时候的审美标准，但是无论如何，我都难以身临其境地进入那时的场景，去以一个观众的心情去接受那个标准。这也是我在参观奥斯维辛集中营之后拒绝参观柬埔寨的类似“景点”的理由。

我愿意赞叹斗兽场气势的恢宏、赞美它建筑的艺术和规模的庞大，但我内心深处还是以为，那是一个不堪回首的时代。

我愿意去想象这里杀死成千上万的野生动物和俘虏、奴隶的残忍和野蛮是用怎样的“强大”来支撑的，我愿意思考那种从奴役个体到人性解放、从野蛮向文明的蜕变过程。或许，这就是人们所说的“物极必反”“否极泰来”？这种从野蛮到文明的蜕变，实质是对个体的尊重、对个体强大的崇尚，这种对个体的尊重和对个体强大的崇尚又推动了人对精神的深度挖掘和肉体的不断强壮。从斗兽场的故事可以看到，即使是在等级森严的古罗马时期，人们也从不否定那些奴隶、战俘自身的强大、勇敢，并且有许多奖励措施来鼓励这种个体的勇敢无畏。从古希腊的奥林匹亚，到眼前的古罗马斗兽场，再到文艺复兴时期的大卫雕像，最终到今天奥林匹克运动的“更高、更快、更强”，都证明了人类文明进化的足迹。

人们似乎有理由用今天文明世界的标准去批判西方世界的过去，但仔细想想“今天文明世界的标准是由谁创造的”这个问题，又不禁令人哑然失笑。

图四　古罗马斗兽场

（六）沿着帝国大道到万神庙

快到出发时刻时，人们聚集到了集合地点，这是会议精心为人们组织的一项旅游行程。从众多的参加者来看，人们对这个行程充满了期待。“导游”是一位在这里学习的中国留学生，或许是专业相近的关系，也或许是这座充满艺术气息的城市带给了他潜移默化的影响，这位小留学生身上有了许多艺术的气质，或许这正是他能成为我们的导游的理由吧。

游览路线是从罗马第一大学出发，经过帝国大道到威尼斯广场，终点是万神庙。这趟行程让我对罗马城有了一个初步的印象。

今天的罗马城仿佛是一个巨大的古建筑工地，尤其是在帝国大道沿线上的古罗马广场。这样说，是因为到处都是古建筑的残垣断壁，到处都是搭在这些残垣断壁上的脚手架，到处都是在那些古迹的狭小空间中工作的工程机械。

我也曾见到过西安、安阳、北京、苏州等多地的古迹、遗迹，但是如此众多、密集地暴露在地面的层层叠叠的文物古迹和遗址，还是第一次见到。

关于威尼斯广场，我事先获知的信息并不多，面对广场南边的那幢气势宏伟的白色大理石建筑（图五），我问小导游："这是什么地方？"小导游回答我："就叫威尼斯广场，这座建筑是为了纪念第一次世界大战胜利而建。"显然，这不是我想要的答案。回来后在百度上查了一下，得到了如下的答案：

……白色大理石建造的新古典主义建筑维克多·埃曼纽尔二世纪念堂，是为了庆祝 1870 年意大利统一而建造的纪念堂，耗时二十五年建成。十六根圆柱形成的弧形立面是它最精彩的部分，台阶下的两组喷泉寓意深刻：右边的象征第勒尼安海，左边的象征亚得里亚海，中央骑马的人物塑像就是完成了意大利统一大业的维克多·埃曼纽尔二世。建筑物上面有两座巨大的青铜雕像，右边的代表“热爱祖国的胜利”，左边的代表“劳动的胜利”。无论日晒雨淋，总有两名士兵纹丝不动地在这里守护着无名战士墓。

后来，我和妻子登上大厦，发现上面的介绍不虚，深入到大厦的内部，才知道那里有一个关于意大利军队历史的展示。

这个行程的终点是万神庙（也称为万神殿，图六）。记得在一部关于建筑史的影片中看到过万神庙的介绍，只是依稀地记得它代表了那个时代的建筑艺术的巅峰，至于它的由来和历史都不记得了。

进入万神庙之前，突然有了“为什么叫万神庙？”的问题。人们都知道，在基督教（包括天主教）中，都只有唯一的神——上帝（天主），而绝对地排斥其他神，那么，哪里来的“万神”呢？问了一下身边的人，没有得到这个问题的答案。万神庙的历史很悠久，也很曲折，对于不通晓意大利历史的我来说是如此陌生，即使面对那些详解这段历史的文字，也只读得一知半解，留在印象中的只有那些散发着历史气息的气势恢宏和风格独特的建筑。除了万神庙中“供奉”的诸神的雕像、绘画之外，特别值得一提的是它那穹顶中的

“空洞”，对此人们很容易会产生疑问：若是下雨天，它不会漏雨吗？

据说，这是一个非常巧妙的设计，庙宇内的热气会沿着中间的空腔上升，从而“推开”可能落入屋内的雨滴。看起来，如果这个设计效果没有实现，后来的人们一定会用什么办法遮蔽这个“空洞”的。

图五　维克多·埃曼纽尔二世纪念堂

图六　万神庙

（七）一定要去的鲜花广场

罗马是一个教堂的城市、广场的城市，这样说是因为在罗马遍地都是教堂、到处都是广场。而鲜花广场

（Campo dei Fiori）就其规模而言，在罗马是一个很稀松平常的广场。即便如此，我还是从一开始就计划好了，那是一个一定要去的地方。

1548 年的某一天，一个男婴在意大利那不勒斯附近的一座小镇降生，还算殷实的家庭让他从小接受了良好的人文主义教育和神学教育，后来，他取得了神学博士学位，甚至还得到了一个神甫的教职。他的名字叫乔尔丹诺·布鲁诺（Giordano Bruno）。

学习之余，布鲁诺还经常参加社会活动，和人文主义者过从甚密，阅读了大量的“禁书”，其中就包括与哥白尼的“日心说”相关的书籍。从此，他开始对自然科学产生了浓厚的兴趣，写了一些批评《圣经》的论文。布鲁诺的言行触怒了势力强大的教廷，他被革除了教籍。为了逃避教廷的迫害，他东躲西藏，先后浪迹瑞士、法国的图鲁斯和巴黎、英国的伦敦、德国、捷克等地，在那里广泛宣传自己的思想和宇宙观。他的言行引起了罗马教廷的恐惧和仇恨。1592 年，罗马教廷将其诱骗回国，加以逮捕。此后的八年内，宗教法庭用尽了包括酷刑在内的各种手段，试图迫使布鲁诺改变信仰。但是，这些努力最终以失败而告终。1600 年 2 月 17 日凌晨，罗马塔楼上悲壮的钟声划破了夜空，这是施行火刑的信号。布鲁诺被绑在鲜花广场中央的火刑柱上，高喊道：“黑暗即将过去，黎明即将来临，真理终将战胜邪恶！”最后，刽子手用木塞堵上了他的嘴，然后点燃了烈火，……

真理并未随着一个肉体的消灭而消亡，1889 年，势力强大的罗马教廷终于低下了高贵的头，教皇亲自为布鲁诺平反昭雪、恢复名誉。同年 6 月 9 日，在布鲁诺殉难的罗马鲜花广场上，人们竖立起他的铜像，以作为对这位为真理而献身的伟大科学家的永久纪念。

今天的鲜花广场，被白色的遮阳布覆盖，遮阳布下面，是各种农副产品和日用小商品，广场成了一个不折不扣的自由市场，充斥着各种叫卖的声音。不同肤色的小贩向过往的行人兜售着他们的商品。

几乎是在广场的中央矗立着一座塑像，从介绍的文字看上去，这应该就是布鲁诺的塑像了（图七）。布鲁诺的青铜塑像在一个很高的基座之上，远远望去，犹如穿破白色云层的山峰，巍然耸立。基座上的布鲁诺披着斗篷，手里拿着一本书籍，肃然而立。我猜，那本书象征着真理，肃立象征着抗争和不屈。从布鲁诺塑像的下面向上望去，布鲁诺的眼睛凝视着下方，仿佛是若有所思。这或许就是他生活时的状态，是他思考时的状态。

塑像基座的四周是人物头像和故事情节的浮雕及我不认识的文字。我猜，那里记录着和布鲁诺生平有关的人物、事迹。大理石显得很坚固，雕塑显得很精美，青铜显得很古朴。这一切都表示出了人们对这位勇士的景仰之情，进而是对真理的虔诚之心。布鲁诺塑像的竖立宣告人类告别了一段愚昧、血腥、残暴、骄横的历史，从此走向了一个崭新的阶段。

今天，人们把布鲁诺评价为“思想家、自然科学家、哲学家和文学家，作为思想自由的象征，他鼓舞了十六世纪欧洲的自由运动，成为西方思想史上的重要人物之一”。事实上，人类正是经过了这段轰轰烈烈的思想解放运动（文艺复兴、宗教改革与启蒙运动），才有了后来的人性解放、工业革命和今日的科技辉煌。

去凭吊这位为捍卫真理而献身的科学家、思想家，就是我一定要去一次鲜花广场的理由。

图七　鲜花广场的布鲁诺青铜塑像

（八）遗憾梵蒂冈

凡是到了罗马的人，恐怕都不会漏掉去一个地方——梵蒂冈。

记得小时候家里有一套叫作《各国概况》的书，好像是分上、下两册，其内容是介绍世界地理和各国的政治经济、人口等情况，通过这套书，我知道了“梵蒂冈”“圣马力诺”“列支敦士登”等欧洲袖珍小国的存在。看到这些国家只有几千、几万国民的信息，那时感到非常不可思议，无论如何也想象不出来那是一个怎样的国家、是如何运作和生存的。

后来，我知道了梵蒂冈是全世界天主教的中心，天主教教皇的“家”就在这里。另外一个重要的方面，就是许多文艺复兴时代的艺术瑰宝都存放在梵蒂冈，比如说西斯廷教堂。

好不容易来到罗马，自然不会放过造访梵蒂冈的机会了。

在导航的指引下，我们差不多“轻车熟路”地来到了一条河边，跨过河上的桥梁，就轻松地进入了意大利以外的另一个国家——梵蒂冈。

几乎是所有的人流都向着一个方向汇集而去，那里就是圣彼得广场（图八）和广场后面的圣彼得大教堂。

事先我们没有做好充分的准备，到了圣彼得广场以后，便不知所措了。就在我们议论该如何是好时，身边的一个中国游客应该是听到了我们的议论，他告诉我们："今天圣彼得大教堂有活动，必须在 12:30 以前进入教堂，否则便不能进入教堂了。"而此时距离 12:30 已经没有多少时间了。根据那个小伙提供的信息，我们还有希望在 12:30 前排到教堂入口。于是，我们赶快排在了一个长长的队伍的后面，跟随着队伍一步一步往前挪。

就在我们前面还有一百来人就可以进入安检区时，队伍的前方传来了一阵骚动，只见一位女士反复地摊开双手，和保安交涉着什么。不用说，一定是排到她时，管理方宣布停止接待了。看了一下手表，此时是 12:10。我又回望了一眼我的身后，发现身后依旧是很长很长的队伍。但显然，任何辩解都是徒劳的。

"他们也不事先提供一下信息。"我想起了在美国、日本等地，对于类似这种排队的情况，都会有告知牌提示游客还需多少排队时间等信息，以方便游客。

"他们才不管呢。"排在我身后的一位在罗马留学的小伙说道。说话的小伙在罗马学习音乐，对这里的情况很是熟悉。

看来，此次是无缘进入圣彼得大教堂了，带着些许遗憾，我们离开了梵蒂冈。

图八 圣彼得广场

（九）西班牙广场和许愿池

一部影片《罗马假日》，让全世界从一个侧面认识了罗马。影片讲述了一个浪漫的爱情故事，剧情的高潮发生在一个广场。那高高的台阶和前面的喷水池因为剧情的原因，成了人们心目中罗马的一部分，也成了我们此行的必到之处。这个广场便是罗马的西班牙广场。

此行造访西班牙广场的另外一个原因，是当我们向当地人了解罗马的购物中心时，大家都不约而同地回答我们“西班牙广场”。

跟着导航，向着西班牙广场进发，不一会儿，街道两侧的商店逐渐密集了起来，并且开始出现我们所熟悉的一些国际品牌的专卖店。这些店铺的大门紧闭，玻璃门的后面都站着衣着光鲜的俊男靓女，他们不约而同地把视线对着大门这边，等待着顾客的到来。这种商业的形态给人留下了深刻的印象。

继续前行不久，便远远地看到了那个印象中的喷水池和高高的台阶，西班牙广场到了。

这是一个不大的广场，喷水池在广场中央，它的后面是一个很高的多级台阶，台阶的建筑非常精美，高高地伸向上面的一座教堂（图九），让那座精美的教堂成了一段华彩乐章的高潮。广场周边的街道两侧是各种商铺，观光和购物的目的，使得西班牙广场吸引了很多游客，烈日下的西班牙广场上游人如织。

此时，我发现了一个有趣的现象——喷水池的周围坐着许多游客。后来我才知道，广场及台阶上是禁止坐下的，广场上有许多身着制服的男女，他们都有一个口哨，看到有人坐下，便先吹哨吸引人的注意，然后用手势示意人起来。但是，唯独坐在喷水池边上的地方是被允许的，这也就难怪有那么多人围坐在那里了。

冰激凌是这里的热销商品，骄阳下，许多游客手上都拿着一个冰激凌，边走边吃。我们也排在了店铺售卖队伍的后面，发现这里的冰激凌是可以在许多种类当中任选两种，而且会在满满的冰激凌上面插上两块小饼干。

冰激凌的量很大、味道很好。

走过许多商店之后，我们也发现在罗马购物并非像在国内的大型商场那样便利。几乎是所有的商店都分布在街道的两侧，看起来它们都是历史悠久，做的都是品牌生意。在网络上查了半天，找到了一个和我们国内的商场颇为类似的商店，走进一看，虽然和那些老店相比，这家商场的规模算得上大、商品品类算得上多，但在我们的标准来看还是太小，而且商品的品种也不够齐全，难免令人有些失望。

今天，我们的大型商场遍布各地，在日本、美国等地旅行时，和我们类似的大型商场、商圈也是司空见惯。可是，无论是从我们的经历还是我从网络上获取的信息来看，在罗马都没有类似的场所。这或许是意大利的历史的缘故，或许是我们没有找对地方。

影片《罗马假日》中的另外一个著名场景是许愿池，它也因影片的风靡而闻名于世，成了游客聚集的地方。

其实，许愿池也是历史悠久，并非电影道具那么平凡简单。许愿池距离西班牙广场并不远，当我们抵达时，那里的游人多到很难在池旁找到一个可以立足的地方（图十）。看起来，世间有太多的愿望要许，有太多的希望需要实现。

图九　西班牙广场上的喷水池

图十　许愿池

（十）古罗马广场

古罗马广场是临近古罗马斗兽场的一大片遗址公园，它南起斗兽场，北至威尼斯广场，里面包括了帕拉丁山、罗马论坛等著名遗址（图十一）。

很早就在书中读到过古罗马的议会、元首等对现代西方国家的社会制度产生了深远影响的事物。如今，它们就在眼前，让我对那些从书中读到的久远的事情有了更深切的感受。

刚刚到罗马，我就注意到这里生长着一种奇怪的松树，它和我从前见到的都不一样。高高的身躯、大大的树冠，树干有些弯曲，但不失挺拔（图十二）。在古罗马广场的帕拉丁山上，有许许多多高耸入云的地中海松，它们遮蔽着阳光，庇护着这块古老的大地。

图十一　古罗马广场

图十二 古罗马广场上的地中海松

（十一）罗马风情

完成了一天的观光和购物任务，该回酒店时，突然发现了一个地铁车站。根据我的经验和之前对罗马地铁网络的印象，我想只要我们乘上地铁，就一定可以回到酒店，因为我知道我们的酒店就在斗兽场地铁站的附近。

购票、进入地铁后，我立即懵住了，不知道应该在哪个站台候车、应该乘坐驶往哪个方向的列车。就在这时，我的面前出现了两个荷枪实弹的军人，我立即趋前向他们询问。他们很快便明白了我的意思，把我带到了一张罗马地铁线路图的前面，指着线路图对我说：“我们现在这里，需要到这里换乘，然后到这里下车。”这让我立即明白了我应走的路线，一路顺利地乘坐地铁回到了酒店。

漫步今天的罗马城，我发现了一个不同于我在欧洲其他城市看到的景象，那就是停放在路边的军车和荷枪实弹的士兵几乎是随处可见，尤其是在人流密集的旅游景点（图十三）。进入斗兽场、梵蒂冈圣保罗大教堂和一些重要的设施时，要么需要经过安检，要么需要开包检查。这一点，倒是和在美国遇到的情形颇有几分相似。

进出罗马的地铁站没有经过安检，但是在站台上遇到了巡逻的士兵。看起来，在这个国家里，反恐责任已被国家化，而不是把如此繁重的任务简单地推给地铁运营公司。

罗马的地铁非常简陋，车站和车厢内部的装修也很是普通，甚至有些脏乱。地铁的信息服务系统似乎都停留在二十世纪六七十年代的水平，没有明确的地铁线路图，自动售票机也很是原始（图十四）。这一切都和我们今天的情况形成了鲜明的对照。好在罗马的地铁系统非常简单，无论如何乘坐，都可以轻松地抵达目的地。我想，这和罗马城市紧凑的布局有一定的关系。

罗马是个历史悠久的古城，城内的遗址几乎遍地都是，而且是层层叠叠。行走在罗马街道，经常会遇到一块没有建筑的空地，空地里高高低低都是遗迹的残片。最让人称奇的是，一座现代化的大厦竟然会主动“残破”一块，为身下的一处裸露的文物古迹让出空间（图十五）。罗马人的文化保护意识可见一斑。

罗马城的街道非常古老、狭窄。这些街道及两旁的建筑承载着罗马的历史和文化。但在机动车的世界里，这些街道就显得拥挤了（图十六）。或许是街道狭窄的缘故，也或许是由于罗马有许多坡道，罗马人偏爱小型汽车，更为独特和抢眼的是，罗马有更多的摩托车，这与我到过的其他欧洲城市很是不同（图十七）。每到早高峰，经常会看到人们戴着头盔，摩托车上一前一后坐着两个人，飞驰在罗马的道路上。

罗马人似乎很忙碌，无论是开车还是走路。显然，罗马有车让人的规定，但由于街道狭窄、行人众多，机动车抢道的现象还是时有发生。

到了意大利，自然少不了要吃当地的美食。第一次在意大利餐厅里点餐，就遇到了许多问题。这些问题的出现基本上是由于餐厅给了顾客太多的选择。打个比方，我们走进中餐馆，说要一份麻婆豆腐，对方最多会问上一句：“减辣，还是正常辣？”而在意大利的餐厅，当你说要一份麻婆豆腐时，对方会紧接着问你：“你想要老豆腐，还是嫩豆腐呢？”这一问就会把不熟悉的顾客问得云里雾里。在意大利点菜，几乎每点一道都会遇上选择的问题，若是不懂意大利语，再加上菜单上没有照片，几句问下来，顾客就会筋疲力尽了。这一次，我们就遇到了这个问题。无奈之下，只能通过简单的“鸡”“鱼”之类的单词加以区分，再细致的地方就不了了之了，而最后端上来的菜品也未必是我们开始所期待的。

披萨当然是必点的，只是第一次端上桌的披萨让我有些吃惊，因为，那些披萨的边都被烤糊了，这是我第一次遇到这种情形。由于语言等多方面的问题，我耐着性子没有提出抗议。后来的经历证明，被烤糊的披萨在意大利餐馆里司空见惯，并非某个店家的问题。入乡随俗，完全不必大惊小怪。

意大利的英语环境还不错，至少比在法国感觉到的要好很多。似乎意大利人并不排斥讲英语，而且，意大利人说英语尾音似乎要拖长一点、语调要上升一点，听起来挺好听的。我知道意大利是一个多民族的国家，移民众多，我不敢断定我遇到的都是意大利本土人士。因此，上面的判断难免有臆断的成分。

总体来说，意大利人身材不错、衣着讲究。服装店里的男士服装只有两种：西服（单件西服称为“夹克”）

和袖口、下摆都收紧的夹克衫。意大利男人通常都是西装革履，显得很是精神。

图十三　随处可见的士兵

图十四　地铁自动售票机

图十五　与古迹共处的现代化大厦

图十六　罗马城狭窄的古街道

图十七　路边停放的摩托车

2019 年丽江印象

2019 年 10 月 19 日

带着梦想，揣着期盼，
“三剑客”考察云南。
京城还暖，丽江乍寒，
登高原阳光灿烂。
滇路崎岖，茶马道远，
欢歌洒满金沙江畔。
北国之春，小城故事，
恰“花心”同学少年。
泸沽柔美，狮山雄健，
秋风劲舞夕阳残。
水面杨花，涛声拍岸，
促膝摩梭火塘前。

荡桨湖上，登岛拜仙，
湖心水清澈甘甜。
汽车熄火，刀总驰援，
人随天意车随愿。
摩梭风情，放歌字间，
夜宿泸沽里格湾。
运筹帷幄，驱车庭前，
看“涛哥”轻展手段。
索道平台，一览众山，
望冰川海拔四千。
顶戴银冠，腰缠彩练，
莽玉龙金色装扮。
雪山牵手，碧水相连，
蓝月谷日落忘返。
石街漫步，菌香飘散，
四方街灯光璀璨。
低音浑厚，雄风不减，
邵教授再续新篇。
二九武艺，巧构画面，
石教授乾坤一键。
涛声依旧，雨雪莫辨，
三教授再约明天。

古罗马广场

2019年10月29日

古罗马广场位于罗马的市中心、古斗兽场的旁边。从帝国大道（via del Fori Imperiali）走过，无须购票，便几乎可以一览这个“广场”的全貌。即便如此，人们还是要步入其中，徜徉在那些距今近两千年的建筑和文物当中。

为了节省旅游的时间，女儿曾为我们在网络上预约了套票，只是我们忘记了那票有两日内使用的时限要求，而我们抵达这里时，已经过了期限，因此需要重新购票入内。购票后，我们手持导览器，沿着步道缓缓前行。

古罗马广场建在一片小山丘上，它的建设始于公元前六世纪，比旁边的斗兽场的时代更早一些。古罗马的历史非常久远，这里一直是古罗马的法律、行政管理、商业和宗教中心。

王政时代、罗马共和国、拜占庭……这段历史对后世产生了深远的影响。许多重要的事件都发生在这里，那时候产生的名词、制度许多仍沿用至今。元老院、塞维鲁凯旋门、金色里程碑、古罗马演讲坛、维斯塔圣贞女修道院等建筑物都在那里见证着那段历史，见证着那段辉煌。

导览器的讲解还算清晰，只是经常找不到内容和景点的对应关系，颇有些苦心。也许我是一个笨拙的游客，这个笨拙的游客还有些挑剔。

旅途中的景色

2019 年 11 月 10 日

（一）小牛

小牛（假称）是接送我的司机，1983 年生人。

说实在的，一上他的汽车，我感觉非常不好，他把汽车开得飞快，在车流里任意穿梭，中间伴随着鸣笛、闪灯等坏毛病。坐在后排，我不由自主地寻找起安全带来，但却发现没有一个安全带是可以用的。真不明白为什么这辆某国外著名品牌的公务车，后排座椅的安全带竟然没有一个可用？

路上，听到我们的谈话，他也不由自主地参与了进来，慢慢地也就熟悉了。

“我也不怕您笑话，我一个月才挣两千多块钱。”小牛操着不熟练的普通话，说起话来有些结巴，中间还夹杂着方言。没有人问他的收入，他主动说了起来。

“我不经常在外面吃饭，有时候像你们这种用车的客人会请我吃一顿。我一个月光吃饭就要花一千五百多块。

“我是临时聘用的，不管吃、不管住。单位给我提供一间宿舍，如果在外面租房，房租、水电费、网费等都算下来，一个月又得一千多块。要是没有房子，我立马就不干了。干不下去嘛，一个月下来还得倒贴。

“我身体不好，椎间盘突出。上个月看病，还是我妈给我拿的钱。”

“你不能找一个收入高一点的工作吗？比方说开出租车？”我问。

“申请开出租车得排队，等半年。还得考试，熬不住。”

“那换一个单位呢？”我接着问。

“像我这样除了开车啥也不会的人，没人要。”

“没结婚。像我这样的要钱没钱、要长相没长相、要身材没身材的，没人跟。”小牛个子不高，粗胳膊粗腿，挺着一个稍显突出的肚子，走路一晃一晃的，有点相扑运动员走路的架势。

小牛从前在一家私企开车，每个月有五千多元的收入。因为一次老板怀疑他偷油，虽然查实后证明的确不是他干的，但他认为老板不信任他，一生气就从那里辞职了。

“不过，那老板人真不错，是个福建人。

“我出了一次车祸，回来后老板没有责备我，倒是让我先拿钱去医院检查身体，还说如果有病该看就看、该报销就报销。

“我驾照暂扣的那个月，一次车都没有出，月底工资还一分不少。

“虽然他怀疑过我，但该说啥说啥，人是真不错。”

我知道，他后面这句话的意思是对人的评价要客观公正、就事论事。

小牛或许根本就不知道还有“命运”这个东西，自然也就不知道应该如何驾驭自己的命运，而时至今日，年纪轻轻的小牛已经失去了驾驭自己命运的能力。他的话让人感觉那本应准备蓬勃盛开的人生，前景却是一片黯淡。

汽车在暗夜里的高速公路上疾驰。

“一个人应该把自己的命运交给谁？”我想着这个问题。

（二）老家

“我们老家像他这样三十多岁没有结婚的人很多。”陪同我的古老师（假称）说。

“我们老家那边都没人种地，种地一年到头还得贴钱。老家就剩下老人和小孩了，过去还可以做点小买卖，现在都网购，小买卖也做不成了。”

“我们老家的地也没有种，就那么撂着。”小牛说。

不知道他们的老家未来会变成什么样子。

（三）沙漠中的雨滴

“我的书给了图书馆几套？如果你还没有想好，就给 × 老师一套吧，谢谢！”

“我明天问问啊。今天就给了他们一套，其他的都在我们学院。”

我知道，这里的“他们”是指图书馆。

“我不希望那些书被冷落、被束之高阁，至少送给学生们看看。”

“不会。”

“但愿吧。”

“我下周安排放一套在我们学院的教研室，一套给 × 老师，其他都送到图书馆。”

人们不能要求别人做自己希望的事情，人们只能希望别人做自己希望的事情，而且这种事情应该是会给许多人带来好处。不过，最后这句话，让我的心中突然有了那种几滴可怜的雨点落入了茫茫戈壁的感觉。

（四）伴读的小鸟

晨读，是中国大学中常见的现象。清晨里，大学校园的空地上、绿荫下，经常可以看到大学生们手捧书本阅读、朗诵的景象。记得有位日本学者初到中国，看到大学校园里有许多学生晨读时颇为感慨，大概是因为在日本已经见不到这种景象了的缘故吧。

早餐后，在华北水利水电大学的校园里散步，不时遇到晨读的学生。只见他们手里拿着一本书，或轻声、或大声地念念有词。看到他们，我不由得想起了当年的自己。

忽然，有一只小鸟飞落在一个晨读学生身旁的草丛里，紧接着又有一只落在它的近旁。小鸟非常漂亮，花色的羽毛，头顶一个凤冠，有尖尖长长的喙，好像是啄木鸟（图一）。落到草地上后，它们便旁若无人地开始忙着把尖长的喙插进地里觅食，那神态非常自然从容。让我惊讶的是，它们距离晨读的大学生如此之近，好像毫不在乎他们的存在。

正在我观察、欣赏它们觅食的样子时，又有几只小鸟飞落过来，一只、两只……竟然一共有五只。

真让人欣慰，如果不是长期形成的信任，我猜小鸟是不会如此大胆的。小鸟，成了人和自然和谐关系的最好检验。

小鸟陪伴晨读，一幅美好的景象。

图一　草丛里漂亮的小鸟

“边城”印象

2019年11月16日

提起“边城”这个词，你会联想到什么？

或许，你会立即联想到沈从文先生那篇著名的小说——《边城》。这部被沈从文先生称为纯粹文学的小说，在那个时代留下了深深的印记。

或许，你会联想到位于边境的小城。人们很容易联想到遥远、人迹罕至、山高谷深、河流湍急的自然环境，联想到有着不同面孔、服饰的商贾云集的街道，混杂了多种语言、文字的商铺。中国是一个辽阔的国家，很多人没有到边境的体验，一说起边境，人们很容易产生出许许多多奇妙的联想。

当我看到“边城农夫小院”的主人在网名中用到“边城”二字时，还曾经为这个名字的独特暗自叫好呢。直到我看到高速公路的指路牌上赫然出现了“边城”两个大字，方才明白真有一个地方的名字叫作“边城”。当然，我也明白，此“边城”非彼“边城”，至于此“边城”名字的由来，起初也是茫无头绪，但能受邀访问“边城”，心中还是充满了期待。

“‘边城’这个名字还是陈逸飞先生给起的。当年他访问这里时，看到这里这么美，就说干脆就叫‘边城’吧。”“边城农夫小院”的院长向我介绍道。

哦，原来如此，此“边城”原来还是大名鼎鼎的陈逸飞先生的“作品”啊。陈逸飞先生在艺术界是一个家喻户晓的名字，他因在绘画艺术、电影、服饰、环境设计等诸多方面的辉煌艺术成就而蜚声海内外。

要说今天受邀到访“边城”的缘起，需要先把时钟倒拨回二十年前，对，就是二十年前的 1999 年。那一年，我刚刚从日本回国，出席了回国后的第一个国内的学术会议，地点是在兰州，那是一个关于城市交通规划的会议。就在那次会议上，我第一次认识了“院长”，当然，那时候应该还没有“边城”。

那时候的中国，交通界的学术圈子很小，小到只有屈指可数的那么几个人。几次的学术交往，大家便都成了熟人。紧接着，就在 2000 年，由公安部和建设部主导的“畅通工程”开启大幕。那个小小的圈子里的绝大多数人成了“畅通工程”专家组的成员，而“院长”则担任了“畅通工程”专家组的组长。那个已经在当代中国城市道路交通管理史上留下了深刻烙印的“工程”，把交通领域的这些专家、学者及官员紧密地联系到了一起。

对于“畅通工程”这场轰轰烈烈的运动的意义，在这里我只想引申一位伟人形容“长征”的话来形容，尽管“畅通工程”无法和“长征”相提并论。“畅通工程”是宣言书，它宣告了我们要向城市交通问题的顽疾发起挑战；“畅通工程”是宣传队，它把交通科学的理念和方法传播给世人；“畅通工程”是播种机，把科学管理的种子撒遍全国，发芽、长叶、开花、结果、收获，它的身后成长起了一大批懂业务、会管理、有经验的交通科技和管理人才。

正像任何事物都有其生命周期那样，随着社会经济形势的变化，需要给“畅通工程”赋予新的内涵，比方说关注的重心需要从车转移向人。随着升级版的“文明畅通行动”的开始，“畅通工程”走进了历史。“畅通工程”在中国交通事业上留下了一笔可圈可点的遗产，留下了许多值得总结思考的东西。“畅通工程”的专家们也随着这个时代的发展，成了当今我国交通事业的中坚力量。与此同时，他们也由满头黑发变成了两鬓染霜。在实施“畅通工程”期间，他们彼此之间结下了淡若清泉的友谊，也留下了许多“醉卧沙场君莫笑”的趣闻逸话。

“院长”迁居“边城”之后，曾多次向包括昔日“畅通工程”的旧友在内的朋友发出邀请，时间在大家的繁忙中匆匆走过，期待中的聚会一直没有成为现实。终于，大家等来了这一天。

“边城”位于镇江和南京交界的地方，从东南大学的江宁校区出发，大约需要五十分钟的车程。当我们的汽车快到“边城”时，我的电话响了起来，是小院的主人——“院长”打来的。关切的问询声表明，他已经在热切地等待大家的到来了。当我抵达小院时，“院长”及夫人已经等候在小院的“柴扉”前了。

在主人热情的引导下，我们走进小院。

“我给你带了一件礼物。”前往客厅的路上，我对“院长”说。

“什么礼物？”

“我要给你一个意外的惊喜。”

“是酒？”

“你这里还缺酒吗？”

“是书？”

“不是。是你没有，但是需要的。”我故意卖了一个关子。

终于，在客厅里，我打开了行李箱，从中取出了我携带了一路的礼物，那是一顶“盛锡福”的深灰色礼帽。

“院长”看到后大喜，立即把这顶礼帽戴在了头上，一旁的众人纷纷拿出手机拍照留念（图一）。

说起这顶礼帽，还有一个小故事。

2018 年，我和殿海教授、邵教授共同承担的国家自然科学基金重点项目验收，同一天，也是“院长”负责的国家自然科学基金重点项目验收，我们齐聚在了北京的京西宾馆。那一天，恰逢寒流过境北京，天气很是寒冷。既是为了御寒，又是为了配合庄重的场合，外出时，我戴了一顶礼帽。

在会场上遇到“院长”时，他不无玩笑地把我的礼帽戴在了自己的头上。无论是气质、装着还是礼帽的尺寸，那顶礼帽都非常合适他，“院长”人立刻精神了许多。气氛热烈的场面立即引来了众人的围观、拍照、发朋友圈及点赞。在如此和谐的场合，本应把帽子送给“院长”当作礼物，只是那顶帽子已经使用多日，如此送人多有不恭之嫌。不过，这件事一直让我耿耿于怀。

此次接到邀请后，我立即想到要给“院长”带一件礼物，而这个礼物非帽子莫属。出发前抽时间去了一趟王府井，在那里买下了这顶帽子，就算是“千里送鹅毛，礼轻情意重”吧。

跟随着主人的脚步，我们漫步在“边城农夫小院”

（图二）。秋日里，灿烂的阳光和沁人肺脾的清新空气让“边城”有点江南早春的味道。小院里花团锦簇，整齐的草坪不由得让人萌生出一种“应怜屐齿印苍苔”之情。小院背依青山、面朝仓山湖，清澈的湖水那边是另外一座青山。站在院子里举目望去，让人仿佛置身于“采菊东篱下，悠然见南山”的那种意境之中。小院里的欧式建筑高低错落、迂回曲折，穿过可以召开小型会议的餐厅，便能看到走廊一侧的主人的书房。书房宽敞明亮，在那把舒适的座椅上坐下，让自己稍稍定了下神，眺望窗外，感觉这里或许更适合在秋雨连绵的时节望着细雨霏霏的窗外呆坐。院子一隅的凉亭可以容纳多人观景、喝茶，坐下来享受一下秋日里的斜阳。坐在亭中，身后竟然还传来了潺潺的流水声响。此情此景，让人不禁想起了刘禹锡“谈笑有鸿儒，往来无白丁”的那种陶然之情。

“这些都是我自己设计、建造的。”“院长”不无自豪地介绍道。

不一会儿，一杯很具专业水准的热气腾腾的咖啡被端上桌来，顿时，让原本充满了浓郁的欧美风情的小院又多了一道气味的着色。

午餐时分，受邀的客人纷纷到齐，在热烈的气氛中，大家享用了东道主的盛情款待。紧接着，便是一场热烈的关于学科建设的研讨会。

从受邀者参会的踊跃程度可以看出那份源于多年交往，尤其是通过“畅通工程”所凝结的深厚友谊。听着众人关于未来的热烈讨论，我不由得想起了孟浩然《过故人庄》那脍炙人口的诗句：

故人具鸡黍，邀我至田家。
绿树村边合，青山郭外斜。
开轩面场圃，把酒话桑麻。
待到重阳日，还来就菊花。

图一　与戴上礼帽的“院长”的合影

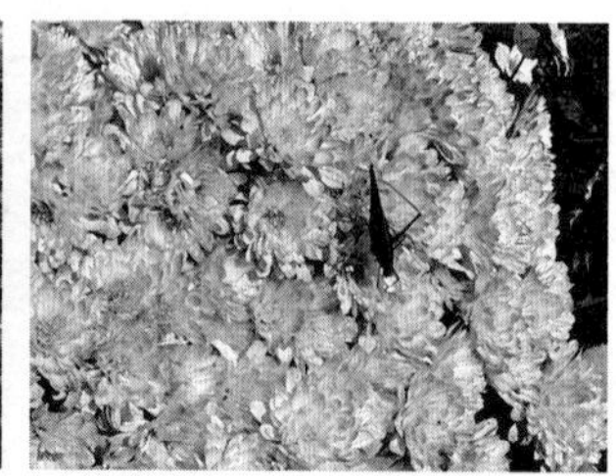

图二　边城农夫小院和小院中的花丛

深深六尺巷

——2019 年安徽印象之一

2019 年 12 月 8 日

“关老师！”

身后传来了一个打招呼的声音。

“我们将要举办第一届安徽省大学生交通科技大赛，想邀请您参加。”对方在简短的自我介绍之后，说明了打招呼的用意。

这些年，我走过许多地方，沿江沿海的地方没有少去，但是，唯独安徽有点“灯下黑”的意思，距离上一次造访安徽已经过去很多年了。稍微算了一下行程，和已有的计划没有冲突，于是，我便欣然接受了凤院长的邀请。

欣然接受邀请的另外一个理由，是因为安徽于我有着特殊的魅力。这种魅力来自它秀美的自然风光、悠久的历史积淀及深厚的文化底蕴，安徽的自然、历史文化也深深地影响着中国。安徽的这些得天独厚的条件，造就了一代又一代安徽籍文化名人，以至于陪同我的卫华每说到一个安徽的地名时，都会立即说出一串那个地方出身的某个时期或当代名人的名字。这让我不得不佩服他们两件事：遍地的名人和后人对他们的清晰记忆。这种记忆不正是文化的一种体现吗？尽管我也曾经到过安徽的一些地方，但是没有去过的地方更多，有谁会拒绝去这样的地方走走看看呢？

出于对安徽文化的喜爱和对此次机会的珍惜，特意在工作时间之外，安排了半天的参访时间，希望能够利用这个难得的机会看一看位于安徽桐城的六尺巷。

说起六尺巷，民间流传着一个非常著名的故事。

话说清康熙年间，一日，文华殿大学士兼礼部尚书张英收到一封来自老家安徽省桐城县的家书，内容是说隔壁的吴家要侵占张家宅子边上的土地筑墙，两家为此争执不下，希望张英出面干预。

张英看到来信后，便赋诗一首作为回复：

一纸书来只为墙，让他三尺又何妨？
万里长城今犹在，不见当年秦始皇。

张英家人看到回信后，立即遵从张英的想法退让三尺。邻居吴家见到张家的行动后，受到感动，也主动后退三尺作为回报，于是，两家和好如初，还有了后来位于桐城西后街的“六尺巷”（图一）。

众所周知，在中国农村，这种邻里纠纷时常发生，很多时候，这样的纠纷是权利之争、法律之争，甚至是文化之争。然而，在张英那里，把权益之争轻描淡写地说成是“只为墙”的问题，非但没有倚仗权势出面“摆平”，还给出了“让他三尺又何妨”的解决方案。提出这样的解决方案，除了“以和为贵”之外，似乎没有其他更好的解释了。再说吴家，见到了张家的退让，没有坚持不下，更没有得寸进尺，而是也采取了相同的做法——后退三尺。于是，一场可能旷日持久的对抗，变成了一段“和为贵”的千古美谈。

美国学者罗伯特·阿克塞尔罗德（Robert Axelrod）对人们的合作博弈问题进行了深入研究。根据研究成果，他出版了《合作的进化》（*The Evolution of Cooperation*，图二），详细地阐述了世人应该如何合作的问题。据说，当他的研究成果在《科学》（*Science*）期刊上（1988 年第 242 卷 1388 至 1390 页）发表后，引起了不小的轰动，每年引用他的研究成果的论文数量节节攀升，2005 年已经接近四百篇，引述论文更是涉及多个领域。

该书一开篇，就从第一次世界大战期间在战争前线那种你死我活的残酷条件下，竟然惊人地衍生出了敌对双方“自己活，也让别人活”的默契，总结出了“一报还一报”的合作策略。

然后，作者根据博弈论中的“囚徒困境”，设计出了一个简单的博弈规则，通过大量的、不同合作模式程序的模拟分析，最终证明“一报还一报”的策略因具有善良性、报复性、宽容性和清晰性，是最好的合作模式。最后，作者为人们的合作提出了四条建议：不要忌妒；不要首先背叛；对合作要给予回报，对背叛也要给予回击；不要耍小聪明。

站在二十一世纪的今天，如何对待类似的纠纷，也因为法治社会的建立、科学技术的发展及社会文化的进步而演化出了许多版本。我猜，无论是何种文化背景下的何种解决方式，解决问题的目标都是放眼长远的持久和平。为了实现这一目标，就需要人们（在六尺巷的故事中，是张家和吴家）进行合作。

根据《合作的进化》的理论，如果没有大学士张英那样的学识，便不会有那样的豁达和从容，如果没有吴家“一报还一报”的合作，“让他三尺又何妨”也会成为笑柄。值得注意的是，这一切都发生在那块有着厚重文化的土地之上。

记得前不久听到一个故事：有的农村盖房，因为邻居家房子的屋高超过自家一尺半尺，主人觉得受到欺压，双方为此争执不下，最后对簿公堂。相比之下，我们还敢说当代人的见识远在古人之上吗?

时至今日，在国际化的大潮中，世界被笼罩上了一重又一重民族的、宗教的、地区的、部门的及个人利益的迷雾。如何拨开迷雾，创造更多的持久和谐，成了我们共同面临的问题。《合作的进化》的研究成果，从科学实验上解释了六尺巷成为六尺巷的原因，六尺巷的故事也为今天的我们提供了解决争端的借鉴。

六尺巷，它的一端承载着一份厚重的文化，一端连接着无尽的科学；一端源自深远的历史，一端通向无垠的未来。六尺巷，如此深深。

图一　六尺巷

图二　《合作的进化》

孔城晚歌

——2019 年安徽印象之二

2019 年 12 月 13 日

孔城是一座与桐城相去不远的古镇，那里有一条老街，保持着较为完整的历史风貌。在此之前，我完全不知道这样一个小镇的存在。不仅是我，好像我们一行人都对孔城的存在表现得十分陌生。还是陪同我参访的卫华最先提议我们到那里去看看，或许是他行前做了功课，或许是他曾经到过那里。至于这个镇子为什么叫孔城，就不得而知了。

午饭后，驱车跟着现代化的导航系统，我们毫不费力地找到了孔城。

周日下午的古镇，许多临街店铺大门紧闭，街道上人影稀疏，一副午后农家村落的景象。

古镇的入口处看上去正在施工，地上散乱放着一些看起来颇有历史的雕刻和石料，两个说不清是什么神兽的石雕颇为抢眼，那造型看起来有些滑稽可笑（图一）。

前行不远，便是老街的入口（图二）。在那里，人们修建了一个游客中心。游客中心的大厅里摆放着一个古镇的沙盘，从这个沙盘来看，古镇保留着根据宋元时代的保甲制度所构建的街道。然而，游客中心的另外一个重要功能是售票，门票价格是每个成年人五十元钱。故宫博物院的门票价格也不过如此，不知来访者会对这样的门票价格做何感想。

通过检票处，便进入了古镇。供游客参访的街道大致呈 L 形，只是那个长边曲折蜿蜒。老镇的街道上铺着巨大的条石，从条石磨出的光亮及条石中那些深深的车辙痕迹来看，这些石头很有些历史了。那些连续一致的车辙，说明这些条石原本就属于这里，它记录了小镇人们曾经的生活（图三）。这不由得让我想起了卢沟桥和云南丽江束河古镇街道上类似的情形。

临街的建筑大致保持着当地民居的原始风貌，只是看起来年代没有那样久远。除了开辟成商店和茶坊而开门营业的店铺以外，绝大部分房屋都是大门紧闭。开门营业的店铺一如所有的小店那样，把各种旅游商品摆满了店里店外，铺面摆放的戒尺、铁环等商品一下子把人们又带回了往昔的年代（图四）。午后的暖阳和零散的游客，使得整个街道显得缺乏生气。

前行不远，便可以看到一座和老街上的其他建筑风格迥异的建筑，它从前应该是新中国初期或者是“大跃进”时代所建的一间供销社，相当于农村的百货商店。在它那冰冷的水泥墙上，“文革”时期的标语和口号还依稀可辨，让人感觉到时光在这里停下了脚步。

再往前不远，一座气度不凡的建筑很是惹人注意。那是当年一位富绅的宅邸——倪氏大宅，由清末抚州知府倪朴斋老先生告老还乡后所建，整院建筑基本保留了历史的风貌，只是四处散发着新油漆的味道（图五）。

在一块不大的广场上，几位妇女衣着整齐、手擎华丽的中式雨伞，正伴随着音乐翩翩起舞。看上去，她们的步态不无轻盈，舞姿不无婀娜（图六）。她们的舞蹈和从录音机流淌出来的音乐倒是给恹恹无力的街道增添了几分生气。

街道两侧的许多建筑物上写着“影剧院”“书院”“当铺”“李鸿章钱庄”“倭房”“巡检司房”等字样。这一切表明，这里曾经是一个“五脏俱全”的完美村镇。站在这些老屋前面，眺望那条长长的老街，我心中浮现出了昔日这里的生活景象（图七）。

沿着街道，可以从一甲、二甲……一直走下去，经过若干“保”之后，道路的尽头是十甲。在那里，有一家开着门的杂货铺，店里摆放的都是日常生活用品，这和我们刚才所见的售卖旅游商品的店铺有很多不同。店铺大门洞开，店内完全没有顾客的影子，一位店主模样的男人正坐在街边太阳能照射到的地方，享受着难得的午后阳光。

稍微攀谈了几句，得知街上的建筑基本都已被政府收购，为了开发旅游统一整修，孔城老街的居民也已相继搬迁。这家老屋传到这个男人手上，已经传了六代，没有出卖给政府。没有出售的原因自然不用问，但是为何没有被“收购”，就不得而知了。这里的基础设施很是原始，街道的排水系统就在道路两侧石板的下面，店铺里没有自来水，陪同我的当地同事说，他们应该是有井水吃。透过房屋，我向店铺深处窥视了一下，看到的环境很是局促，和我们的居住条件有着很大差距。

我猜，随着老街从前的居民陆续搬离，杂货铺的生意一定是一落千丈。就拿目前的状况来说，以游客为主体的访客，有多少人会到这里购买锅碗瓢盆、针头线脑之类的日用品呢?

随着居民的外迁和临街门面的商业化，老街来了一批又一批的新居民，这些人过着“早上开门营业，晚上关门回家”的那种城里人上下班似的生活。新居民和老街文化脉络的联系从此被切断，延续了千百年的老街人生活的烟火从此熄灭。老街只剩下了一个历史的躯壳，传统街道的文化被空洞化、异质化。

我们不能要求人们祖祖辈辈都生活在同一个环境当中，任何一个民族都有文化的传承和断裂的问题。对于保护历史文化这个持久的话题，人们已经进行了许多不懈的努力。在世界范围内，如此“抢救式”的整体保护俯拾皆是，与此同时，鼓励人们生活在原地、继续保持传统生活方式的保护方式也不足为奇。然而，许多地方“抢救式”保护的真正动机又有谁说得清楚？每一个人都应该有选择自己生活方式和居住地的权利，其中也包括他们在传统的居住地过着传统的生活这一选项。无论从建筑物保护还是从文化传承的角度来说，其意义都是无须赘言。

对于村镇的居民来说，老祖宗给后人留下了一份丰厚的遗产，就凭那些石板上的车辙，后人就可以坐享开发旅游业带来的收入，这无疑是后代人的福分。因此，当人们捧着老祖宗留下的“金饭碗”吃饭时，也应该思考一下“我们给后人留下了些什么？”这样的问题。今天，当我们行走在千城一面的城市、县城、乡村的街道上时，会发现人们似乎已经就这个问题给出了回答。只是，不知道后人将会如何评价我们交出的这份答卷。那些被岁月凿刻在老街条石上的车辙，终将被游客的脚步踏平，而永远消逝在历史的长河当中。想到这些，无论那是一件多么“自然”的事情，都难免让人心头泛起一阵涟漪，随之而来的便是一阵沉思。这让我想起了古人的一句诗：“日暮乡关何处是？烟波江上使人愁。”

“我们安徽这样的古镇很多。”走在老街上，陪同我的当地同事告诉我。

图一 滑稽的石雕

图二 老街入口

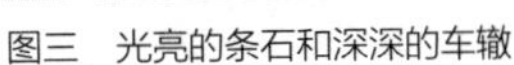

图三 光亮的条石和深深的车辙

图四　摆满旅游商品的店铺

图五　气度不凡的倪府

图六　正在跳舞的妇女

图七　街边老屋

2019 年深圳印象

2019 年 12 月 23 日

（一）不识深圳

我到过深圳，但算不上是经常。

深圳究竟长什么样？

这个嘛……

实在是难以描述清楚。我只是记得那里有一座莲花山，山上有一座伟人昂首阔步的塑像，是那个伟人把我及和我一样的千千万万的青年人送入了大学，让我们有了今天。

另外一个印象深刻的地方，就是那个需要跨过一座过街天桥才能到达的机场候机大楼。这一点，是“问题才会给人留下深刻印象”的规律起了作用。

至于其他的高楼大厦、汽车街道，走到南方的哪里都差不太多。前几次的深圳之旅，就仿佛是做了一个朦胧的梦。一觉醒来，那些梦境中的场景就依稀难辨了。

飞机一降落，我便接到了短信，是宋总说亲自到机场接我。

深圳机场和我印象中的非常不同，很大、很新，而且，我喜欢它的内饰、穹顶和那个酷似斜拉桥塔的空调出风口。其实，我突然醒悟“原来这是空调的出风口”，还是在我要离开深圳的时候。

一下飞机，我便被迎上汽车，一路向着位于蛇口的“园区”驶去。周末的下午，深圳的道路上车流密集，我们最终还是顺利地抵达了让我感到眼花缭乱的一大片建筑群中。

跟着宋总，乘电梯来到位于高层的深圳中心的所在楼层，先参观公司的工作环境。穿过一个像模像样的吧台，我们来到了一个大大的阳台前，从那里可以眺望街道的景象。

“现在看不太清楚，那边那座大桥过去就是香港。”宋总告诉我。

哦，这里距离香港如此之近。

穿过员工的办公区，走出房间的大门，穿过一排绿竹形成的“围墙”，后面便是一个硕大的屋顶广场式的大阳台。阳台一侧的吧台和它旁边的高脚椅吸引了我目光。我在一个高脚椅上坐下来，举目向前方眺望。

四周是一大片建筑风格相似的建筑，高低错落、交相辉映。下方远远地可以看到一个巨大的舞台，人们正在忙忙碌碌地工作，那架势似乎是在准备着一场什么活动。

夜幕下，二十多度的气温中，我们感受着在建筑群中穿堂而过的微风，十分惬意。

“这里很适合拿上一些啤酒慢慢消遣。”

陪同我的宋总笑着赞同我的说法。

“不过，我猜你们没有那样的时间和心情。”我接着说道。

众人笑了起来。

晚餐后，中心的工作人员负责送我们去酒店。酒店距离中心很近，从三层的露台过去，也就是百十米的距离。然而，当我们抵达酒店跟前时，却发现了问题——我们找不到进入酒店的入口了。即使眼前就是一家看起来很不错的餐厅，它对着露台的大门却是紧闭着的，所有的通道都找不到入口，好不容易找到了附近的直梯和滚梯，也都未在运行。最后，还是一个餐厅经理模样的人打开了一扇只有从里面才能打开并且贴了封条的大门，我们才得以入内。进入酒店内部，还得先乘滚梯，然后再乘电梯。一阵折腾，我彻底迷失了方向。还好，最终在工作人员的引导下，我们得以进入房间。

从抵达这里到进入酒店房间短短的时间里，从同事那里听到了其他一些关于这个建筑群的事情，包括“中午高峰时，等电梯需要半个多小时”“我们想自己加装电梯”，等等。再加上刚才的体验和我在酒店附近见到的许多闲置的空间，我深感这个体量巨大的建筑群在使用中存在着许许多多的问题。

妄加猜测一下，这些或许都是因为这个体量巨大的建筑群在设计、建设时过于匆忙，来不及细想所造成的吧。纵使是如此庞大的建筑，通常也都是在很短的工期内便完工了，留下种种不便、种种浪费似乎也在所难免。不知道大都会中灯红酒绿的繁华背后，究竟隐藏着多少类似的事情。

不认识一件事物的原因无非有两个：没见过，或者是它和它的同类太过相像。

（二）来去匆匆的行程

离开酒店前，收拾行李时才发现，我的电子书可能遗忘在来时的航班上了。于是，便打了一圈电话寻找，机场失物招领处的工作人员要我证明她那边的电子书就是我的。我告诉她，打开电子书后，应该是我正在阅读的某部著作。工作人员查看了一下，最终证实目前被保管在那里的电子书确实属于我。只是，我必须在登机前自己去取回。

为了不负此行的使命，我一直工作到必须出发的时刻。但是这样一来，时间就很仓促了。

抵达机场后，按照当时电话上的约定，我先通过了安检。然后一问，才知道需要从外面下楼，才能到达失物招领处，而此时距离登机时间已经很近了。我立即拨通了失物招领处的电话，几经交涉，那位工作人员同意帮我把书送到安检口来。

几番折腾，我的电子书终于有惊无险地回到了我的手中。

余下的事情便是在剩下的时间里抵达登机口。此时我却发现，我所在的位置距离登机口非常远，恰巧看到旁边有一辆正准备出发的电瓶车，于是便挥舞着手里的登机牌，询问工作人员金卡会员是否可以搭车。一旁的工作人员回答我说已经没有贵宾接驳车了，而这辆是服务老弱病残人士的。听到这些，我不假思索地把自己排除在了有资格乘车的人员之外。另外一位工作人员则是问了我的登机口号码，我如实告诉她，她同意让我乘车，可刚才的那辆车已经出发，工作人员又不肯用手中的对讲机叫停车辆。见此情况，我只好拖着行李疾步前行。

没走出多远，迎面来了一辆电瓶车。我重新挥舞手里的登机牌，询问我否可以搭车。开车的是个小伙子，他停下车来，十分准确地问了我一句："您有六十岁了吗？"小伙子这一问倒是提醒了我，原来我在他们服务的"老弱病残"范围之内啊！我回答小伙，我超过了六十岁，可以给他看我的身份证。

"上来吧。"小伙子不假思索地回答我，完全没有要核实一下的意思。

在开动电瓶车的同时，小伙拿起对讲机向谁报告着，他应该是在征得上级的同意。事实上，电瓶车此时已经载着我向着登机口驶去了。

不一会儿，我便坐在了机舱内我的位置之上，一切都安顿停当，我长长地舒了一口气。

来去匆匆的行程，让深圳又一次淹没在了我记忆的海洋深处。